Apprendre le courage

Mariann Edgar Budde
Évêque de Washington

Apprendre le courage

Les moments décisifs de la vie et de la foi

Traduit de l'anglais (États-Unis)
par Santiago Artozqui

Flammarion

Titre original : *How We Learn to Be Brave: Decisive Moments in Life and Faith*
Éditeur original : Avery, une marque de Penguin Random House LLC, New York

ISBN : 978-2-0804-9243-2

À ma mère, Ann, et à ma sœur, Christine,
parmi les femmes les plus courageuses que je connaisse,
et à Paul,
dont la force tranquille nous soutient tous.

« Accorde-nous la sagesse, accorde-nous le courage, pour affronter cet instant. »

Harry Emerson Fosdick [1]

Préface

Les circonstances qui ont conduit à la publication d'une seconde édition d'*Apprendre le courage* présentent une similarité frappante avec celles qui m'avaient amenée à écrire ce livre en premier lieu.

Je n'ai jamais eu l'intention ou le désir d'être principalement connue en raison de propos adressés au président Donald J. Trump ou le concernant. En tant qu'évêque, je passe la plus grande partie de mon temps avec le clergé et la congrégation dont j'ai la garde, loin des regards de la foule. Néanmoins, tous les chrétiens jouent un rôle public dans la mesure où nous jurons lors de notre baptême de « nous battre pour la justice et la paix, et [de] respecter la dignité de chaque être humain [1] * ». Ce rôle revêt une importance particulière pour les membres de ma communauté, car nous habitons dans la capitale des États-Unis. Le premier événement qui a fait de moi un personnage public a eu lieu devant l'église épiscopalienne St John, sur la place Lafayette, juste en face

* Toutes les notes sont situées à la fin de l'ouvrage, p. 281.

de la Maison-Blanche. Le second s'est produit à la cathédrale nationale de Washington, où se tient l'office de prière inaugural présidentiel depuis les années 1930.

J'ai écrit *Apprendre le courage* après que ma réaction face au président Trump posant devant St John, une bible à la main, a fait le tour du monde. C'était en juin 2020, au cœur des manifestations qui avaient éclaté dans tout le pays, pendant les journées intenses qui avaient suivi l'assassinat de George Floyd par un policier, à Minneapolis. J'étais tout aussi en désaccord avec le détournement de symboles sacrés – la bible et l'église elle-même – commis par le président Trump qu'avec l'ordre d'évacuer de force des centaines de manifestants pacifiques pour lui ouvrir la voie afin qu'il puisse prendre sa photo sur la place Lafayette.

Mon ambition en écrivant ce livre n'était pas de m'étendre sur ce moment-là, mais plutôt de le remettre en perspective par la description minutieuse des nombreux moments décisifs de notre vie qui nous enseignent le courage.

Cinq ans plus tard, le 21 janvier 2025, soit le lendemain du retour de Donald Trump à la Maison-Blanche en tant que quarante-septième président, j'ai prononcé une homélie lors d'un office interconfessionnel pour la nation à la cathédrale nationale de Washington. Après une campagne présidentielle particulièrement clivante et douloureuse, la cathédrale souhaitait offrir des prières d'apaisement et demander à Dieu d'unir notre pays. On avait annoncé dès l'été précédent que l'office serait le même quelle que soit l'issue du scrutin et que, en ma qualité d'évêque du diocèse de Washington, ce serait moi qui prononcerais le prêche.

Ma tâche était claire, et j'avais amplement le temps de m'y préparer. Je souhaitais prôner l'unité. Mais qu'est-ce que l'unité, et comment y parvenir ? En tant que dirigeante spirituelle, je me trouvais face à un véritable dilemme : comment parler d'unité, comment prier pour elle quand notre nation s'obstine à saper les fondations sur lesquelles ladite unité repose ?

Le président Trump et le parti républicain ont toutes les raisons politiques de penser qu'ils disposent d'un mandat pour changer les choses, étant donné qu'ils ont pris le contrôle de l'ensemble des branches du gouvernement fédéral et qu'une pluralité d'électeurs américains a exprimé son soutien à leur programme. Pendant les cérémonies d'investiture, le président était entouré de membres du clergé qui rendaient grâce à Dieu d'avoir « sauvé sa vie et de l'avoir relevé avec force et puissance [2] ». Trump a lui-même réaffirmé lors de son allocution inaugurale sa conviction qu'en survivant à la balle d'un assassin au cours de la campagne, il « avait été sauvé par Dieu pour rendre sa grandeur à l'Amérique ». Il s'est approprié le rôle d'unificateur et de faiseur de paix.

J'ai choisi d'évoquer les fondements nécessaires à l'unité nationale – honorer la dignité inhérente à chaque être humain, dire la vérité, entretenir une humilité tirée de la conscience de soi – pour dénoncer aussi respectueusement que possible ce que personne ne reconnaissait : l'essor d'une culture du mépris a normalisé l'humiliation, la déshumanisation et les discours souvent violents qui menacent de détruire la société humaine, pas simplement aux États-Unis, mais partout dans le monde. En outre, des millions de personnes sont tout bonnement exclues de cette vision d'une Amérique grimpant vers les sommets. J'ai appelé le président à prendre en pitié ceux qui, dans notre pays, ont toutes les raisons d'être terrifiés.

Les réactions à mes propos ont été immédiates, intenses et révélatrices du point où nous en sommes en tant que nation. Aucun terrain d'entente ne s'est dessiné. Certains, furieux, ont exigé des excuses et réclamé ma démission, voire mon expulsion du pays. D'autres ont exprimé avec effusion leur gratitude pour la bravoure dont j'avais fait preuve. Beaucoup ont qualifié cette homélie de prophétique – le courageux exemple d'une personne qui dit la vérité aux puissants.

De mon point de vue, même si le contexte était indéniablement politique, j'ai parlé du fond de mon cœur, en pasteur. L'une des choses les plus importantes que l'on apprend dans le clergé est que, pour aller mieux, il est parfois nécessaire d'évoquer les tabous et les non-dits. Il est tentant, par exemple, de n'entonner que des louanges lors de funérailles, mais un mot gentil prononcé en chaire pour reconnaître la complexité des relations humaines peut libérer un espace d'expression pour toutes les émotions liées au chagrin, y compris la colère ou un sentiment de culpabilité tenace. De même, à l'occasion d'un mariage, avec toutes les tensions que génèrent les réunions de famille, énoncer avec douceur les défis que pose l'amour permet d'accepter l'anxiété et les pressions inévitables qui voient souvent le jour dans ces circonstances joyeuses.

L'une des questions qui m'a donné du fil à retordre pendant que je préparais cet office était la façon de formuler ce qu'il y avait à dire. Bien sûr, je me suis demandé comment Dieu s'adresserait à nous en un tel moment, et j'ai puisé des conseils dans les textes sacrés. Comment faire une mise en garde apaisée mais claire, indiquant que les prières pour l'unité ne signifient rien si nos actes se fondent sur le mépris que nous ressentons pour ceux qui voient le monde différemment ? Tout aussi important, comment pouvais-je rendre leur humanité à ceux que l'on décrit en des généralisations sommaires et dédaigneuses et, avec tout le calme et le respect dont je suis capable, plaider la miséricorde pour eux ?

Les réactions à mon homélie ont beau avoir été extraordinaires, celle-ci était pourtant des plus basiques : une tentative d'appliquer les vérités bibliques à un moment particulier, avec des thèmes spirituels guère différents de ceux que je prêche tous les dimanches dans des églises aux quatre coins de la planète. La principale raison pour laquelle j'ai choisi de demeurer une personne publique après le 21 janvier 2025 est de témoigner d'un christianisme qui reconnaît que tous les êtres humains ont été créés à l'image de Dieu, et qu'ils cherchent à suivre Jésus sur la voie de l'amour, de l'humilité et de la compassion.

Certains pensent que cette homélie était un moment décisif pour nous en tant que peuple, aux

États-Unis et au-delà de nos frontières. Cela reste à voir. En ma qualité de chrétienne, abandonner l'espoir n'est jamais une option. J'ose croire que Dieu ne perdra jamais espoir en nous et que, avec Son aide, nous pourrons relever les défis qui s'annoncent. Ensemble, avec l'aide de Dieu, nous pouvons œuvrer pour le bien en ce monde. Ensemble, avec l'aide de Dieu, nous pouvons apprendre le courage.

Introduction

« Pour chaque homme et chaque nation
vient un jour la décision... »

James Russell Lowell, 1845 [1]

Nous voulons tous être courageux quand ça compte – être celui qui se lève, qui prend l'initiative, qui fait ce qui est juste au moment le plus important. Nous voulons donner le meilleur de nous-mêmes lorsqu'on fait appel à nous, et parler avec clarté et conviction dans des circonstances cruciales.

Ce livre traite de ces instants décisifs où nous sommes appelés à agir avec courage, ce que, à notre propre étonnement, nous faisons.

Bien que les épisodes les plus dramatiques semblent se produire inopinément, en prenant du recul sur nos vies, nous voyons que les actes de bravoure qui nous stupéfient ne sont pas des événements isolés. Dans cet ouvrage, je me penche sur la vie en prenant ce recul dans l'espoir que vous, lecteur, comprendrez que vous avez déjà tout ce qu'il faut pour vivre avec courage et détermination vos moments décisifs, ainsi que tous ceux qui les précèdent et qui les suivent.

Les moments décisifs sont des événements marquants. Ils se détachent du reste et sont souvent ce dont les autres se souviennent à notre propos. Une poussée d'adrénaline nous fait percevoir ce qui se passe avec acuité. Nous nous sentons vivants – à tel point qu'en comparaison le reste de notre existence peut nous paraître morne et insipide. Cependant, ces moments sont presque toujours précédés par des périodes de préparation et suivis d'une période d'alignement tout aussi importante, pendant laquelle nous apprenons à vivre avec ce qu'ils ont révélé, clarifié ou déclenché. La manière dont nous les préparons façonne notre capacité à nous montrer à la hauteur quand ils surviennent et, en fin de compte, ce sont nos réactions qui déterminent leur importance.

J'ai connu beaucoup de moments décisifs dans ma vie, mais peu ont été aussi notoires que celui du 1er juin 2020. Pour être honnête, ce jour-là, je n'ai pas eu le temps de réfléchir. Alertée par des collègues horrifiés qui regardaient à la télévision le président marcher vers l'église St John et par les nombreux messages qui s'affichaient sur l'écran de mon téléphone, j'ai réussi à trouver ma voix et à parler.

Les actes du président avaient touché un nerf sociétal, de même que la dénonciation que j'en avais faite. Les gens avaient l'impression que je me montrais extrêmement courageuse. À vrai dire, j'avais plutôt le sentiment d'être appelée à rejoindre d'autres personnes qui se montraient courageuses. Il était nécessaire de dire quelque chose, pas seulement à propos de ce moment présidentiel, mais aussi à propos du moment que nous vivions en tant que nation qui pleurait l'assassinat de George Floyd, qui regardait les foules descendre dans les rues des villes à travers tout le pays et qui, une fois encore, était confrontée au besoin d'une prise de conscience raciale. En raison de ma position, j'avais l'occasion de parler et d'être entendue.

La capacité de réagir en de telles circonstances ne tombe pas du ciel, et son importance ne se mesure pas à l'aune d'une semaine de couverture médiatique. Ces moments décisifs sont précédés par des années de préparation, d'entraînement et de résolution, par d'innombrables décisions au quotidien qui déterminent notre capacité à faire preuve de courage lorsqu'on nous sollicite ou nous convoque sans nous demander notre avis. Leur importance finale est déterminée par la façon dont nous continuons de vivre après.

Pour moi, le moment le plus crucial au cours de cette semaine dramatique a eu lieu quelques jours après la séance de photographie infamante du président Trump. J'étais de retour devant l'église St John, sur la place qu'on appelle désormais la Black Lives Matter Plaza, pour écouter le révérend Dr William J. Barber II. L'évêque Barber est coprésident de la Poor People's Campaign (les militants des pauvres), un mouvement diversifié qui cherche à mobiliser les personnes à faibles revenus quelle que soit leur couleur de peau, ainsi que leurs alliés, afin de créer une société plus juste. L'évêque Barber a porté son regard sur la formidable foule interraciale et intergénérationnelle qui s'était rassemblée en ce dimanche après-midi, et il a déclaré : « Ne laissez personne vous dire que c'est la première fois que des gens de couleurs, de classes ou de contextes éducatifs différents se sont rassemblés pour lutter en faveur d'une cause commune. C'est toujours une coalition de fidèles comme celle-ci qui a provoqué le changement dans ce pays – Noirs, Blancs et Marrons, riches et pauvres, jeunes et vieux. On a besoin de tout le monde ; tout le monde a un rôle à jouer, une proposition à faire[2]. »

Tandis qu'il parlait, le poids que j'avais porté toute la semaine sur mes épaules est tombé, et j'ai su dès cet instant quelle était ma place dans le combat global pour la justice. Je me suis entendue dire à Dieu et à l'Univers : « Je veux être au sein de la coalition des fidèles. Je veux être parmi ceux et celles qui œuvrent au changement dont nous avons besoin maintenant. » C'est la décision qu'il faut que j'intègre dans ma vie quotidienne. Pour moi, l'idée n'était pas nouvelle, mais je la ressentais d'une nouvelle façon. Elle ne brûlera pas toujours dans mon cœur avec l'intensité de cette semaine-là, mais je ne veux pas l'oublier. Comme tout le monde, une fois que la passion s'estompe, j'ai besoin de grâce, de courage et de persévérance pour rester fidèle à mon moment décisif.

Certes, la semaine s'est révélée déterminante pour beaucoup d'Américains à cause de cette série de faits marquants pour notre nation, mais ce serait une erreur d'en conclure que tous les moments décisifs sont publics. En réalité, la plupart des événements qui définissent notre vie ne font jamais la une des journaux. Il est crucial de ne pas s'habituer au feu des projecteurs dans de tels moments, et de ne pas confondre l'attention éphémère des autres avec le changement que nos moments décisifs nous invitent à embrasser. La plupart de ces moments sont personnels, certains sont privés ; néanmoins, tous modèlent nos vies, faisant de nous les personnes que nous sommes et que Dieu nous appelle à devenir.

Ces moments décisifs impliquent un choix conscient, ils gravent en nous leur importance quand nous sommes en train de les vivre, parce que nous savons que le chemin que nous choisissons entraîne des conséquences potentielles. Dans un tel instant, quelle que soit la façon dont nous en sommes arrivés là, nous estimons ne plus être soumis aux caprices de la fortune ou du destin, mais détenir le pouvoir d'agir. Nous ne sommes pas en pilotage automatique, nous ne sommes pas à moitié engagés. Nous jetons toutes nos forces dans la bataille : nous sommes maîtres et cocréateurs avec Dieu de notre destin. Car, comme le mot le suggère, dans un moment *décisif*, nous *décidons*.

Ce livre explore tout un spectre de moments décisifs qu'on peut rencontrer dans la vie, afin de mieux saisir leur importance, d'en tirer des leçons et de comprendre comment s'inspirer de leur lumière pour vivre. En tant que croyante, c'est Dieu que je vois à l'œuvre dans ces moments, comme dans tous ceux qui les précèdent ou qui les suivent. En prenant des exemples dans ma vie personnelle, dans les Écritures, dans l'histoire et dans la culture, j'espère souligner à la fois l'universalité de ces expériences et l'appel particulier auquel chacun de nous doit répondre quand notre moment décisif advient.

Je suis convaincue que nous sommes tous capables de vivre une grande aventure, quelles que soient les circonstances de notre existence. Le courage d'être brave lorsque cela compte vraiment requiert une vie de petites décisions dont chacune nous fait avancer sur le chemin de la connaissance de soi, de l'attention et de l'acceptation du risque d'échouer en défendant ce que nous croyons juste. C'est aussi une expérience profondément spirituelle, à travers laquelle nous sentons que nous faisons partie de quelque chose de plus grand et que, d'une façon ou d'une autre, nous sommes guidés par un Esprit plus vaste à l'œuvre dans le monde et en nous. Peu importe le nom que nous leur donnons, les moments décisifs font de nous tous des croyants, et l'expérience d'un pouvoir supérieur qui agit en nous, bien qu'inexplicable et imméritée, est bien réelle. La vérité audacieuse est que nous sommes essentiels à l'accomplissement de tout ce qui est bon, noble et vrai. Je souhaite élargir l'idée que nous nous faisons d'un moment décisif, car il y en a de toute sorte, et chacun requiert des décisions diverses aussi déterminantes les unes que les autres malgré leurs différences en termes d'énergie ou de conséquences.

Dans ces pages, je rends également hommage aux longues périodes d'une vie pendant lesquelles rien de particulier ne semble se produire, et j'explore ce qui se passe après un moment décisif, lorsque nous nous confrontons aux conséquences des décisions qui nous ont lancés sur telle ou telle voie. Une fois ce moment passé, il nous faut accepter une sensation de vide en tous points prévisible et émotionnellement perturbante. C'est alors que nous apprenons à situer l'intensité d'un moment donné dans la courbe d'une vie, persuadés qu'elle sera en grande partie jalonnée d'actes de foi moins marquants. Ce n'est qu'à ce moment-là que nous pouvons cultiver les vertus cachées de la persévérance et aller de l'avant malgré les vents contraires.

Dans la vie, chaque moment est décisif d'une manière ou d'une autre, car il fait partie de l'unique vie qu'il nous est donné de vivre. Prendre conscience du flux et du reflux de l'existence contribue à nous préparer aux moments qui comptent. « Il y a un temps pour tout, un temps pour chaque chose sous les cieux[3] », nous enseignent les Écritures. Il faut du courage pour accepter et vivre pleinement la vie qui nous a été donnée.

Le premier chapitre aborde ce qu'on peut considérer comme le moment décisif le plus dramatique et notoire, celui où l'on *décide de partir*, de quitter un endroit ou une manière d'être soi-même pour aller autre part. C'est l'étoffe du voyage héroïque et de la différenciation du soi. Le chapitre deux explore l'expérience opposée, le moment tout aussi homérique, mais beaucoup plus discret, où l'on *décide de rester*, où l'on choisit d'approfondir les engagements pris. Le troisième chapitre se focalise sur le moment où l'on *décide de commencer* un long processus ou un parcours vers un idéal qui mettra des années à aboutir. Celui-ci, quel qu'il soit, nous pousse à débuter, à faire les premiers pas, et nous aide à continuer d'avancer vers l'accomplissement d'un rêve.

Dans le chapitre quatre, je me tourne vers les moments décisifs nés d'une souffrance, lorsqu'on *décide d'accepter ce que l'on n'a pas choisi* et qu'on fait l'expérience d'une transformation personnelle à travers un amour sacrificiel. Le chapitre cinq explore les moments qui adviennent inopinément, sous la forme d'une occasion ou d'un défi que l'on *décide de relever*, que l'on se sente prêt ou pas. Les chapitres six et sept traitent du contexte émotionnel qui entoure ces moments décisifs : *l'inévitable désillusion qui suit* et *l'importance de la persévérance*. De fait, sans persévérance, nos moments décisifs n'auraient guère le pouvoir de transformer les choses.

Certains de ces moments exigent de l'action ; d'autres, de l'acceptation. Certains sont dramatiques et connus du monde entier ; d'autres sont intérieurs, connus de nous seuls et de Dieu. En fin de compte, je tiens à communiquer dans ces pages que chacun de nous recèle des potentialités d'héroïsme, que l'inexplicable et imméritée expérience de la puissance de Dieu à l'œuvre en nous est réelle, et que nous sommes essentiels à l'accomplissement de ce qui est bon, noble et vrai. Nous pouvons apprendre le courage.

Chapitre un

Décider de partir

« L'Éternel dit à Abram : va-t'en de ton pays,
de ta patrie, et de la maison de ton père,
dans le pays que je te montrerai. »

Genèse 12,1

Nous découvrons qui nous sommes ainsi que notre place dans le monde en racontant des histoires. Aucune n'est aussi familière ou appréciée que le voyage du héros : l'histoire d'une personne qui décide courageusement d'affronter l'inconnu. C'est un thème universel, qui traverse le temps et les cultures [1]. Néanmoins, comme l'a un jour remarqué l'écrivain Henri Nouwen, « le plus personnel est le plus universel, le plus caché est le plus public, et le plus singulier est le plus commun [2] ». En découvrant le parcours d'une personne courageuse, nous ne pouvons nous empêcher d'envisager le nôtre.

Lorsque l'appel à partir se présente à nous, il marque au fer rouge notre conscience et devient dès lors un moment charnière de notre vie. Il est compréhensible d'hésiter, car cette décision implique nécessairement de quitter un lieu, d'abandonner des relations familières pour d'autres, inconnues, afin de se mettre au service d'une tâche énorme que nous sommes les seuls à pouvoir accomplir. Les risques sont nombreux, et le prix à payer est élevé. Cependant, pour une raison quelconque, nous sommes convaincus qu'un tel sacrifice personnel est nécessaire pour accomplir un destin qui nous dépasse.

Bien avant le premier pas, ce voyage commence par un émoi intérieur, un événement déclencheur ou une invitation qui nous prend au dépourvu. Nous nous sentons appelés à aller au-delà des frontières de la vie telle que nous la connaissons. Il y a presque toujours une résistance, sinon de nous, du moins de ceux qui veulent que nous restions où nous sommes. Il est rare d'être tout à fait prêt. Comme des oisillons qu'il faut pousser hors du nid, souvent, nous ne découvrons nos ailes que lorsqu'on nous force à voler.

*

Quand j'étais en première, ma vie de famille s'est effondrée. Elle n'avait jamais été florissante, et quelque chose en moi savait que la chute arriverait, mais j'avais appris à compartimenter mes émotions et à tenir à distance ce sentiment de peur omniprésent. Je m'étais habituée à l'anxiété permanente due aux problèmes d'argent, au manque d'affection et aux explosions régulières suivies de périodes de calme précaire qui me permettaient de concentrer mon énergie sur autre chose.

Puis, un jour, mon père m'a prise à part pour m'annoncer qu'il quittait ma belle-mère. Il m'a proposé de le suivre, et je suis sûre qu'il s'attendait à ce que j'accepte. Il n'a pas mentionné mon demi-frère cadet, Jim, qui n'avait que huit ans à l'époque. Cela ne m'a pas surprise. Au cours de la guerre en grande partie silencieuse entre nos parents, notre père voyait en moi son alliée, tandis que ma belle-mère s'appropriait son fils avec férocité. Supposant que je serais complice, mon père m'a demandé de ne pas ébruiter son projet. J'ai accepté avec réticence, sans savoir qu'il avait déjà contacté une entreprise de déménageurs. Ma belle-mère a appris cette décision quelques jours plus tard, quand elle a trouvé la maison à moitié vide en rentrant de son travail.

Je ne me souviens pas de quelle manière je l'ai annoncé à mon père, mais il n'était pas question que je l'accompagne où que ce soit. À l'époque, je ne savais pas ce qu'était la dépression, ni l'alcoolisme d'ailleurs, mais j'en constatais les effets sur lui. L'impression d'intimité qu'il ressentait avec moi n'était qu'un pur fantasme et m'effrayait plus qu'un peu. Rester chez ma belle-mère n'était pas non plus envisageable, même si j'imagine qu'elle aussi pensait que j'allais le faire. Mais j'avais passé la plus grande partie de ma vie dans la peur de son mépris. À dix-sept ans, j'avais cessé d'essayer de lui plaire, ce qui n'augmentait pas son affection pour moi, même si nous parvenions à coexister paisiblement. Quand je lui ai dit que je ne comptais pas rester, elle a insisté pour que je parte immédiatement, ce qui m'allait très bien. La liberté qu'augurait la perspective de ne plus vivre sous son toit éclipsait le regret que j'éprouvais à l'idée d'abandonner mon frère.

Je savais qu'il fallait que je parte, et je savais où aller.

Ma mère vivait dans le New Jersey, où elle m'avait élevée avec ma sœur aînée, Christine, jusqu'à ce que nous allions rejoindre notre père et sa nouvelle femme dans le Colorado. L'histoire du divorce de nos parents quand j'étais bébé, puis du combat pour la garde qui s'est ensuivi quand j'avais onze ans, est douloureuse et compliquée. Quand notre père a effectué des démarches pour récupérer la garde de Christine, je ne voulais pas être laissée pour compte. Contrairement à ses habitudes, ma sœur n'a pas dit un mot pendant l'audience avec le juge aux affaires familiales, tandis que je brodais non sans exagérer sur notre vie dans le New Jersey, pensant que cela ferait plaisir à mon père. Effectivement, il a été ravi quand le juge lui a accordé notre garde en indiquant que mes propos avaient été un facteur déterminant dans sa décision. Notre mère était dévastée, comme depuis des années avant le divorce.

Rétrospectivement, la cruauté dont j'ai fait preuve me stupéfie. Pourquoi ai-je dit ces choses afin de blesser ma mère ? Je savais qu'elle nous aimait. Je me souviens de ma panique lorsque Christine a parlé d'emménager dans le Colorado. Je n'en pouvais plus de regarder les autres familles par la fenêtre en me demandant à quoi cela ressemblerait d'en être membre. Notre mère était souvent absente, elle travaillait à plein temps tout en suivant des cours pour obtenir une accréditation dans son domaine, la physiothérapie. Ce n'est que plus tard que j'ai saisi à quel point elle se concentrait sur notre survie et à quel point elle était seule dans son chagrin. À une époque où les familles de tous mes amis avaient l'air intactes, je détestais ce mot que je comprenais à peine et que je devais systématiquement expliquer : *divorce.* Notre père, notre belle-mère et notre nouveau petit frère semblaient offrir cette normalité que je désirais ardemment.

C'était une illusion. Dès le début, notre séjour au Colorado a été houleux. En quelques mois, la vie de Christine était devenue chaotique, et, au terme de deux années tumultueuses, elle est partie pour de bon. De son côté, notre père a tenté de monter plusieurs affaires, mais il a systématiquement échoué et a fini par se mettre en faillite. Il s'est consolé dans le bourbon, tandis que notre belle-mère se démenait frénétiquement pour joindre les deux bouts et protéger son fils. Leur mariage s'est délité.

À la fin de ma seconde, je m'étais désengagée de ce psychodrame et j'avais recréé une famille de substitution au sein d'un petit cercle d'amis. Ils étaient chrétiens, et, à mon étonnement circonspect, moi aussi. Ensemble, nous fréquentions Young Life, un groupe d'adolescents chrétiens qui se réunissait une fois par semaine chez notre professeur de musique. À l'invitation de ce dernier, nous avons rejoint une chorale qui faisait des tournées, et certains d'entre nous ont commencé à fréquenter l'église qui la parrainait. À l'extérieur de ma famille, la vie continuait de s'améliorer. Le garçon en bas de la rue que j'adorais pas-vraiment-en-secret avait fini par me remarquer. J'avais découvert un nouveau foyer : le département de musique du lycée. Puis, au début de mon année de première, on m'avait donné le rôle de Nellie Cohan dans la comédie musicale *George M*, montée par le lycée. Je découvrais, enfin, le sentiment d'être à ma place.

Lorsque ma famille du Colorado s'est effondrée, j'ai eu le cœur brisé à l'idée de devoir quitter tout ce qui donnait un sens et de la joie à ma vie. J'étais contente d'avoir une mère chez qui retourner ; pour autant, j'avais l'impression de me tenir au bord d'une falaise. Je sentais le poids du choix que j'étais en train de faire, et que c'était à moi de le faire. En même temps, j'avais le sentiment que la décision avait été prise pour moi. Toutefois, celui qui l'avait prise n'était pas l'une des figures d'autorité de ma vie d'alors, dont la plupart souhaitaient m'aider à terminer le lycée au Colorado, en particulier le pasteur de mon église et son épouse, qui m'avaient proposé d'habiter chez eux. D'aussi loin que je m'en souvienne, c'était la première fois que j'entendais ce que je suis venue à identifier comme la voix de Dieu s'adressant directement à mon cœur, même si mon cœur voulait désespérément une autre parole.

*

Je suis partie en posant mes conditions. Je comptais rester au Colorado assez longtemps pour jouer dans la comédie musicale et dire au revoir à mes amis, dont certains avaient commencé leur première année à l'université. J'ai accepté l'invitation du pasteur et emménagé chez lui avec sa famille pendant deux mois qui se sont révélés une expérience éducative unique.

Le temps a filé avant que je sois prête. La comédie musicale était terminée. Mes amis et moi avons passé nos derniers jours ensemble à nous jurer une loyauté mutuelle dont je savais qu'elle ne durerait pas. Lorsque j'ai dit au revoir à ma belle-mère et à mon frère Jim, ce dernier a refusé de me regarder et ne m'a pas laissée l'embrasser. Mon père m'a invitée à dîner dans son entresol, et nous avons mangé sa spécialité de l'époque – des coquillettes avec du fromage Velveeta et des hot dogs. La veille de mon départ, mon petit ami et moi sommes allés dans un restaurant au-dessus de nos moyens et avons tenté de nous montrer optimistes. Le lendemain matin, mes amis m'ont conduite à l'aéroport. Ils m'ont escortée jusqu'à la porte, puis sur le tarmac ; ils m'ont offert un bouquet de fleurs et m'ont fait signe de la main tandis que je montais les marches de la passerelle. Je les ai regardés s'éloigner par le hublot, et ensuite j'ai pleuré pendant tout le vol jusqu'au New Jersey.

À l'époque, je ne connaissais pas la définition qu'Eleanor Roosevelt a donnée du courage : *accomplir ce dont vous ne vous croyez pas capable.* Mais c'est ce que j'ai fait, sans me faire d'illusions sur les difficultés qui m'attendaient. Je me sentais totalement seule, et pourtant pas toute seule, guidée vers cette décision qui n'était pas la mienne, mais que j'avais quand même prise. Cela ressemblait un peu à une amputation qui vous sauve la vie : couper une part de moi que je chérissais afin de pouvoir survivre.

Le retour chez ma mère impliquait une certaine réflexion. Au Colorado, mon pasteur craignait une éventuelle « rechute » si je regagnais l'église épiscopalienne de mon enfance, mais ça ne m'inquiétait pas. En réalité, être libérée d'une version du christianisme que je remettais secrètement en question chaque jour davantage me soulageait.

Rétrospectivement, il est facile de se rendre compte que cette décision dramatique, qui sur le moment m'avait semblé détachée de tout contexte, couvait depuis un certain temps. Le douloureux processus enclenché pour me séparer émotionnellement de mon père et de ma belle-mère m'a permis, au moment crucial, de ne pas me laisser faire. L'affection sincère que j'éprouvais au sein de mon groupe d'amis était apaisante et encourageante, même si je savais que je ne leur appartenais pas et que je ne serais pas toujours à ma place parmi eux.

Ma mère, et c'était tout aussi important, était devenue une source de soutien stable. Depuis notre séparation quand je suis entrée au collège, elle nous avait téléphoné tous les dimanches soir. Pendant des années, nos conversations avaient été brèves et gênantes, mais elle persistait dans son amour. Je voyais qu'elle devenait plus sûre d'elle, plus détendue, plus enracinée dans son métier et dans sa foi. Elle s'impliquait davantage dans l'église épiscopalienne que nous avions fréquentée ensemble, y trouvant à la fois de l'inspiration et une communauté. Je ne me rappelle pas comment je lui ai demandé si je pouvais retourner chez elle, mais simplement que, lorsque le sujet a été évoqué, nous l'avons facilement réglé entre nous.

En fin de compte, ce qui m'a le mieux préparée à ce moment décisif a été la tension croissante que je ressentais à propos de la foi chrétienne. Je n'ai jamais douté de la réalité de Dieu ni de la présence de Jésus dans ma vie. Je ne remettais pas en question la sincérité des paroissiens de mon église. Ils étaient bons, aimants et dédiés à leur Seigneur. Mais j'avais du mal avec la rigidité de leur système de croyances et leur certitude que l'amour inconditionnel de Dieu ne s'étendait qu'à ceux qui acceptaient précisément de la même façon qu'eux Jésus en tant que sauveur personnel. Il n'y avait aucune place pour une expérience autre ou une compréhension différente. Aucune place non plus pour reconnaître les difficultés liées au péché humain ni les fractures actuelles qui persistaient après le salut. Il n'y avait certainement pas la moindre place pour le doute.

Je ne sais pas vraiment comment j'aurais résolu cette tension si j'étais restée au Colorado. Comme avec ma famille, je me sentais de plus en plus en porte-à-faux avec les autorités spirituelles dans ma vie. Quitter l'Église qui m'avait éduquée me semblait un acte de rébellion, mais je savais que j'étais fidèle à Dieu d'une façon dont je n'avais encore jamais fait l'expérience. Cette dissonance ne m'échappait pas. Je n'éprouvais pas le besoin de juger ou de critiquer mon

Église ; néanmoins, je savais que je n'avais pas ma place dans son monde. J'étais reconnaissante de tout ce qu'elle m'avait donné, mais je rejetais silencieusement la plupart des choses qu'elle m'avait apprises. C'était la première fois que je prenais conscience du fait qu'une relation avec Dieu n'est pas définie par la « bonne » croyance, mais plutôt par la volonté de croire et de s'engager dans la foi. Sans m'en rendre compte, je suis partie du Colorado en quête d'une compréhension plus inclusive de Dieu. La grâce m'a permis de trouver dans l'Église épiscopalienne de mon enfance ce que j'ignorais chercher.

Cela fait plus de quarante ans que je suis montée dans cet avion au Colorado. De bien des façons, je suis devenue ce que je suis aujourd'hui en grande partie parce que j'ai su trouver en moi – ou peut-être me l'a-t-on donné – le courage de partir. M'en aller m'a permis de profiter de la stabilité d'un parent aimant, d'explorer et d'approfondir une vie dans la foi au sein d'un christianisme généreux et expressif, et de me frayer un chemin dans le monde, en trébuchant au fil de ma progression, mais forte de l'expérience marquante de ce que j'avais ressenti en faisant confiance aux injonctions de mon âme.

Tout ce qui a résulté de cette décision n'était pas positif. En partant, j'ai abandonné mon petit frère, puis je lui ai fait des promesses que je n'étais pas en mesure de tenir, et notre relation ne s'en est jamais totalement remise. D'autres blessures de cette période ont mis des années à guérir. J'ai appris que chaque décision, même la plus déterminante pour l'existence, traîne un fardeau de conséquences négatives. À l'époque, je savais simplement que, pour des raisons qui me dépassaient, je devais partir, et que ma vie dépendait du premier pas que je ferais en direction d'un avenir que je ne distinguais pas encore.

Je m'en souviens comme si c'était hier – chaque émotion, chaque pensée, chaque sensation physique. J'ai beau avoir dû prendre congé en d'autres occasions importantes, celle-ci est gravée dans ma psyché. Quitter une vie que j'avais eu tant de mal à façonner demeure ma référence en matière de ressenti d'un moment décisif. Quand on me demande d'en évoquer un, comme ce fut le cas pendant l'été de la Covid-19 en 2020, c'est toujours le premier qui me vient à l'esprit.

*

Au bout de quatre mois de confinement dus à la pandémie, Bruce Lustig, rabbin de la Congrégation hébraïque de Washington, m'a invitée à participer à une table ronde interconfessionnelle en ligne pour parler avec Bruce Feiler de son dernier livre, *Life Is in the Transitions: Mastering Change at Any Age* [3] (La vie, ce sont les transitions : maîtriser le changement à tout âge). Comme j'avais lu et admiré le travail de Feiler, j'ai accepté avec joie.

La thèse de Feiler est simple : dans la vie, les transitions ne sont pas aussi linéaires ou prévisibles que la description qu'en donnent la psychologie moderne ou les livres de développement personnel. Elles surviennent souvent quand nous nous y attendons le moins, et nous apprenons à les accepter sans sourciller. Ce qu'il nomme un « séisme existentiel » est une transition d'une telle magnitude qu'elle modifie en substance le sens de ce que nous faisons, nos objectifs ou notre cap. Au cours d'une vie, nous effectuons des dizaines de transitions, mais seules quelques-unes atteignent l'intensité d'un séisme existentiel. Lorsqu'il se produit, nous sommes extrêmement conscients qu'il se passe quelque chose d'énorme, mais il nous faut du temps pour saisir et accepter qu'il est impossible de faire marche arrière.

Tous les participants à la table ronde s'émerveillaient du flair de Feiler sur la façon d'aborder le changement, dans la mesure où son livre avait été publié à l'aube d'une pandémie mondiale, d'une crise économique et d'une prise de conscience sociétale du racisme qui n'avait que trop tardé. Nous avons réfléchi à tout ce qui s'était passé pendant cette brève période, ainsi qu'à l'incertitude des temps à venir. Plongés dans les pertes et le chagrin, nous avons trouvé du courage dans la résilience de l'esprit humain et mentionné les traditions de nos fois respectives en tant que sources de sagesse et de force.

Au moment de conclure, Feiler a demandé à chacun d'évoquer un séisme existentiel tiré de son passé. Il y a eu un long silence. J'ai pris une grande inspiration et je me suis lancée la première, relatant comment, à dix-sept ans, je m'étais sentie appelée à quitter une vie que j'adorais. Dès que j'ai ouvert la bouche, j'ai songé que j'aurais pu trouver un exemple un peu moins immature à évoquer devant un panel aussi éminent. Mais, juste après moi, un autre invité a raconté l'histoire d'une « décision de partir » tirée de son adolescence. Puis un troisième. Puis un autre. Et encore un autre. Ma voix n'était pas la seule à trembler.

L'une des personnes à parler ce soir-là était Mohamed Magid, l'imam de la mosquée All Dulles Area Muslim Society (ADAMS), à Sterling, en Virginie. L'imam Magid est un dirigeant internationalement reconnu dans le monde musulman et une voix respectée au sein des cercles œcuméniques qui s'efforcent de lutter contre l'extrémisme religieux dans la région de Washington. Il nous a fait part de ce qu'il a ressenti quand il est arrivé aux États-Unis avec son père, un dirigeant religieux renommé au Soudan qui avait besoin de se faire soigner d'urgence. Le jeune Mohamed était en admiration devant les médecins qu'il avait rencontrés. « Certains étaient juifs, a-t-il raconté. D'autres étaient chrétiens. Et le fait que mon père soit musulman ne leur posait aucun problème ! Ils prenaient soin de lui comme ils l'auraient fait de leur propre père. » C'est en constatant la bienveillance et le dévouement de ces personnes dont on lui avait appris à avoir peur et à se méfier depuis son enfance qu'il a trouvé sa vocation et qu'il s'est attaché à promouvoir la compréhension interconfessionnelle et la tolérance religieuse.

Le dernier intervenant qui s'est exprimé était mon collègue et ami Bruce Lustig, le rabbin de la Congrégation hébraïque de Washington. Il a évoqué l'expérience formatrice qui a découlé de sa décision d'aller étudier en Israël. Il avait toujours éprouvé des difficultés à l'école, ne passant chaque année dans la classe supérieure que grâce à son esprit vif et à son charme. Mais en Israël, Bruce ne pouvait plus se cacher. C'est là-bas qu'on lui a diagnostiqué une sévère dyslexie – un coup dévastateur, car il craignait que ce handicap ne l'empêche de réaliser son rêve de devenir rabbin. L'un de ses professeurs, qui avait été bègue toute sa vie, lui a alors promis de l'aider à franchir l'obstacle. « Aujourd'hui, c'est moi le rabbin qui veille toujours à ce que chaque enfant souffrant d'un handicap puisse faire sa bat ou son bar-mitsvah. »

Le lendemain, Bruce Feiler nous a envoyé un courriel pour nous remercier, dans lequel il écrivait : « J'ai été particulièrement frappé par la similitude de vos réponses concernant les moments charnières dans votre jeunesse et l'appel que vous avez entendu. L'un après l'autre, vous avez décrit un événement majeur en lien avec votre famille et votre vocation qui s'est produit lorsque vous étiez jeune adulte. Ce trait commun a profondément marqué les auditeurs. »

Tous ensemble, nous avons aussi porté témoignage d'une leçon ancrée dans la tradition commune de nos Écritures : le fait que les avancées dans la vie peuvent se produire lorsque nous renonçons au familier pour aller vers l'inconnu. Nous représentions les trois religions mondiales qui déclarent qu'Abraham, un chef de tribu nomade de l'Antiquité, est leur ancêtre spirituel. Il y a plus de quatre mille ans, Abraham a entendu une voix intérieure qui lui enjoignait de quitter son foyer et d'aller s'installer dans une nouvelle terre. Là, il deviendrait le père d'une nation. Son destin est tellement au centre du judaïsme, du christianisme et de l'islam qu'on les appelle les religions abrahamiques.

Le récit biblique commence par la Genèse avec des histoires archétypales qui racontent comment Dieu a créé l'univers ainsi que la chute de la grâce de l'humanité. Adam et Ève, l'arche de Noé, Caïn et Abel, la tour de Babel : elles ont toutes une perspective universelle, pour tous les peuples de la Terre. Puis, dans le chapitre 12 de la Genèse, le récit se concentre brusquement sur un couple, Abraham et Sarah, dont le voyage marque la naissance d'un nouveau peuple appelé et choisi par Dieu.

À propos d'Abraham et Sarah, le théologien spécialiste de la bible Walter Brueggemann écrit : « Celui qui donne vie aux mondes lance maintenant un second appel. Cet appel est spécifique, il s'adresse à un Abraham âgé et à une Sarah stérile. L'objectif de cet appel est de façonner une communauté alternative dans un monde où tout va de travers, d'incarner dans l'histoire humaine la puissance de la bénédiction [4]. » Le moment décisif est la réaction d'Abraham et de Sarah, à propos de laquelle le récit biblique est on ne peut plus succinct :

> *L'Éternel dit à Abram : « Va-t'en de ton pays, de ta patrie, et de la maison de ton père, dans le pays que je te montrerai. Je ferai de toi une grande nation, et je te bénirai ; je rendrai ton nom grand, et tu seras une source de bénédiction. Je bénirai ceux qui te béniront [...] et toutes les familles de la terre seront bénies en toi. Abram partit, comme l'Éternel le lui avait dit* [5].

Il n'y a aucune mention de bouleversement intérieur ni de doute, aucun combat avec des anges ou des démons, aucune discussion avec Dieu. Sans descendance et vieillissant, Abram, qu'on appellera par la suite Abraham, a une vision qui implique d'enfanter, une promesse si extravagante que Sarah éclate de rire, incrédule, lorsqu'elle entend qu'il s'agit d'elle[6]. Pourtant, elle le suit.

En lisant la description neutre de la décision que prennent Abraham et Sarah, il est facile de ne pas saisir son importance. Abraham fait simplement ce que le Seigneur commande. Mais, comme Bruce Feiler le remarque dans un ouvrage précédent consacré à Abraham : « Abraham ne croit pas en Dieu ; il *croit* Dieu. Il ne demande pas de preuves ; il fournit la preuve[7]. »

Leur voyage est plein de rebondissements dus à la fragilité humaine et aux conflits politiques. Abraham et Sarah prennent tous deux des décisions terribles et font du mal à leurs proches. Cependant, leurs erreurs et leurs fautes morales ne remettent pas en cause la promesse de Dieu et ne diminuent pas l'importance du premier moment décisif où ils ont dit oui. Dans l'appel, Dieu prend en compte leur humanité.

Nous ne nous sentons jamais plus vivants que lorsque, à l'instar d'Abraham et de Sarah, nous faisons acte de foi. Leur histoire peut nous servir de modèle spirituel, nous aider à faire confiance à ces rares moments de clarté quand ils adviennent. Le fait que le texte ne précise pas ce qu'Abraham et Sarah ressentaient nous rappelle utilement que, dans les moments décisifs, nos sentiments – ou ceux de quiconque – sont étonnamment hors sujet. Ce qui compte, c'est si nous choisissons ou non de répondre à l'appel.

*

Décider de partir est le premier pas du voyage de notre héros. Joseph Campbell, universitaire spécialiste en religion comparée dont le travail a popularisé l'expression « voyage du héros », assure que ce dernier n'est pas réservé à de rares élus. « Les héros ont mille et un visages [8] », écrit-il, et l'un d'eux est le nôtre. Néanmoins, les raisons de ne pas bouger abondent, parce que la perte qu'entraîne le départ est immense. Campbell décrit les enjeux dans le langage religieux le plus fort : « Passer d'une position d'immaturité psychologique au courage qu'il faut pour être responsable de soi et ressentir de l'assurance est une évolution qui requiert une mort et une résurrection [9]. » Quelque chose en nous meurt quand nous partons, car nous devons renoncer à une version passée de nous-mêmes pour devenir la personne qui nous attend de l'autre côté.

Dans les romans d'apprentissage classiques, le premier pas est souvent une réaction à des situations sur lesquelles le héros n'a aucun contrôle. Pensez à Dorothy dans *Le Magicien d'Oz*, emportée par une tornade loin du Kansas. Au début, la plupart des jeunes héros résistent à l'appel, et n'y consentent par la suite qu'avec réticence. Dans *Le Seigneur des Anneaux*, Frodon aimerait que l'Anneau Unique, porteur du mal, ne se soit jamais trouvé en sa possession. Parfois, le voyage commence par une libération. C'est le cas de Harry Potter, délivré des malheurs du 4 Privet Drive quand il monte dans le train vers Poudlard. En chemin, nos héros rencontrent des mentors essentiels, franchissent des seuils importants, traversent de grandes épreuves et sont frappés par au moins une crise transformatrice. Parfois, ils partent vers de nouveaux territoires et, en d'autres occasions, ils rentrent chez eux avec une nouvelle sagesse à transmettre. Le voyage du héros est à la fois intensément personnel – en tant que socle d'une existence vécue de façon distincte et riche de sens – et important pour la communauté, car l'appel n'est jamais seulement pour soi. Les effets d'une vie courageuse et fidèle résonnent à travers l'espace et le temps.

Comme on s'en doute, les premières décisions de partir, typiquement quand on est adolescent ou jeune adulte, se distinguent dans nos souvenirs parce qu'elles marquent durablement notre travail intérieur de formation de l'identité et de la différenciation du soi. Leur importance continue de grandir avec le temps, tandis qu'elles deviennent notre archétype personnel, le motif identifiable de ce qui nous arrive quand l'appel à partir ressurgit – ce qu'il fait tout au long de la vie. Le voyage héroïque frappe plus d'une fois à la porte.

*

Alors que ma vocation était encore relativement récente, j'ai engagé une conversation avec un autre prêtre épiscopalien qui officiait en tant que directeur d'un centre de vacances et de retraite. Il avait l'air beaucoup plus âgé que moi et bien installé dans son existence. Pourtant, tandis que nous discutions, j'ai appris qu'il allait démissionner pour devenir conseiller dans un programme de résidence pour délinquants juvéniles. La joie et l'excitation dans sa voix étaient palpables quand il a prononcé une phrase que je n'oublierai jamais : « J'ai l'impression d'avoir passé toute ma vie à me préparer à ce travail. »

En peu de mots, il me disait beaucoup – à propos de sa passion et de ses nombreux talents, et peut-être de sa propre adolescence. Son nouveau poste n'était pas un échelon supplémentaire dans une quelconque hiérarchie de sa vocation ; en fait, cela ressemblait plutôt à ce que Henri Nouwen appelle la « mobilité descendante [10] ». Les propos de ce prêtre chevronné ont remué quelque chose en moi. Quel plaisir d'avoir un tel sens de son objectif, une telle convergence de ses faiblesses et de ses forces, de ses souffrances et de sa résilience ! Je savais qu'il était impossible de simuler une telle clarté, tout autant que de sauter par-dessus des années de dur labeur pour y parvenir. Cela impliquait une vie entière à marcher avec foi, pas à pas, en répondant à un appel, puis à un autre et à un autre encore, jusqu'à ce que la grâce vous permette d'accéder à l'intégration et à l'opportunité résumées par ces mots : *j'ai passé toute ma vie à me préparer à cela.*

*

Howard Thurman, un pasteur et éducateur afro-américain, a connu un tel moment en 1943, lorsqu'on l'a invité à San Francisco pour codiriger une congrégation chrétienne interraciale fondée depuis peu. Comme il l'écrirait par la suite, cette invitation « a allumé dans mon esprit la *possibilité* que cela soit l'opportunité vers laquelle ma vie s'était dirigée [11] ».

Thurman a été parmi les premiers Afro-Américains à franchir la frontière de la couleur dans de nombreuses institutions religieuses et universitaires pendant l'ère des lois Jim Crow imposant la ségrégation raciale. Il était un prêcheur très demandé dans les églises aussi bien noires que blanches, et s'exprimait fréquemment lors de conférences religieuses – même si l'on refusait souvent sa clientèle dans les hôtels où elles avaient lieu. Au fil des ans, le manque de volonté du christianisme américain de combattre le racisme au sein de ses églises et dans la société en général l'a de plus en plus exaspéré. Il faisait la distinction entre ce qu'il appelait le « génie de la religion de Jésus » et la pratique du christianisme aux États-Unis telle qu'il la connaissait.

Cela faisait bien longtemps que Thurman savait à quoi ressemblaient l'appel à partir et les possibilités qu'il offrait, même dans des circonstances apparemment impossibles. Né en 1899, il avait grandi à Daytona Beach, une ville ségrégationniste de Floride. Quand il avait sept ans, son père est mort, et, comme tous les enfants afro-américains à l'époque et encore aujourd'hui, il a été obligé de se confronter aux méfaits du racisme dès son plus jeune âge. Cependant, il a eu la chance d'être élevé par des adultes aimants et éduqué dans une communauté paroissiale protectrice. À l'école primaire, ses instituteurs ont constaté sa grande intelligence et l'ont aidé à poursuivre sa scolarité au-delà de la cinquième, qui marquait alors la fin des études pour les enfants afro-américains. Comme il l'écrirait plus tard, ces influences positives ont instillé en lui le sentiment puissant que sa vie, et ce qu'il en ferait, avait de l'importance [12].

Pendant son enfance et son adolescence, Thurman trouvait du réconfort et de l'énergie dans la nature, de l'inspiration au sein de sa famille et de ses professeurs, et éprouvait un désir ardent d'étudier ; ces forces lui ont permis de surmonter d'innombrables obstacles. À chaque étape, sa concentration singulière, son intelligence évidente et ses sacrifices, qu'ils soient personnels ou volontairement consentis par des tiers en sa faveur, l'ont aidé à prendre conscience des objectifs et des responsabilités de l'existence. Il a aussi rencontré des bienfaiteurs, des mentors spirituels, et entretenu des amitiés durables de part et d'autre du fossé racial conçu pour que les Noirs et les Blancs soient « séparés par un mur d'hostilité silencieuse et de suspicion délibérée [13] ».

Thurman a connu la grâce – des rencontres mystiques au contact de la nature ou d'inconnus bienveillants –, ce qui l'a convaincu que Dieu avait quelque chose à voir avec les portes qui s'étaient ouvertes pour lui au moment opportun. Peter Eisenstadt, son biographe, écrit : « La Providence serait peut-être un mot trop fort pour la foi de Thurman, et la chance est trop faible. C'était un de ces liens étranges entre deux événements, un moment où l'on entraperçoit le réseau sous-jacent de bonté et de connexion que l'univers dissimule [14]. » Ce sens de la présence de Dieu a donné à Thurman le courage d'accepter son sort dans la vie et d'en faire son destin [15].

Un présage de l'appel à partir à San Francisco s'était produit dix ans plus tôt à l'occasion d'un pèlerinage en Inde. Thurman et son épouse, Sue Bailey Thurman, étaient à la tête d'une délégation d'Afro-Américains dans le cadre d'une mission d'amitié organisée par la Fédération universelle des associations chrétiennes d'étudiants. Le mouvement non violent du mahatma Gandhi contre le régime colonial britannique avait captivé l'attention du monde entier. Leur conversation, longue de trois heures, avait renforcé la conviction de Thurman selon laquelle la non-violence était le seul moyen de venir à bout de l'injustice raciale aux États-Unis. « Ce sera peut-être par l'intermédiaire des Noirs que le message de non-violence le plus pur sera envoyé au monde [16] », lui avait confié Gandhi en guise de bénédiction et d'encouragement quand ils s'étaient quittés.

Pendant une visite touristique à la passe de Khyber, un tronçon de l'ancienne route commerciale qui traverse un massif montagneux accidenté entre l'Afghanistan et le Pakistan contemporains, et qui avait permis l'échange d'idées, de cultures et de fois entre beaucoup de pays, Thurman a eu une vision : « Créer une congrégation religieuse susceptible de franchir toutes les barrières raciales [17]. » Il a caressé, pendant des années, le projet d'instaurer une véritable expression interraciale du christianisme qui célèbre la merveilleuse diversité de l'humanité. Comme il l'a écrit quand on l'a invité à créer une telle congrégation à San Francisco dix ans plus tard : « J'ai senti sur mon épaule un frôlement qui ne faisait qu'un avec la rencontre créative du rêve de Khyber [18]. »

Quand Thurman a décidé de quitter un poste prestigieux à la Howard University, la meilleure institution universitaire pour Afro-Américains du pays, afin de créer une congrégation religieuse interraciale, son entourage était stupéfait. Le doyen de Howard l'a pressé d'évaluer les risques qu'il prenait, pas seulement pour lui, mais aussi pour sa famille. Thurman a écrit à son homologue de San Francisco : « Notre entreprise audacieuse comporte des risques, et nous devons être prêts à en assumer notre part [19]. » C'était sa chance de fonder une congrégation digne de Jésus. Eisenstadt précise que « Thurman avait vécu depuis sa plus tendre enfance dans les limites et les contraintes de sa situation, et les aléas de sa naissance et de son éducation. L'église de San Francisco était une opportunité de saisir et de revendiquer son destin [20] ».

Le travail pour créer ce qui deviendra l'Église pour la fraternité entre tous les peuples n'avait rien de facile. Mais Thurman ne s'était jamais attendu à ce que cela le soit, et, au cours des dix années qui ont suivi, il a mis tout ce qu'il avait dans cette congrégation. Ce fut une période d'accomplissements et de frustrations. Une période de satisfaction, en raison de l'autorité de son ministère à San Francisco, et de désillusion, parce que l'Église ne rencontrait pas l'écho national qu'il avait espéré. Ce fut une période pendant laquelle il s'est pleinement focalisé sur la direction spirituelle d'une congrégation relativement réduite, et c'est également à ce moment-là qu'il a publié son livre le plus influent, *Jesus and the Disinherited* (Jésus et les déshérités).

Thurman allait de nouveau entendre l'appel à partir en 1953, pour prendre un poste de direction à l'université de Boston, une institution historiquement blanche. Il a quitté San Francisco avec réticence, car il estimait que l'Église pour la fraternité était la réalisation la plus importante de sa vie. Néanmoins, il considérait aussi qu'il avait une responsabilité envers la génération montante, et il était persuadé qu'une université offrirait la plus large tribune possible à son message de résistance non violente. C'est à l'université de Boston qu'un jeune doctorant du nom de Martin Luther King a fait la connaissance de Thurman, lequel allait demeurer une inspiration spirituelle toute sa vie.

*

Que ce soit la première ou la centième fois, en choisissant de partir, nous avons le sentiment que nos vies comptent. Quand nous partons dans la peur, le courage nous est donné d'accomplir ce dont nous ne nous croyions pas capables. Quand nous partons avec enthousiasme, c'est comme si nous nous étions préparés à ce moment toute notre vie. Le fait que le prix à payer est élevé confirme simplement l'importance de l'appel.

Il y a des années, une amie proche a entendu l'appel à changer de métier au mitan de sa vie. Sa nouvelle vocation nécessitait une formation importante, avec une baisse correspondante de ses revenus. Cela impliquait aussi qu'elle emménage une année dans une autre ville, avec ou sans sa famille, pour suivre des cours sur place. La résistance à cet appel a été intense, à la fois intérieurement et dans son entourage. Même une fois sa décision prise, elle a tergiversé durant plus d'un an. Ce fut une période angoissante, au cours de laquelle elle resta coincée entre l'appel et tout ce qui s'y opposait.

Puis, un jour, quelque chose a bougé en elle, et tout est devenu limpide, comme jamais auparavant. Bien qu'elle ait continué de se montrer charmante et pleine de considération avec sa famille, elle ne doutait plus que l'heure de partir était venue. Lorsque je lui ai demandé la raison de ce changement, elle m'a juste répondu : « Je savais qu'il était temps. Ça n'allait pas être facile, mais ne pas me lancer n'était tout simplement pas envisageable. » Le moment décisif était arrivé.

Une telle clarté est un don, quelle que soit la manière dont elle survient. Pour moi, la première fois, c'était à dix-sept ans. Je peux compter sur les doigts d'une main les occasions où je l'ai ressentie. Grâce à l'empreinte psychique de cette expérience initiale, soutenue par les exemples de courage trouvés dans les Écritures, l'histoire et la littérature, ainsi que dans les vies des personnes que j'ai rencontrées, quand le voyage héroïque se manifeste, je le reconnais et je sais ce qu'il faut faire. Je crois que nous le savons tous.

CHAPITRE DEUX

Décider de rester

« Me voici donc en ce jour, je ne puis faire autrement, que Dieu me vienne en aide. »

Martin Luther [1]

Ian Bedloe, dix-sept ans, est le protagoniste de *Saint Lendemain*, un roman d'Anne Tyler publié aux États-Unis en 1991. Il s'en veut à cause du suicide apparent de son frère aîné, Danny, et des tragédies familiales qui se sont ensuivies. Un soir, tandis qu'il erre dans les rues de Baltimore, sa ville natale, Ian voit un néon derrière une vitrine : « Église de la seconde chance ». Il prend place parmi un petit groupe d'âmes blessées et s'entend leur raconter la mort de son frère et sa propre culpabilité. Le révérend Emmett, un jeune homme bon mais à la spiritualité intransigeante, lui assure que le pardon est possible à condition qu'il expie ses péchés. Alors, Ian décide de quitter l'école et de prendre un emploi sans intérêt pour aider à élever les enfants de son frère. Les années passent. Il va travailler tous les jours, s'occupe de sa famille et est un membre fidèle de son église. Pourtant, le pardon qu'il désire tant le fuit toujours, et il commence à remettre en question ses choix.

Un dimanche après-midi après l'office, sentant que Ian est troublé, le révérend Emmett lui propose de le raccompagner à pied jusque chez lui. « J'ai l'impression de gâcher ma vie ! » s'écrie Ian. Le révérend Emmett s'arrête, se tourne et le regarde droit dans les yeux : « C'est *ta* vie, dit-il doucement. Approprie-la-toi. Vois en ton fardeau un don. C'est le thème qu'on t'a donné pour travailler. C'est l'unique vie dont tu disposes [2]. »

Étant donné le drame, l'adrénaline et l'énergie à fournir quand on décide de partir, ne pas le faire peut donner le sentiment d'être piégé. Pourtant, la décision de rester peut également se révéler courageuse et fondamentale. Ce choix, surtout lorsqu'il existe des raisons convaincantes de s'en aller, entraîne un combat intérieur similaire, et le sentiment de crise naissante qu'il suscite est aussi fort que lorsqu'on décide de partir. Mais c'est ici que la similitude cesse, car, en décidant de rester, nous choisissons d'aller plus profond dans la vie que nous avons déjà.

Comme l'appel est à juste titre associé aux côtés aventureux du courage, rester peut paraître un choix par défaut. Néanmoins, la profondeur, fruit de la stabilité, est essentielle à une vie mature et nous permet de faire durablement la différence dans la vie des autres. En choisissant de rester, nous reconnaissons que les enjeux ne se limitent pas à ce que nous voulons ou ressentons. Nous apprenons qu'il y a plus d'une façon de mener une vie courageuse, et que personne ne voit certaines des décisions les plus valeureuses que nous prenons.

La première fois que j'ai lu *Saint Lendemain*, je n'étais guère plus âgée que Ian, et je luttais pour comprendre ce que demeurer dans ma vie signifiait. Il m'a semblé que c'était Dieu qui m'adressait les mots du révérend Emmett : « C'est *ta* vie. Reste où tu es. »

Jusque-là, mon existence avait été largement caractérisée par le départ – déménager d'un endroit à un autre, sortir d'un monde pour entrer dans un autre, apprendre à être courageuse face à l'inconnu. J'étais désormais une jeune trentenaire mariée avec un enfant de trois ans et un nouveau-né, et j'occupais à plein temps un emploi que j'étais censée aimer. D'ailleurs, je l'aimais la plupart du temps, comme j'aimais bien des choses dans ma vie ; ce qui me compliquait la tâche quand je tentais d'admettre ce que je ressentais, ou même d'en parler. Tandis que je conduisais dans les rues de Toledo, dans l'Ohio, il m'arrivait de reprendre les paroles d'une chanson de Nanci Griffith quand elle passait à la radio, « *I'm working on a morning flight to anywhere but here* » (je travaille sur un vol matinal pour n'importe où sauf ici), en souhaitant que ce soit vrai.

Je vois aujourd'hui que mon combat intérieur était un appel à accepter et à profiter du don et du prix de la stabilité. Ce thème revient chaque fois que je me débats avec l'appel à rester. J'ai dû apprendre, encore et encore, que la loyauté ne consiste pas toujours à faire de grands bonds. Parfois, de petits pas suffisent, et il est possible de faire une différence durable dans le monde en prenant soin du petit coin où l'on se trouve.

Notre première année de mariage, que Paul, mon mari, et moi avons passée au Honduras à travailler dans une école pour enfants pauvres, laissait présager cette prise de conscience. Au début, nous avions l'impression de nous être énormément impliqués, mais, vers la fin de notre séjour, je me suis rendu compte que seuls ceux qui consacraient leur vie à servir ainsi étaient susceptibles de transformer vraiment les choses. Je suis rentrée aux États-Unis en souhaitant être ce genre de personne, tout en ressentant que rien dans mon existence ne m'avait préparée à la discipline que cela aurait exigé.

Le mariage, la parentalité et le ministère de ma paroisse sont devenus mes professeurs : chacun représentait un petit monde dont j'étais responsable, chacun valorisait la stabilité plutôt que le changement et la constance plutôt que l'excitation que je désirais tant. Ne sachant pas à qui m'adresser, j'ai trouvé du réconfort et des conseils dans les livres. Des fragments de sagesse arrivaient jusqu'à moi, m'enracinant alors que je voulais m'envoler.

À l'époque où Amos, notre fils aîné, apprenait encore à marcher, nous sommes partis en Suède avec lui pour rejoindre ma mère qui, comme tous les ans, rentrait dans son pays. Nous logions dans la ferme rustique que ses parents avaient achetée après la Seconde Guerre mondiale, où la branche suédoise de ma famille se rassemble pendant la belle saison. Le lieu était magnifique, et on nous a accueillis chaleureusement. Mais, comme on pouvait s'y attendre, au bout d'une semaine, j'avais la bougeotte, je voulais explorer le pays, randonner pendant des heures, faire la traversée jusqu'au Danemark et visiter d'autres régions européennes. À la place, Amos et moi descendions tous les jours un chemin de terre pour regarder paître les moutons du voisin. Amos restait là pendant ce qui me semblait durer des heures, et je me tenais à côté de lui en essayant de lutter contre la jalousie que je ressentais envers ceux dont la vie était sans attaches. Je me plongeais dans des livres pendant sa sieste, essayant désespérément de garder un lien avec le reste du monde. Rétrospectivement, j'aimerais pouvoir rassurer cette version plus jeune de moi en lui disant que le monde n'allait pas disparaître en son absence, mais, à l'époque, je ne pouvais m'ôter de l'esprit que quelque chose me faisait défaut, et que j'étais peut-être même en train de rater ce que j'étais censée faire de ma vie.

Cet été-là, je suis tombée sur *Le Petit Prince*, d'Antoine de Saint-Exupéry. C'est une histoire fantasque, écrite dans le style d'un livre pour enfants, remplie de sagesse à propos des travers de la nature humaine. Le Petit Prince règne sur l'astéroïde B 612. Y vit aussi une seule rose qu'il aime, mais dont la prétention et le besoin constant d'affection lui causent beaucoup de chagrin. Pour soigner son cœur blessé, le Petit Prince décide de quitter sa rose et de voyager à travers la galaxie.

Quand il arrive sur Terre, le Petit Prince gravit une montagne pour avoir une meilleure vue. Depuis son sommet, il voit des centaines de roses dans un jardin, une révélation qui le laisse prostré et en larmes. Sa rose lui avait assuré qu'elle était spéciale et que c'était un privilège que de l'aimer. Mais là, dans un seul jardin, il y en avait des centaines comme elle. Alors, si elle n'était rien d'autre qu'une rose ordinaire, qui était-il, lui ?

Ensuite, le Petit Prince rencontre un renard qui lui enseigne une leçon inestimable : « Tu n'es encore pour moi qu'un petit garçon tout semblable à cent mille petits garçons. Et je n'ai pas besoin de toi. Et tu n'as pas besoin de moi non plus. Je ne suis pour toi qu'un renard semblable à cent mille renards. Mais, si tu m'apprivoises, nous aurons besoin l'un de l'autre. Tu seras pour moi unique au monde. Je serai pour toi unique au monde », lui déclare-t-il.

Le Petit Prince se rend compte que c'est également vrai des roses dans le jardin. Malgré leur grande beauté, il ne les aime pas. Il n'aime que l'unique rose de son minuscule astéroïde, celle qu'il a arrosée, abritée et soignée. « C'est le temps que tu as perdu pour ta rose qui fait ta rose si importante », lui explique le renard. « Tu es responsable de ta rose [3]. »

En imaginant que notre fils était ma rose, j'ai su avec une clarté reconnaissable entre toutes où se trouvaient mon cœur et ma responsabilité. Je me suis aussi rendu compte que, si je ne m'élevais pas à la hauteur d'un amour au singulier, les aventures dont j'avais tant rêvé et tous mes efforts pour apporter une contribution durable n'auraient aucun sens. « Tu es responsable de ta rose » est devenu un mantra qui me rappelle le caractère sacré de toutes les personnes dont on m'a confié la garde.

Frederick Buechner, ministre de l'Église presbytérienne, m'a enseigné, ainsi qu'à beaucoup d'autres, la valeur de la stabilité. À travers ses mémoires et ses écrits, il m'a aidée à vouloir devenir une personne sur laquelle les autres peuvent compter et à chérir les jours où rien d'important ne semble se produire. Buechner écrit :

> *Si je devais résumer en quelques mots l'essence de tout ce que j'ai tenté de faire en tant que romancier et que prêtre, ce serait ce qui suit : écoutez votre vie. Voyez-la comme le mystère insondable qu'elle est. L'ennui et la douleur qu'elle recèle ne valent pas moins que l'excitation et la satisfaction ; touchez, goûtez et sentez votre chemin vers son cœur sacré et caché, parce qu'en dernière analyse, tous les moments sont des moments clés, et la vie est la grâce*[4].

C'est cet été-là que j'ai commencé à écouter de toutes mes forces, à apprendre au jour le jour ce que signifiait le fait d'être, selon les mots du psaume, « comme un arbre planté près d'un courant d'eau, Qui donne son fruit en sa saison, Et dont le feuillage ne se flétrit point[5] ». Ma vie durant, j'ai conservé cette pratique qui requiert un renouvellement constant, étant donné que les jours passés sur place sont infiniment plus nombreux que ceux où l'on entend l'appel à partir. Il n'y a aucune complaisance dans le choix de rester ; et la fidélité que cela nécessite est vraiment héroïque.

Une autre écrivaine, Joan Chittister, une bénédictine, m'a encouragée à prendre le chemin de la sédentarité. Je garde toujours près de moi l'un de ses livres, *Une Sagesse au fil des jours : la spiritualité bénédictine pour tous*, depuis qu'il est tombé entre mes mains il y a des années. Benoît a fondé une communauté monastique au cours des années tumultueuses du IVe siècle, une période où le monde semblait s'effondrer. Il était ancré dans les pratiques simples du quotidien et dans la grâce que recèle un équilibre sain entre le travail, la prière, l'étude et le repos. Chittister, qui publiait dans les années 1990, a apporté la langue d'aujourd'hui à la règle de Benoît. « La vie nous enseigne des vérités universelles, écrit-elle. Pour le sage, la vie n'est pas une série d'événements qu'il faudrait contrôler. La vie, c'est une façon de traverser l'univers entier et sacré[6]. »

Au cours des ans, relire cet ouvrage m'a donné la sagesse et la grâce de fixer mon attention sur l'endroit où je me trouve plutôt que sur celui où je pense que je veux aller. Une phrase m'a sauté aux yeux la première fois que je l'ai lue, et je l'ai toujours en tête : « C'est sans doute le quartier dans lequel on vit plutôt que celui où l'on voudrait vivre qui fera vraiment de nous des êtres humains[7]. » Pendant la prière ou la méditation, j'entends parfois une invitation à remplacer le mot « quartier » par celui qui désigne mon problème du moment, et la vérité de cette phrase résonne. En fait, l'endroit où je suis est peut-être celui où je dois être. Mes souhaits, aussi bons et admirables soient-ils, sont peut-être irréalisables, ou n'en valent pas la peine.

Je ne suggère en aucune façon que rester dans des situations où l'on est victime d'abus ou en danger est la volonté de Dieu, ni que le sacrifice de soi est toujours le chemin vers l'amour. Chercher à accomplir les désirs de notre cœur peut se révéler le choix le plus déterminant de notre existence, même lorsque cela nous détourne d'autres engagements. Ce que j'affirme, en revanche, c'est qu'au cours d'une vie bien vécue, nous avons aussi besoin d'un ancrage suffisant pour développer des relations profondes et découvrir les trésors souvent cachés de la longévité. C'est une autre forme de joie que d'être la personne sur laquelle les autres peuvent compter.

Aujourd'hui encore, alors que mes responsabilités en matière d'attention se sont déplacées vers ma mère, qui est à l'autre extrémité du cycle de la vie, Chittister, Buechner, le Petit Prince et Ian Bedloe me rappellent l'importance d'une fidélité au quotidien, et que la décision la plus aimante et la plus courageuse est parfois de rester où nous sommes.

Quels que soient les bienfaits de la sédentarité, il arrive qu'elle ne soit pas un choix de notre part, mais plutôt une situation que nous devons accepter, le fruit d'une désillusion. Quand la porte se referme sur une opportunité, il est indéniable que rester vous apparaît comme un échec. Cependant, ce genre de désillusion est inévitable au cours d'une vie, et, après une période nécessaire de chagrin, le temps qu'on nous alloue pour rester porte souvent en germe de nouvelles possibilités qui prendront lentement racine. Si nous n'allons nulle part, nous aurons le temps et l'occasion de nous occuper de notre caractère et de peaufiner nos talents, de savourer la grâce à petites doses et d'apprendre la persévérance.

En 2002, une désillusion concernant ma vocation m'a retardée pendant plus d'un an. C'était au cours de ma dixième année dans la paroisse épiscopalienne de St John, à Minneapolis, où j'avais rencontré un certain succès professionnel. Des personnes de tout le pays avaient commencé à me contacter pour me demander si j'envisagerais de prendre un nouveau poste. De mon côté, je m'interrogeais aussi sur mon avenir. La possibilité de devenir doyenne d'une cathédrale épiscopalienne et de diriger une Église avec une vision large en matière de civisme était une chose dont j'avais toujours rêvé. Le doyen de la cathédrale de Minneapolis m'a proposé de m'épauler, afin que je puisse présenter une candidature forte lorsque l'occasion de diriger une autre cathédrale se présenterait.

Puis, de but en blanc, le bureau de l'évêque a annoncé que le doyen avait démissionné. Les rumeurs ont couru. On faisait allusion à des scandales, mais rien n'est sorti en public. Cet événement a déstabilisé notre diocèse, mais j'ai su immédiatement que j'allais postuler à sa succession. C'était une ambition audacieuse, mais le moment était mal choisi. J'avais pourtant l'impression que c'était une opportunité que je ne pouvais pas laisser passer.

Dès le début, le processus de sélection d'un nouveau doyen a été désagréable, et les dynamiques au sein de notre famille, de l'église St John (située à quelques kilomètres à peine de la cathédrale) et du diocèse en général l'ont compliqué. Dans un premier temps, le comité de sélection a rejeté ma candidature, ce qui se révéla à la fois dévastateur et humiliant, mais, quelques semaines plus tard, il m'a réintégrée parmi les finalistes. Il était évident pour tout le monde que j'étais la femme de service sur la liste et le seul candidat local. J'ai failli refuser, mais je savais que je regretterais de ne pas avoir essayé. Pendant un bref laps de temps, j'ai eu l'impression que le vent tournait en ma faveur. Je me rappelle avoir dit à Dieu en prière que, malgré toute l'ambiguïté qui m'entourait, si j'étais appelée, je consacrerais avec joie le reste de ma vie vocationnelle à cette tâche.

En fin de compte, la cathédrale a choisi quelqu'un d'autre. Je savais depuis le début que je n'étais pas favorite, mais je n'étais pourtant pas préparée à ce qui s'est produit ensuite. Certes, je parvenais à garder contenance et à soutenir en public la cathédrale et le nouveau doyen, mais, chaque fois que je me retrouvais seule, je fondais en larmes. Mon corps semblait tomber en morceaux, et je suis entrée dans une longue période de douleurs chroniques. Ma vie de famille en a souffert ; Paul et nos jeunes fils ne savaient pas comment réagir devant mon chagrin. La vie dans le diocèse était en plein marasme, et je me sentais à la dérive dans cette congrégation que je servais depuis si longtemps. Je n'avais plus confiance dans la direction de l'évêque, et, se sentant trahi, il avait perdu confiance dans la mienne. Une personne de son équipe avait sèchement suggéré que je cherche du travail dans un autre diocèse.

Mais, à ma grande surprise, à un moment pendant cette année de chagrin, un nouvel appel à rester a lentement pris racine dans mon cœur. Il n'a pas supprimé la peine que je ressentais, il s'est plutôt développé à côté. J'ai reconnu la sensation de clarté familière aux appels à partir. Au fur et à mesure que la perspective de rester se renforçait, mon enthousiasme faisait de même. J'avais le sentiment de m'aligner avec ceux qui me sont les plus chers, car je me réjouissais à l'idée de permettre à nos deux fils de terminer le lycée et à Paul de s'épanouir dans sa vie professionnelle, tout en approfondissant mon ministère dans l'église que j'avais servie pendant une décennie.

Dans un premier temps, j'en ai parlé à mes proches – mon mari et quelques amis. Puis j'ai demandé à la direction de St John comment elle accueillerait un nouvel engagement de ma part pour cinq années supplémentaires. J'ai précisé que, si je restais, il me faudrait acquérir de nouvelles compétences pour le travail qui nous attendait. Au cours des dix ans que nous avions passés ensemble, St John avait grandi, et la congrégation avait besoin d'une autre sorte de dirigeant. Si je devais être cette personne, l'évolution serait tout aussi radicale que si j'étais partie et qu'un nouveau prêtre avait été appelé. D'un autre côté, nous pouvions trouver du courage dans les fondations posées par nos dix années de collaboration.

La direction a accepté ma proposition. J'avais beau les avoir prévenus des changements à venir, ni eux ni moi ne savions exactement en quoi ils consisteraient. À dire vrai, les années suivantes n'ont pas été faciles ;

de fait, elles ont été parmi les plus exigeantes que j'ai passées à St John. Ce furent aussi les plus fructueuses. J'ai appris que choisir de rester ne signifiait pas rester la même personne. Finalement, j'y ai passé huit années de plus.

*

Dans le meilleur des cas, la décision de rester relève du choix quotidien de s'investir de tout son cœur dans sa vie et dans ses engagements, en résistant à la tentation de dériver, de se désengager par passivité ou de tenir le coup avec stoïcisme. Les crises arrivent après les périodes de doute, de désillusion ou d'ennui, quand nous nous surprenons à souhaiter n'importe quelle autre existence que la nôtre. À la croisée des chemins, il faut du courage tant pour partir que pour rester, avec une compréhension plus profonde des enjeux et des potentialités de ce choix.

Une parabole de l'Évangile de Jean parle avec force de ce moment crucial. Il y eut un temps où l'enseignement de Jésus était tellement controversé que les foules qui buvaient autrefois ses paroles commençaient à se détourner. Même ses plus proches disciples ne voulaient plus faire partie de son mouvement. « Cette parole est dure, disaient-ils. Qui peut l'écouter ? » Pour réévaluer la situation sobrement, Jésus se tourna vers les douze disciples de son cercle le plus intime et leur demanda : « Et vous, ne voulez-vous pas aussi vous en aller ? » Sa question resta en suspens. Finalement, Simon-Pierre prit la parole : « Seigneur, à qui irions-nous ? Tu as les paroles de la vie éternelle [8]. » Ils étaient allés trop loin pour faire marche arrière. Leurs destins étaient liés au sien.

Dans ma vie personnelle, en tant que dirigeante d'une confession chrétienne dont les rangs sont de plus en plus clairsemés, je me tourne souvent vers la décision de rester avec Jésus quand d'autres choisissent de partir. Ne connaissant que trop bien nos défauts, je peux facilement comprendre pourquoi tant de personnes choisissent de s'éloigner de l'Église et de la foi. Qu'est-ce qui persuade n'importe lequel d'entre nous de rester dans la tradition confessionnelle quand de nouvelles idées et une évolution personnelle nous poussent à remettre en question ce que nous tenions autrefois pour vrai, ou quand nos chefs spirituels, voire des communautés entières, nous laissent tomber ? Qu'est-ce qui empêche notre foi de devenir rance et de moins en moins pertinente [9] ? J'ai souvent trouvé la réponse dans la question de Simon-Pierre : « À qui irions-nous ? » J'ai fait trop de chemin avec Jésus pour m'en éloigner. Bien que je sois souvent découragée par mes défauts et par ceux des autres, je n'ai jamais perdu la foi en Jésus. Je serai à jamais inspirée par ceux qui vivent dans sa lumière, et je m'efforcerai de leur ressembler davantage. Alors, je reste.

L'une de ces sources d'inspiration est la révérende Kelly Brown Douglas, première doyenne de l'Episcopal Divinity School au Séminaire de l'union théologique (un séminaire protestant de théologie) et chanoinesse-théologienne à la cathédrale nationale de

Washington. Douglas est autrice de six livres, tous écrits d'un point de vue *womanist*, une approche méthodique de la théologie qui met l'accent sur l'expérience et les perspectives des femmes noires. Son travail est à la fois profondément personnel et d'une rigueur universitaire : elle fait part de la lutte qu'elle mène pour rester chrétienne malgré les véritables torts que ceux qui prétendent suivre Jésus ont infligés aux Noirs, aussi bien par le passé que de nos jours.

Pris comme un tout, les écrits de Douglas témoignent de son périple spirituel, qui l'amène d'abord à s'installer et à trouver la paix dans sa décision de rester dans l'Église, mais qui voit toujours cette question refaire surface, comme lorsqu'un étudiant lui a demandé sèchement : « En tant que Noire, comment est-il possible que vous soyez chrétienne, alors que le christianisme a si souvent contribué à votre oppression [10] ? » Chaque fois que Douglas est confrontée à une nouvelle version de la question de Jésus « Et vous, ne voulez-vous pas aussi vous en aller ? », elle réagit en prenant la plume, en se plongeant plus profondément dans l'histoire du suprémacisme blanc et en puisant dans la force spirituelle de ses ancêtres. Jusqu'à présent, chaque fois qu'elle s'est retrouvée sur le point de partir, à mon grand étonnement, elle a choisi de rester, ce dont je lui suis très reconnaissante.

Enfant, Douglas fréquentait la seule église épiscopalienne noire de Dayton, dans l'Ohio. Elle adorait s'y rendre, et elle aimait particulièrement les récits à propos de Jésus. À l'adolescence, alors qu'elle s'aventurait hors de sa congrégation, elle fut surprise d'apprendre qu'il y avait non seulement des épiscopaliens blancs, mais surtout que l'Église était majoritairement blanche. (Plus tard, quand on l'a questionnée sur son choix de rester dans une Église aussi empêtrée dans le suprémacisme blanc, elle s'est esclaffée en se rappelant avoir pensé : « Que font tous ces Blancs dans mon Église ? »)

En grandissant, Douglas entendait ses parents évoquer à voix basse les violences raciales. Un jour, elle a demandé à son père ce que les Noirs avaient fait pour que les Blancs les haïssent. Lorsqu'elle est entrée à l'université, elle s'est rendu compte que la haine des Blancs n'était pas un problème provoqué par les Noirs, mais par ceux qui étaient déterminés à haïr. Elle a décidé de trouver le moyen de consacrer sa vie à démanteler ce que W. E. B. Du Bois appelait la « ligne de couleur », qui perpétuait la violence raciale et plongeait tant d'enfants noirs dans la pauvreté. C'est également à l'université que sa foi a connu sa première crise, quand Douglas a pris conscience qu'elle avait grandi avec l'image mentale d'un Jésus blanc. « Comment un Jésus blanc pourrait-il se soucier de moi et, qui plus est, des enfants noirs pauvres ? s'est-elle demandé. Et comment pourrais-je jamais, en tant que personne noire, avoir la foi en un Jésus blanc[11] ? »

C'est David Woodyard, le chapelain de l'université où Douglas étudiait, qui lui a fait découvrir l'œuvre de James Cone, le théologien de la libération noire. La critique que ce dernier fait du christianisme blanc est devenue pour elle une bouée spirituelle. Voici quelqu'un qui, au sein de l'Église, mettait des mots sur l'horrible réalité de la complicité du christianisme dans l'esclavage et ses maux. Cone proposait une image libératrice : Jésus en tant que Christ noir, solidaire des peuples opprimés de la Terre. « Quand j'ai lu Cone, raconte Douglas, j'ai trouvé la réponse à mes questions. Je pouvais être une Noire et aimer Jésus sans contradiction, parce qu'en fait, Jésus était noir, tout comme moi. Cone exprime clairement que Jésus, né dans la pauvreté, ne fait qu'un avec tous ces enfants noirs piégés derrière l'éprouvante ligne de couleur des quartiers défavorisés [12]. » La théologie de Cone a renouvelé la gratitude de Douglas envers la foi dont elle avait hérité. Par la suite, elle a élargi les horizons de la théologie noire en réfléchissant à l'expérience des femmes noires dans une société blanche et des personnes LGBTQ+ dans l'Église noire.

Mais le prix à payer pour rester chrétienne et continuer d'être une dirigeante noire dans une confession où les Blancs prédominent est élevé. Dans son dernier livre, *Resurrection Hope: A Future Where Black Lives Matter* (Espoir de résurrection : un avenir où la vie des Noirs compte), Douglas reconnaît qu'une fois de plus, sa foi traverse une crise, peut-être la plus importante de sa vie. Elle conclut sobrement que la blancheur a corrompu l'imaginaire éthique de la société américaine au point que celle-ci ne peut plus envisager un monde dans lequel les vies des Noirs comptent véritablement [13]. Cependant, à l'instar de Cone, elle affirme sans ambages que, d'un point de vue tant historique que contemporain, le christianisme blanc est aux antipodes de la mission de Jésus. Si Douglas réserve ses critiques les plus acerbes aux chrétiens qui étaient ou qui sont les fiers soutiens des causes suprémacistes, elle est tout aussi intransigeante dans son évaluation des « bons » dirigeants chrétiens blancs, qui ont le privilège de choisir leur façon de réagir face aux injustices.

Lorsque son fils lui a demandé comment elle parvenait à garder espoir, elle a répondu en lui parlant de son arrière-arrière-arrière-grand-mère : « Chaque fois que je pense à Mama Mary, je pense à ces Noirs qui sont nés dans l'esclavage, morts dans l'esclavage, et qui n'ont jamais inspiré la moindre bouffée d'air en tant que personnes libres. En fait, ils n'ont même jamais rêvé que cela puisse leur arriver. Néanmoins, ils se battaient pour leur liberté… Quand je songe à eux et à leur combat pour la liberté, je ne peux céder à ce qui détruirait la vie noire [14]. »

Douglas pense que Jésus, en tant qu'incarnation de Dieu dans une vie humaine, continue de faire l'expérience de la crucifixion à travers les vies des Noirs, et qu'il ressent la douleur qu'elle cause comme si c'était la première fois. Elle marche avec lui vers la croix. Mais elle trouve aussi de l'espoir dans sa résurrection – l'espoir même auquel s'accrochaient ses ancêtres, et qu'elle est déterminée à perpétuer.

Je ressens quotidiennement l'offrande de sa remise en question, qui m'empêche d'oublier les vastes implications d'une foi qui n'est pas seulement personnelle, mais aussi collective ; cela dit quelque chose des maux sociaux que la chrétienne blanche que je suis ne perçoit pas toujours. En tant que collègue et amie, en tant qu'universitaire et prêcheuse, Kelly Brown Douglas ne se tait pas lorsque des vérités évidentes pour elle m'échappent. Plus d'une fois, en réaction à tel ou tel scandale sociétal dont les Noirs ont été victimes, elle m'a appelée : « Mariann, nous devons faire quelque chose, dire quelque chose. » Elle choisit, malgré l'énorme prix à payer, de rester dans une Église dont les dirigeants tels que moi ont besoin de ses encouragements constants. Nous lui devons plus que ce que les mots peuvent exprimer, car l'intégrité de notre témoin est en jeu.

*

Indéniablement, la décision de rester recèle une composante sacrificielle, un sentiment de perte devant les chemins que l'on n'a pas empruntés et le poids des fardeaux dont on a choisi de ne pas se délester. Rester peut aussi être le don d'un amour envers nous-mêmes et les autres. Car, en choisissant la stabilité dans un domaine de notre existence, nous offrons à ceux qui dépendent de nous la possibilité de s'épanouir et de grandir. En général, nous n'associons pas la stabilité à l'amour sacrificiel, car son côté héroïque n'est pas visible, mais, sous la surface, c'est une autre histoire.

Aucune relation n'a davantage besoin d'un tel sacrifice que le mariage ou tout autre type d'engagement pris pour toute une vie. J'ai été témoin de la métamorphose du divorce : scandaleux dans mon enfance, il est aujourd'hui devenu une configuration familiale courante. En tant que prêtre, j'ai officié dans des dizaines de mariages et, par la suite, conseillé beaucoup de ces couples lorsqu'ils ont décidé de se quitter. J'ai traversé avec des amis ou des membres de ma famille le processus poignant et traumatisant de la séparation. C'est pourquoi la résilience des mariages qui durent m'émerveille d'autant plus. J'ai la bénédiction d'être dans un tel couple, et je sais quelque chose du tribut que cela exige. En plusieurs occasions, Paul et moi avons fait le choix conscient de rester mariés. Cela n'allait pas de soi.

À l'instar des appels à partir où je sentais Dieu me conduire vers de nouveaux horizons, j'ai connu des moments au cours de mon mariage durant lesquels l'appel à rester était tout aussi clair. Paradoxalement, cette clarté jaillissait souvent de ce que je n'avais *pas* entendu. Au cours des périodes où nous envisagions de mettre fin à notre couple, ou du moins de nous séparer pendant quelque temps, je priais pour y voir clair. Pour agir en faveur d'une décision qui allait changer nos vies à jamais et peser sur celles de bien des gens que nous aimions, j'avais besoin d'une injonction irréfutable, de la certitude intérieure que partir était la voie à suivre. Comme je ne l'ai pas entendue, je suis restée. Paul aussi, Dieu merci.

Des forces sociales considérables travaillent contre les engagements à long terme, et la sphère privée du mariage est étonnamment solitaire pendant de longues périodes. Bien que dans certaines circonstances le divorce soit l'option la plus fructueuse, les récompenses qu'octroie la persévérance dans le mariage sont nombreuses. À travers les défis et les sacrifices, nous grandissons dans notre capacité de pardonner, d'accepter et de valoriser le caractère unique d'un autre être humain. Au fil du temps, nous prenons conscience du privilège et de la responsabilité que constitue le fait de jouer un rôle dans la vie d'une personne et de la soutenir. Il y a aussi l'histoire commune d'un mariage, l'espace émotionnel qui se crée entre les conjoints et dans lequel d'autres peuvent se sentir bienvenus et à l'abri. Un bon mariage est un terrain solide sur lequel d'autres peuvent construire leur vie, et la dimension extérieure de la vie maritale a été pour nous une source de joie profonde. Paul et moi avons été enrichis par le partage de nos vies et de notre maison avec d'autres, et nous chérissons tous deux l'opportunité d'être présents dans les moments cruciaux de ceux que nous aimons ou d'inconnus.

Les mariages de figures publiques dans lesquels les deux conjoints partagent une même passion m'ont toujours fascinée. C'était particulièrement vrai du couple présidentiel qui a dirigé notre nation pendant la Grande Dépression et la Seconde Guerre mondiale, Franklin et Eleanor Roosevelt. Dans une période de troubles et de souffrances, Franklin et Eleanor ont été des icônes de stabilité, de compassion et de courage. Le pays se tournait vers eux pour trouver de la force, sans savoir que les aspects privés de ce mariage iconique n'auraient jamais survécu aux tabloïds d'aujourd'hui ni que le couple avait failli divorcer vingt ans avant d'entrer à la Maison-Blanche. Étant donné les circonstances et les mœurs de l'époque et de leur classe sociale, un tel scandale aurait fait dérailler la carrière politique de Franklin bien avant qu'il soit candidat à la présidence. Eleanor avait choisi de rester. Il est impossible d'imaginer ce que le pays et le monde seraient devenus aujourd'hui si elle en avait décidé autrement [15].

En 1905, à dix-neuf ans, Eleanor avait accepté la proposition de mariage de son cousin éloigné. Franklin avait déjà des ambitions politiques, et Eleanor souhaitait ardemment œuvrer au bien dans le monde. Au début du nouveau siècle, chacun voyait la planète comme un endroit aussi dangereux que prometteur. Certains historiens décrivent leurs premières années de mariage en termes élogieux [16]. À l'inverse, d'autres suggèrent que le couple a immédiatement rencontré des difficultés. Dans la biographie *Eleanor*, David Michaelis écrit que, dès leur lune de miel, ils avaient établi ce qui deviendrait un mode de fonctionnement – tandis que Franklin flirtait ouvertement avec d'autres femmes, Eleanor se réfugiait dans un silence de plomb [17]. « Néanmoins, plus ils se décevaient l'un l'autre, plus ils embrassaient volontiers les problèmes du monde [18] », ajoute Michaelis.

Cependant, l'appel d'Eleanor à se mettre au service des gens a été submergé par l'épuisement lié à l'accouchement et à la parentalité. Sara Roosevelt, la mère de Franklin, était une présence autoritaire dans leur foyer, et Eleanor s'est glissée dans le rôle de la soumise, presque de l'enfant, tandis que la carrière de Franklin décollait. Eleanor refusait aussi de reconnaître ce que tout le monde savait dans la bonne société de Washington : Franklin était tombé amoureux de sa secrétaire particulière, Lucy Mercer. Leur liaison a duré des années. Eleanor a persisté dans son déni, du moins en public, jusqu'à cette nuit fatidique de 1918, où Franklin est rentré d'un séjour prolongé en Europe. En défaisant les valises de Franklin, Eleanor a découvert les lettres d'amour de Lucy. Des années plus tard, dans sa correspondance privée, elle a reconnu que « le monde s'est dérobé sous mes pieds et pour la première fois, j'ai dû me confronter à moi-même, à mon environnement et à mon univers [19] ».

Eleanor avait le cœur brisé, mais les idées claires, et elle a immédiatement proposé à Franklin de lui rendre sa liberté. Sara, mortifiée à la perspective du scandale que causerait un divorce, a menacé de mettre fin au soutien financier dont dépendaient la vie privilégiée et l'avenir politique de son fils. Au cours des jours chaotiques qui ont suivi, Louis Howe, le meilleur ami de Franklin et son conseiller politique, a fait office de médiateur. Ce qui avait commencé comme une conversation hésitante devenait une négociation des termes du mariage. Sara était désespérée, Franklin boudait et Eleanor gardait son calme. Elle refusait de rester dans un mariage où elle n'était pas désirée.

Bien que Franklin n'ait laissé aucune trace publique ou privée de ses véritables sentiments, ses biographes décrivent Lucy Mercer comme l'amour de sa vie. Toujours est-il que son amour pour la politique et le service public s'est révélé plus grand, et il a rompu. Il a prié Eleanor de l'excuser et lui a juré de ne plus jamais revoir Lucy. C'est une promesse qu'il n'a pas tenue, mais ils ont été séparés suffisamment longtemps pour permettre à Franklin et Eleanor de trouver leur voie.

En choisissant de rester, Eleanor a redéfini ce que signifiait pour elle le fait d'être la femme de Franklin. Elle a insisté pour faire chambre à part et disposer d'une autorité totale sur leur foyer. Elle a renvoyé tous les domestiques soumis à Sara et embauché à la place des personnes qui lui étaient loyales. Sa biographe Blanche Wiesen Cook écrit : « Tandis qu'Eleanor attendait que son cœur guérisse, une nouvelle résolution a émergé, sous la forme de mots qui allaient devenir la bannière de sa vie adulte, des mots qu'elle répétait en guise de conseil à ses amis et aux jeunes qui à partir de là allaient entrer dans son univers, un nouveau monde d'actions militantes : "Votre vie n'appartient qu'à vous." [20] » Eleanor n'attendait pas et ne désirait même plus une quelconque intimité sexuelle avec Franklin, mais elle tenait à s'assurer que son mari voulait vraiment qu'elle reste sa partenaire dans la vie.

Le fait est que Franklin allait bientôt avoir besoin d'Eleanor, bien plus que quiconque aurait pu le prévoir. Durant l'été 1921, il a contracté la poliomyélite. Pendant les premières semaines, il était entre la vie et la mort, en proie à de fortes fièvres et à des douleurs atroces, mais Eleanor n'a jamais quitté son chevet. Puis, tandis qu'il récupérait petit à petit et finissait par accepter sa paralysie partielle permanente, Eleanor et Howe ont fait équipe pour maintenir en vie les aspirations de Franklin. Elle a pris conscience que, sans avenir dans la politique, son mari renoncerait à tout. Elle croyait en cet avenir, et au fait que sa place était à ses côtés.

Quand Franklin a été élu président en 1932, le mariage tourné vers l'extérieur était fermement établi, et leur partenariat reposait non pas sur l'intimité, mais sur des valeurs partagées, leurs besoins mutuels et l'affection [21]. Chacun avait aussi mis en place sa propre communauté de soutien – des hommes et des femmes qui s'occupaient de leurs besoins physiques et émotionnels pendant qu'ils servaient le pays. L'historienne Doris Kearns Goodwin compare la Maison-Blanche des Roosevelt à un petit hôtel. Certains hôtes restaient des années, comme ceux qui partageaient l'intimité de Franklin et d'Eleanor. D'autres venaient passer quelques jours ou une semaine, ce fut le cas des chefs d'État, des membres de la famille et des conseillers politiques. « Leur famille étendue de la Maison-Blanche, conclut Goodwin, permettait à Franklin et à Eleanor d'apaiser ou du moins de cacher le caractère inachevé de leur mariage [...]. Il existait des zones d'exclusion, des besoins non assouvis qui ne pouvaient l'être que par d'autres [22]. » Les rumeurs allaient bon train, mais les médias protégeaient leur vie privée.

Eleanor voyageait pour le compte de Franklin, participait à des événements auxquels il ne pouvait assister et, en rentrant, lui racontait ce qu'elle avait vu. De tous ses conseillers, elle était celle en qui il avait le plus confiance. Franklin encourageait le militantisme d'Eleanor et prenait sa défense contre ses détracteurs quand elle dénonçait l'injustice raciale et les pratiques professionnelles abusives. L'intensité des amitiés et des relations romantiques de son épouse avec des hommes ou des femmes ne semblait pas le déranger. De son côté, elle acceptait et se liait même d'amitié avec les femmes qui prenaient soin des besoins personnels et intimes de Franklin.

J'ai longtemps réfléchi au prix et aux conséquences de la décision d'Eleanor de rester, un acte devenu pour elle un puissant moment de différenciation du soi. Certes, elle acceptait de demeurer son épouse, mais pas comme avant. Elle voulait bien être la partenaire de son mari, mais elle s'autorisait aussi à chercher le bonheur où elle pouvait le trouver. Et, surtout, elle avait déterminé ce qui comptait vraiment pour elle, en l'espèce une vie de services dédiée à des idéaux de justice, de paix et de droits humains. Elle fréquentait principalement des espaces d'intégration raciale et se liait d'amitié avec ceux qui travaillaient en faveur des droits civiques. Howard Thurman compte parmi ces milliers de personnes qui ont trouvé du courage et de l'inspiration dans un mot de soutien d'Eleanor Roosevelt. En 1944, quand il a quitté Washington pour San Francisco, elle a prononcé le discours inaugural de la cérémonie d'adieux en son honneur et a été parmi les premières à signer une carte d'engagement pour son Église interraciale [23].

*

La plupart du temps, les décisions de rester n'entraînent pas des conséquences aussi importantes que dans le cas d'Eleanor Roosevelt ou de Kelly Brown Douglas, mais nos choix ont des retombées qui sont parfois plus vastes que nous ne le saurons jamais. Choisir de rester est rarement reconnu comme le voyage héroïque que cela peut devenir, et peu de gens sont en mesure de percevoir la profondeur de la crise que nous traversons quand notre vie est en jeu. C'est, pour l'essentiel, une lutte interne. Parfois pour le meilleur, car nous avons surtout besoin de temps et d'espace pour penser, ainsi que d'une volonté de faire confiance à notre boussole intérieure. Même dans des situations auxquelles nous voulons désespérément échapper, nous pouvons arriver à la prise de conscience stupéfiante que rester est notre choix. Nous ne sommes pas piégés. Nous sommes acteurs de notre destin.

Dans ces moments cruciaux, il n'existe aucun manuel à consulter ou modèle à suivre. Cela étant, la littérature et nos traditions de foi nous ouvrent certaines voies vers la sagesse. En outre, nous apprenons du courage des autres, mais le plus important, c'est de discerner ce que nous avons dans le cœur, car chacun de nous doit parvenir à sa propre décision. Que nous fassions appel à Dieu consciemment ou non, c'est un voyage sacré. Nous luttons contre de profondes questions portant sur l'identité, les relations, le sens de notre vie et la nature sacrificielle de l'amour. Il n'y a rien de passif ni d'anodin à choisir de rester, car, paradoxalement, cette décision implique une invitation à commencer quelque chose de nouveau. C'est vers ce nouveau départ que nous nous tournons à présent.

Chapitre trois

Décider de commencer

« Un voyage de mille milles commence
par un simple pas. »

Laozi, *Dao de Jing*[1]

Il est étonnamment facile de lire tous les récits bibliques de la vie de Jésus sans remarquer son moment le plus décisif. Des quatre évangélistes, Matthieu, Marc, Luc et Jean, seul Luc le mentionne, et presque incidemment. Pourtant, c'est à ce moment-là que Jésus s'embarque dans le voyage qui le mènera à la mort – et il le sait.

Auparavant, Jésus avait résidé dans le nord d'Israël, près des villages qui bordaient le grand lac de Tibériade. Nazareth, sa ville natale, était le camp de base de son ministère itinérant qui prodiguait enseignement, soins et nourriture aux communautés démunies, réduites aux aléas d'une agriculture ou d'une pêche vivrière pour subsister. En accord avec la tradition rabbinique de l'ancien judaïsme, il avait réuni un petit groupe de disciples qui voyageaient avec lui.

Un jour, Jésus fit une pause dans son ministère pour gravir une montagne toute proche. Il faussait fréquemment compagnie aux foules qui le suivaient partout, souvent la nuit, et parfois pour toute une journée. Pour Jésus, gravir une montagne était une forme de prière. Les randonnées lui clarifiaient l'esprit et, tandis que son regard balayait l'horizon, les vues lui offraient une perspective. En général, il partait seul, mais cette fois-ci, il invite trois de ses plus proches disciples – Jacques, Jean et Simon-Pierre – à se joindre à lui.

Les quatre Évangiles mentionnent cette ascension qui, selon les érudits spécialistes du Nouveau Testament, donne à ce récit une importance à la fois historique et théologique. Arrivé au sommet, Jésus vit une expérience mystique sous la forme d'une conversation avec ses ancêtres spirituels, Moïse et Élie. Ses disciples voient une lumière qui le baigne et semble modifier son apparence, puis entendent la voix de Dieu leur parler depuis un nuage : « Celui-ci est mon Fils élu ; écoutez-le[2] ! » Pour des raisons qu'ils ne comprennent pas sur le moment, Jésus leur fait jurer de garder le silence.

Le tourbillon des besoins humains attend Jésus lorsqu'il descend de la montagne. Avant même qu'il puisse reprendre son souffle, il se remet au travail. Mais quelque chose est différent. Quoi que Jésus ait ressenti quand la voix dans le nuage a parlé, il est désormais clair que sa mort est imminente. Le sachant, il prend la décision cruciale de se rendre à l'endroit où sont morts tous les prophètes qui l'ont précédé. « Lorsque le temps où il devait être enlevé du monde approcha, Jésus prit la résolution de se rendre à Jérusalem [3]. »

Le long des cent vingt-cinq kilomètres qui séparent la Galilée de Jérusalem, le ministère de Jésus n'est guère inhabituel : il enseigne et il soigne les gens. C'est sur cette route qu'il livre ses paraboles les plus mémorables, dont celles du Bon Samaritain et du Fils prodigue. Il tient à se rendre dans des zones que la plupart des Juifs évitent et à parler à ceux que l'on ne juge pas dignes de l'amour généreux et inclusif de Dieu. Il dîne avec ses proches amis, Marthe, Marie et Lazare, et honore le choix de Marie de s'asseoir parmi les hommes plutôt que de s'affairer en cuisine. Ce sont les histoires dont nous nous souvenons ; mais nous nous rappelons moins le voyage pendant lequel elles se sont produites.

Néanmoins, pour Jésus, c'est le voyage qui est important, et dans son esprit, sa destination est ce qui compte le plus. Les seuls indices qu'on nous donne du fait que le temps commence à lui manquer sont l'impatience dont il fait preuve avec ceux qui hésitent encore à décider de se joindre à lui et la façon dont il prodigue son enseignement à ses disciples en cours de route. Il y a de l'urgence dans son ton quand il leur dit à plusieurs reprises qu'il ne va pas rester très longtemps avec eux – une information qu'ils ignorent de leur mieux.

*

Le fait que peu de gens saisissent l'importance de l'appel à commencer souligne la nature intime qu'il revêt au début, et le temps qui peut s'écouler avant que ces prémices soient jugées à la lumière des résultats obtenus. En général, les premiers pas sont petits, et le voyage est assez long pour que les chances de le mener à terme soient faibles. En outre, essayer quelque chose ne débouche pas toujours sur un changement radical. Cependant, quand c'est le cas, on peut généralement en retracer l'origine jusqu'à un moment que quasiment personne n'avait remarqué.

La décision de commencer a beaucoup de points communs avec la décision de partir, car elle implique d'aller d'un lieu vers un autre. La différence, c'est le côté imperceptible du mouvement. Il n'y a guère de psychodrame. En fait, dans un premier temps, décider de commencer requiert souvent de rester où nous sommes, en raison des préparatifs importants à gérer avant de se lancer. Nous pouvons même parfois reculer, que ce soit pour compenser des décisions antérieures ou pour revenir sur nos pas afin de prendre un chemin que nous n'avions pas choisi des années auparavant.

Au cours des premières années que j'ai passées à St John, une de mes paroissiennes, Cindy Dowson, m'a confié qu'elle avait décidé de réaliser son rêve : devenir infirmière. C'était un vrai défi, parce que Cindy n'était jamais allée à l'université, et qu'au lycée, ça ne s'était pas très bien passé. Adolescente, elle avait pour principal objectif de vivre toute seule. Au début, elle avait été serveuse, puis elle avait décroché un emploi dans un bureau, qu'elle avait gardé pendant quatorze ans. Elle avait fait la connaissance de Scott, puis l'avait épousé ; ensemble, ils avaient fondé une famille. Après la naissance de son troisième enfant, Cindy avait démissionné pour s'occuper d'eux à plein temps, et c'est à ce moment-là qu'elle m'a fait part de sa décision de se former au métier dont elle avait toujours rêvé.

Commencer impliquait de suivre un cours du soir par semestre, dans un institut universitaire local, parce qu'elle avait besoin d'une remise à niveau et de valider certaines matières avant même de pouvoir postuler à la formation d'infirmière. « J'étais tellement nerveuse dans ma voiture en allant à mon premier cours, se souvient elle. J'avais peur de ne pas être à la hauteur. » En raison des embouteillages, elle est arrivée en retard, et la porte de la salle de classe était fermée. En l'ouvrant, le professeur lui a froidement déclaré qu'il attendait de tous ses étudiants qu'ils soient à l'heure. Elle n'a plus jamais été en retard.

Pendant six ans, Cindy a travaillé lentement et régulièrement, un cours à la fois. Quand elle a fini par être acceptée dans la formation d'infirmiers, elle l'a suivie à plein temps pendant deux années supplémentaires. Chaque jour, elle se levait tôt pour étudier pendant plusieurs heures avant que ses enfants ne se réveillent, puis, le soir, elle retournait travailler après les avoir couchés. Toutes ces années, elle est restée très active dans notre paroisse, et même si nous savions tous qu'elle avait repris des études, il nous était facile d'oublier ce que cela impliquait pour elle. Seuls elle et Scott, son soutien indéfectible, en connaissaient le prix.

Cindy a obtenu son diplôme pendant la crise économique de 2009, période durant laquelle aucun hôpital ne recrutait. Elle a donc occupé un emploi d'infirmière à domicile de nuit, où elle prenait soin d'enfants et d'adultes victimes d'affections chroniques. « J'avais souvent l'impression d'être une simple baby-sitter, m'a-t-elle confié. Mais j'avais besoin de travailler. » Plusieurs années plus tard, son beau-frère a mentionné que l'hôpital du comté avait besoin d'infirmières pour son unité de traumatologie. Cindy a postulé dès le lendemain et a été embauchée sur-le-champ. « C'est là que j'ai appris à être une infirmière, en travaillant aux côtés des personnes qui s'occupent de ceux qui endurent les pires souffrances. » Quelques années plus tard, Cindy a enfin obtenu le poste dont elle rêvait dans une unité d'obstétrique.

Plus de vingt ans après le moment où elle avait décidé de se lancer sur cette voie, j'ai demandé à Cindy quels souvenirs elle avait gardés et comment elle avait trouvé le courage de persévérer. Elle m'a tout d'abord parlé de son grand-père, endocrinologue à la clinique Mayo, qui, en tant qu'enfant diabétique, avait été l'un des premiers à recevoir des doses expérimentales d'insuline. Ce traitement lui avait sauvé la vie, et il avait décidé d'en faire profiter les autres. « Je n'avais jamais cru pouvoir suivre son exemple, m'a confié Cindy. Mais, quand notre fils Michael est né, le souvenir de mon grand-père m'est revenu à l'esprit, comme pour m'inciter à faire quelque chose de courageux. »

Cindy a précisé qu'une autre graine a été plantée pendant un cours de notre paroisse sur la façon de discerner nos objectifs dans la vie, dont l'intervenant, Richard Howard, était l'un de nos dirigeants laïques les plus talentueux. « Je n'oublierai jamais ce que j'ai ressenti quand John a tracé une ligne verticale sur le tableau blanc et nous a dit qu'elle représentait notre durée de vie, m'a-t-elle raconté. Il nous a demandé de noter notre date de naissance au bas de la ligne, puis d'estimer la date de notre décès et de l'inscrire en haut. Ensuite, il a demandé où nous nous trouvions sur cette ligne et ce que nous souhaitions faire du temps qui nous restait. » Cindy connaissait la réponse.

Elle a aussi évoqué l'infirmière en obstétrique qui était avec elle quand elle a accouché. « Elle était extraordinaire, se souvient-elle, si attentionnée, si encourageante. Et elle *excellait* dans son métier. Je savais que je voulais faire pour d'autres ce que cette femme avait fait pour moi. » Pourtant, le facteur décisif a été ce qu'elle a appris en s'occupant de ses enfants. « Avec l'enfance que j'ai eue, être mère n'était pas gagné d'avance, explique-t-elle. Mais la parentalité m'a enseigné que prendre soin des gens est une chose naturelle chez moi. Décider de devenir infirmière était un prolongement de mon rôle de mère. »

Quand je lui ai demandé si elle n'avait jamais songé à abandonner, elle est restée silencieuse pendant un moment. « Non, a-t-elle fini par répondre. J'allais de l'avant. Bien sûr, j'étais pleine d'humilité devant tout ce que je devais apprendre. Mais je ne regrette pas la durée du voyage. » Elle a marqué une nouvelle pause, puis s'est esclaffée : « Aujourd'hui, je suis la matriarche du service de nuit en obstétrique. Ils m'appellent Mama Cindy ! »

*

Chaque décision d'entreprendre un voyage courageux est unique, mais cette expérience est universelle. Par exemple, à quel moment un enfant décide-t-il de marcher ou de parler ? Les prémices sont instinctives et inconscientes. Pourtant, quand une petite fille se lève et fait les premiers pas vers les bras écartés de sa maman, elle est actrice de sa décision. En grandissant, le choix prend un rôle de plus en plus important, comme lorsque nous apprenons à faire du vélo ou à jouer d'un instrument. Nous distinguons alors plus clairement le courage nécessaire à une jeune personne pour décider de commencer, le risque et la vulnérabilité qui sont les siens lorsqu'elle va au-delà de ses compétences actuelles pour apprendre quelque chose de nouveau, et l'enthousiasme qu'elle ressent en accomplissant ce qui était autrefois impossible.

Les humains ne sont pas la seule espèce capable d'entreprendre des voyages importants. Mon mari, ornithologue amateur, me parle d'oiseaux qui migrent d'un bout à l'autre d'un continent. Comment savent-ils quand il faut partir ? Comment gardent-ils le bon cap alors qu'ils n'ont jamais parcouru ce chemin ? Ce qui nous rend différents, nous humains, c'est notre faculté d'envisager des possibilités qui ne sont pas évidentes et de les explorer. Nous ne sommes pas uniquement mus par l'instinct. C'est une prise de conscience spirituelle qui nous pousse vers un destin donné. Mais c'est à nous de faire le choix, même si nous nous sentons appelés par une présence ou une énergie qui n'est pas nôtre.

Lorsque nous prenons cette décision, le chemin à suivre peut sembler clair, comme lorsqu'il s'agit de faire des études ou d'obtenir une accréditation professionnelle. D'autres projets, plus ambigus, évoquent plutôt une route prise de nuit dans le brouillard – une métaphore que le romancier E. L. Doctorow a employée pour décrire son processus d'écriture. « On ne voit pas plus loin que le faisceau de ses phares, explique-t-il, mais on peut faire tout le trajet ainsi [4]. » En tout cas, ce qui se cache derrière l'horizon ne peut être découvert qu'en avançant vers lui.

Peu après avoir résolu de rester à Minneapolis et de me consacrer pleinement à St John, une décision de commencer très formatrice m'est tombée dessus par surprise. Je ne nourrissais aucun projet particulier, mais j'ai presque aussitôt ressenti qu'il était temps de me préparer à un avenir imprévisible. Je n'avais aucune destination, aucun chemin précis, et à l'évidence aucune garantie de résultat, pourtant je me suis rendu compte que, si je souhaitais qu'on envisage de me confier un poste plus influent au sein de l'Église ou en dehors, je devais être prête quand l'occasion se présenterait. Je ne savais pas vraiment comment m'y prendre, seulement qu'il était essentiel de commencer.

Un embryon d'idée m'est venu lorsqu'on m'a invitée à prêcher au séminaire théologique épiscopalien protestant de Virginie, mon ancienne université, et à y diriger un cours de prêche. Cela constituait une approbation inattendue à mon travail de la part de personnes extérieures à St John, à une époque où j'étais encore fragilisée par le processus de sélection de la cathédrale. Le matin du jour où je devais prêcher, le doyen académique du séminaire s'est assis à côté de moi alors que je terminais de prendre mon petit déjeuner dans le réfectoire. Je ne me rappelle pas grand-chose de notre conversation, si ce n'est le moment où il m'a dit : « Je pense qu'il serait temps que vous commenciez un doctorat en ministère, et j'aimerais que vous envisagiez de le préparer ici. »

Ces mots ont ouvert une porte. Je ne savais pas ce que ces études impliquaient ni où elles me mèneraient, mais je savais qu'elles m'attiraient. À la rentrée de janvier, j'ai commencé mes études doctorales au séminaire, un parcours de quatre ans qui m'a fourni un environnement structuré pour étudier et un lieu pour explorer la pratique spirituelle du *leadership.* Cela m'a également permis de m'intégrer aux débats des dirigeants religieux dans la région de Washington, une chose qui se révélerait importante par la suite.

J'étais également inspirée par les exemples courageux d'autres personnes ayant choisi de commencer quelque chose de nouveau. Pendant ces années-là, j'animais des conférences pour CREDO (Clergy Reflection, Education, and Discernment Opportunity

– Opportunité de réflexion, d'éducation et de discernement pour le clergé), une association qui se consacrait au bien-être du clergé. Avec mon équipe, nous organisions deux conférences par an, destinées à mes pairs dans l'Église, afin de les guider au long d'un processus volontaire d'introspection et de visualisation. Au terme de chaque session, nous formions un cercle pour permettre aux participants d'exprimer leurs aspirations pour l'avenir.

Voici deux de ces histoires que j'ai l'autorisation de relater. En juin 2003, Ernesto Medina a assisté à une conférence du CREDO que j'ai animée. À l'époque, Ernesto était recteur de la cathédrale épiscopalienne de Los Angeles. Sa créativité et son esprit exubérant nous avaient éblouis toute la semaine. Il me taquinait gentiment en raison de mon attitude sérieuse et m'invitait à me détendre et à m'amuser avec le groupe.

Le dernier jour, quand son tour de parler est venu, il a déclaré : « Je veux danser au mariage de mes petits-enfants. » C'était une vision de joie caractéristique de sa jubilation apparemment inépuisable, mais quelque chose dans sa voix a attiré mon attention. Nous avions exactement le même âge, et il était comme moi parent de deux adolescents. Pour nous, les petits-enfants étaient encore une perspective lointaine. « L'espérance de vie n'est pas très élevée pour des hommes comme moi, a-t-il ajouté d'un ton neutre. Prendre soin de moi au point de vue physique est une gageure. Juste avant cette conférence, on m'a diagnostiqué un diabète. » Il a marqué une pause. « Je veux faire tout mon possible pour être là pour mes enfants et mes petits-enfants. »

Ruthanna Hooke assistait à cette conférence. Peu de temps auparavant, elle avait été recrutée par le séminaire pour assurer le cours d'homélie, devenant ainsi la première personne LGBTQ+ en couple à intégrer le corps professoral. En acceptant ce poste, Ruthanna s'est retrouvée au centre des débats de notre Église sur la sexualité, lesquels étaient à l'époque souvent clivants et malintentionnés. Voir sa vie privée étalée au grand jour ne lui plaisait pas. Son appel était l'enseignement.

Pendant la semaine que nous avons passée ensemble, Ruthanna s'est autorisée à imaginer un avenir dans lequel elle ne serait pas principalement connue en raison de son orientation sexuelle. Quand le moment de parler de ses aspirations est venu, elle a dit : « D'ici dix ans, je veux être reconnue comme une sommité dans mon domaine. » Elle avait une lueur de détermination, voire de défi, dans les yeux. J'ai eu envie de me lever et d'applaudir.

J'ai porté Ernesto et Ruthanna dans mon cœur pendant plus de vingt ans. Leurs paroles sont devenues les miennes à mesure que je savourais le spectacle de mes enfants en train de grandir, en imaginant la grand-mère que je deviendrais dans un avenir lointain. Je me suis autorisée à reconnaître mon ambition de diriger, d'avoir la possibilité de faire une véritable différence dans la vie des gens et l'orientation que prend notre pays. Ernesto et Ruthanna m'ont aidée à me rappeler que de telles aspirations nécessitent un engagement quotidien pendant de longues périodes. Il me fallait commencer et continuer d'avancer vers mon avenir.

Au milieu de tous ces remous dans ma vie personnelle, la crise de direction dans notre diocèse s'est intensifiée. Un groupe, dont je faisais partie, a décidé de réclamer et d'organiser un processus de planification stratégique global visant à clarifier les objectifs communs, de sorte que nous puissions faire les investissements *ad hoc*. L'évêque, bousculé par nos actions et franchement stupéfait par notre manque de soutien, a accepté avec réticence, puis promptement annoncé ses projets de congé sabbatique. Le diocèse a recruté un consultant en *leadership* auprès du séminaire luthérien voisin, le révérend Craig Van Gelder. En tant que partisane du processus, on m'a demandé d'intégrer l'équipe de direction qu'on avait appelée la Commission de l'évêque pour la stratégie opérationnelle. L'ironie de ce nom ne nous a pas échappé, étant donné que l'évêque s'était tenu bien à l'écart de notre initiative.

Pendant plus d'un an, nous avons rassemblé des informations sur l'état de notre Église et essayé d'en comprendre la logique. Nous avons organisé des séances d'écoute afin de mieux appréhender les expériences vécues par d'autres personnes. Nous avons examiné les données de la congrégation et les tendances qui racontaient sans fard l'histoire d'un déclin vertigineux de l'institution. Nous nous disputions souvent, et nous n'hésitions pas à souligner les erreurs des autres.

Van Gelder nous a gentiment invités à nous pencher sur notre propre comportement et à aller au-delà de ce qu'il appelait notre « culture de la critique ». « Souligner ce qui ne va pas n'exige ni créativité ni énergie, a-t-il expliqué. Alors, chaque fois que vous émettez une critique, je vous mets au défi de proposer au moins une suggestion pour améliorer la situation. » Ses paroles sont restées gravées en moi, comme le rappel inestimable que la critique est aisée, mais que les personnes qui font vraiment la différence sont celles qui cherchent des solutions créatives.

Lors d'une réunion particulièrement pénible qui avait duré toute la journée, nous en sommes venus à la conclusion déprimante que l'avenir de notre diocèse et de l'Église épiscopalienne en général était peu prometteur, étant donné le nombre de congrégations qui luttaient pour leur simple survie. Van Gelder a observé qu'une vision cohérente nous faisait défaut, de même qu'un sentiment unificateur d'identité ou d'objectif. Les implications que recelait sa remarque m'ont mis un grand poids sur le cœur. Pendant une pause, je suis allée faire quelques pas avec Michele Morgan, ma collègue et amie, également membre de la commission et prêtre talentueuse qui avait entrevu sa vocation à St John des années auparavant. Son chemin vers l'ordination, puis la recherche d'un poste dans l'Église avait été tout sauf facile. Elle n'y était parvenue que grâce au mouvement de l'Église épiscopalienne en faveur de l'inclusion totale des personnes LGBTQ+. Notre diocèse, quels que soient ses problèmes par ailleurs, avait été en première ligne sur ce front.

J'ai confié à Michele que je n'étais même pas certaine que la survie de l'Église épiscopalienne soit importante pour Dieu. Ce n'était pas une remise en question de la mission de Jésus ni du travail du Saint-Esprit, mais simplement de la pertinence du rôle de notre Église dans ce processus. Et même si nous survivions, qui s'en soucierait ? Michele s'est tue quelques instants, puis elle m'a dit : « Moi, je m'en soucierais. C'est l'Église qui m'a accueillie. » Ses paroles me sont allées droit au cœur, et j'ai songé à toutes les autres personnes que j'aimais qui avaient trouvé un foyer spirituel dans la congrégation que je servais et au sein de notre confession. Je me suis rendu compte que, pour le bien des personnes que j'aimais, je n'allais pas renoncer à notre Église, mais me mettre au service de ce qu'il y a de meilleur dans notre tradition.

C'est ce jour-là que j'ai dit à Dieu que, si jamais j'étais appelée à devenir évêque, je me consacrerais à ma tâche de tout mon cœur. Je savais que c'était ce que je voulais faire, et, tout comme Ruthanna, j'osais exprimer mon ambition. Notre évêque a annoncé sa décision de prendre sa retraite plus tard dans l'année, et, quand le moment est venu, j'ai inscrit mon nom sur la liste des candidats parmi lesquels son successeur serait élu.

Deux ans allaient s'écouler avant la convention au cours de laquelle les délégués de l'ensemble du diocèse choisiraient le nouvel évêque. J'ai poursuivi mon travail à St John, tout en me préparant à ce que j'espérais et croyais être mon avenir. *A posteriori*, je vois plus clairement ce qui m'échappait à l'époque : je n'étais pas universellement aimée ou respectée par mes pairs, et peu de gens avaient confiance en mes motivations. Malgré tous mes préparatifs et mon sens de l'appel, le jour du vote, on sentait flotter parmi mes soutiens une anxiété muette dont j'essayais de faire abstraction. À la fin du deuxième tour de scrutin, il était clair que je ne serais pas élue. Le reste de la journée s'est passé dans un brouillard, tandis que Paul m'exfiltrait de l'hôtel aussi vite que possible. À nouveau, j'ai fait de mon mieux pour me montrer agréable après qu'on ne m'avait pas sélectionnée pour le poste auquel j'aurais consacré toute ma vie.

Au cours des semaines et des mois suivants, j'ai eu l'impression que mon univers rapetissait. Nos fils étaient partis à l'université. Paul était occupé par son travail. Mon ministère à St John perdurait. Je poursuivais mécaniquement mon existence, sachant fort bien que St John méritait mieux que ce que j'étais en mesure de lui donner. Quand j'ai fini par annoncer aux dirigeants de la paroisse que je n'avais plus de vision me permettant de rester à leur tête, Kay Kramer, une femme pleine de sagesse et d'attention, m'a gentiment demandé : « Avez-vous assez de vision pour une année ? » J'ai réfléchi un moment, puis j'ai en toute bonne foi répondu oui. « Alors, pourquoi ne pas prendre les années une par une à partir de maintenant ? » J'ai senti qu'elle me donnait sa bénédiction pour que je fasse de mon mieux pendant une période limitée. Mais que penser des signaux et des aspirations qui me poussaient vers un poste plus influent ? Cela me faisait mal physiquement de me rappeler à quel point j'avais désiré être élue évêque et, en même temps, à quel point c'était gênant de reconnaître ce désir.

> *« Renoncez à tous les mondes autres*
> *que le vôtre*[5]*. »*

Ces vers obsédants de « Sweet Darkness » (Douce obscurité), un poème de David Whyte, m'ont guidée au cours de cette année où mon avenir s'assombrissait. Je me suis retirée de tous mes engagements et activités extérieurs à mes relations de confiance et au travail qui m'était dévolu. J'étais de nouveau en train de rouler dans le brouillard, incapable de voir plus loin que le faisceau de mes phares. J'avais l'impression d'être en sursis.

Le jour où le nouvel évêque du Minnesota a été ordonné à sa charge, j'ai pris part à l'office en compagnie de mes collègues. Sa famille et lui-même m'ont chaleureusement accueillie, comme beaucoup d'autres personnes d'ailleurs, mais je savais que je n'avais pas ma place parmi ceux qui célébraient ce jour-là, hormis pour me montrer agréable. En rentrant chez moi dans l'après-midi, j'ai trouvé un courriel d'une amie, Lisa Kimball, qui venait d'emménager dans le nord de la Virginie pour intégrer le corps professoral du séminaire théologique de Virginie. Elle m'indiquait que, le jour même, l'évêque du diocèse épiscopalien de Washington venait d'annoncer qu'il prenait sa retraite. « Penses-y », écrivait-elle. À l'époque, rien ne me semblait plus invraisemblable qu'être élue évêque où que ce soit, et encore moins à Washington. Néanmoins, j'ai ressenti une étincelle d'espoir, c'est indéniable, qui s'est accompagnée, avec le temps, d'une permission de rêver de nouveau. Je n'en ai parlé à personne.

Il est tentant de voir les décisions et les événements de ces années-là à travers le prisme de l'inéluctabilité, et de considérer que tous me menaient vers l'endroit où je suis aujourd'hui ; mais, au moment où je les vivais, le chemin était rien moins que certain. Je ne distinguais que le prochain pas à faire, puis le suivant, et encore le suivant. Les désillusions que j'ai connues m'ont amenée à douter de ma motivation intérieure, et j'ai tenté d'imaginer d'autres voies susceptibles de donner du sens à ma vie. Quelque part au cours des deux ans qui se sont écoulés entre le jour où j'ai appris la démission de l'évêque de Washington et celui de mon élection, j'en suis venue à accepter deux réalités : premièrement, l'appel à consacrer ma vie professionnelle à la restructuration et au renouvellement de l'Église épiscopalienne était non négociable et, deuxièmement, je ne pouvais pas savoir à l'avance dans quel contexte j'allais le vivre. L'heure était venue pour moi de partir de St John, et si aucun diocèse ne voulait de moi pour évêque, il me faudrait trouver un autre chemin.

Quand j'ai enfin annoncé à Paul mon intention de présenter ma candidature au diocèse de Washington, il m'a répondu doucement : « Je ne voudrais pas te voir de nouveau souffrir. » « La cote n'est pas en ma faveur, ai-je admis. Mais l'occasion mérite que je coure le risque de ne pas être choisie. » Pendant toute la durée de l'élection, j'étais animée par une conviction silencieuse, qui m'a toujours soutenue depuis, même dans les moments les plus difficiles.

*

Je me demandais souvent ce qu'il était advenu d'Ernesto et de Ruthanna depuis qu'ils avaient fait état de leur intention d'aller vers un avenir encore distant. Je les ai contactés pour savoir si le souvenir que j'avais de leur intervention près de vingt ans plus tôt était exact. Tous deux ont aussitôt répondu par l'affirmative. Leur vie a évolué d'une façon qu'ils n'auraient pas pu anticiper, mais ils se rappelaient les moments décisifs de cette conférence et les jugeaient marquants.

Par la suite, Ernesto est devenu pasteur principal d'une des plus grandes églises luthériennes à Fremont, dans le Nebraska – très loin de sa vie d'évêque épiscopalien à Los Angeles. Il m'a expliqué avec l'exubérance que j'avais gardée en mémoire comment sa décision de prendre soin de sa santé avait façonné sa vie. « Lors de la conférence du CREDO, je me concentrais sur le fait de rester en vie pour mes enfants et mes petits-enfants, m'a-t-il confirmé. Mais ce n'était qu'une façon d'exprimer une quête commencée des années auparavant et qui s'est prolongée au cours des années suivantes, en l'espèce accomplir des choses courageuses et audacieuses, revendiquer mon identité et mes talents, et guérir des blessures que j'avais refusé de reconnaître pendant des années. »

La conférence du CREDO l'a aidé à se focaliser sur son bien-être physique, qu'il avait longtemps ignoré. Il s'était rendu compte qu'il ne pouvait pas séparer cela de ses engagements à mener une vie plus vaste ni de son sens de l'aventure. Quelques années plus tard, Ernesto et sa femme, Susan, désormais sans enfants à charge, ont surpris tout le monde et y compris eux-mêmes en emménageant dans le Nebraska. Susan y avait décroché un emploi important et Ernesto un poste au sein de la cathédrale épiscopalienne d'Omaha. En quelques semaines, tous deux se sont rendu compte qu'ils avaient trouvé leur foyer spirituel dans le nord du Midwest. Pour autant, la vocation d'Ernesto était mise à mal, car il sentait le poids des inégalités raciales propres à notre confession. Puis, en 2011, il a eu un accident de voiture. Pendant sa longue et douloureuse convalescence, il a été victime d'une grosse dépression et s'est renfermé sur lui-même. Une thérapeute l'a aidé à comprendre que son épuisement était dû aux efforts répétés pour trouver sa place dans notre Église.

En 2016, Ernesto a parcouru à pied huit cent cinquante kilomètres du chemin de Compostelle, une ancienne route de pèlerinage qui traverse la France et le nord de l'Espagne – l'une des nombreuses aventures dans sa liste de choses à faire avant de mourir. « J'étais vieux et gros, et c'était vraiment dur », m'a-t-il confié. Un soir, il s'est joint à un petit groupe de pèlerins assis autour d'un feu de camp. Le jeune homme qui préparait le dîner s'est tourné vers Ernesto et lui a demandé de parler de Jésus. « J'ai parlé avec mon cœur, m'a-t-il raconté. J'ai affirmé que Jésus choisit l'amour sans exception et que, jusqu'à son dernier souffle, il a pardonné à ceux qui étaient en train de le tuer. Je leur ai dit que je voulais apprendre à aimer ainsi, et que c'était la raison pour laquelle je le suivais. » Pour la première fois depuis des années, Ernesto s'est entendu parler de la foi dans des termes que d'autres pouvaient comprendre. « C'était ça, ma vocation, m'a-t-il précisé. Parler de l'amour de Jésus à qui veut bien m'entendre. Sur le chemin de Compostelle, j'ai encore une fois revendiqué ma liberté – une autre façon d'exprimer mon objectif : danser aux mariages de mes petits-enfants. »

Deux ans plus tard, Ernesto a cessé d'occuper ses fonctions de prêtre épiscopalien pour prendre un intérim dans une congrégation luthérienne voisine. À sa grande stupéfaction, les luthériens profondément conservateurs du Nebraska l'ont accueilli chaleureusement. « J'ai eu l'impression que j'étais libre d'être la personne que je suis d'une façon que je n'avais jamais ressentie dans l'Église épiscopalienne », m'a-t-il confié. Ensuite, on l'a appelé à devenir pasteur principal, la position qu'il occupe aujourd'hui. « Je n'aurais jamais eu cette opportunité au sein de l'Église épiscopalienne, m'a-t-il assuré d'un air contrit. J'étais toujours confiné dans une case, d'une façon ou d'une autre. Au sein des luthériens, je suis plus heureux que jamais. »

À présent, Ernesto a la soixantaine, et il est de nouveau confronté à des problèmes de santé à cause de son diabète qui continue de progresser. Mais, encore une fois, il est prêt à prendre des mesures audacieuses. Son objectif n'est pas simplement de rester en vie, mais de vivre avec intégrité et authenticité, et dans la joie. « Ma liste de choses à faire avant de mourir est la plus longue du monde, et j'ai coché presque toutes les cases, s'est-il exclamé. À présent, il s'agit simplement de léguer quelque chose ». Il a marqué une pause et s'est esclaffé : « Mais mes enfants vont devoir se montrer plus coopératifs pour que je puisse danser aux mariages de mes petits-enfants. À ce rythme, je danserai plutôt à leur kermesse de fin de CM2. »

Contrairement à Ernesto, qui a beaucoup voyagé et changé d'institution, Ruthanna est restée au séminaire théologique de Virginie. Elle enseigne toujours le prêche aux futurs membres du clergé et est aujourd'hui vice-doyenne responsable de la vie étudiante. Lorsque je lui ai rappelé son intention de devenir une sommité dans son domaine en moins de dix ans, elle s'est récriée : « J'ai sûrement dit vingt-cinq ans, non ? » Une décennie, comme nous le pensions l'une et l'autre, semble beaucoup de temps quand on envisage l'avenir, mais beaucoup moins lorsqu'on regarde en arrière.

Les controverses sur la sexualité que Ruthanna espérait laisser derrière elle s'étaient intensifiées dans le courant de cet été 2003, quand la Convention générale de l'Église épiscopalienne (notre plus haute instance législative) a consenti à l'élection du révérend Gene Robinson, un prêtre ouvertement homosexuel en ménage avec un autre homme, en tant qu'évêque du diocèse du New Hampshire. Des lignes de fracture sont apparues très vite, et de nombreux évêques, prêtres et membres de la congrégation théologiquement conservateurs ont quitté l'Église épiscopalienne ou refusé de se plier à l'évolution de notre politique d'intégration totale des personnes LGBTQ+.

Au sein du séminaire théologique de Virginie, certains étudiants ont dénoncé avec plus de virulence la présence de Ruthanna au sein du corps professoral, tandis que d'autres l'adulaient. En réaction à la tempête qui secouait l'Église dans son ensemble, le séminaire a organisé une série de forums sur les arguments théologiques et bibliques pour et contre une inclusion totale. On a demandé à Ruthanna de participer à l'un d'eux, dont la modération serait assurée par le professeur d'éthique, et durant lequel elle débattrait avec l'un des étudiants conservateurs les plus véhéments. Elle a accepté, non sans réticence. « Tous les étudiants, les professeurs et les membres de l'équipe administrative étaient présents, se souvient-elle. J'avais l'impression d'assister au procès de ma sexualité. » Devoir défendre en public son droit à enseigner au séminaire était presque au-delà de ses forces.

Néanmoins, Ruthanna a persévéré. « La conférence du CREDO m'avait aidée à discerner ce qui comptait vraiment pour moi, m'a-t-elle confié. Je me rappelle mon sentiment d'émancipation, l'invitation à rêver en grand. » Elle s'était inscrite au séminaire avant même de finir sa thèse – un premier pas vers la réalisation de son objectif. Mais alors, sa femme et elle ont décidé de fonder une famille. « Les gens en sont restés pantois ! s'est-elle esclaffée. À l'époque, j'avais quarante-deux ans : une lesbienne vieillissante enceinte. » Tout a ralenti avec la naissance de leur fils, Silas. Elle n'a terminé sa thèse que lorsqu'il a eu un an et n'a commencé à travailler sur son premier livre, *Transforming Preaching* (Transformer le prêche), que plusieurs années plus tard.

Pendant tout ce temps, Ruthanna a peaufiné sa propre façon d'enseigner le prêche en se concentrant sur ce qu'elle appelle l'« incarnation » : être pleinement présent dans son corps et utiliser tout le spectre de la voix. C'est une approche qui requiert de la vulnérabilité et de l'authenticité, ainsi que la volonté d'être pleinement soi-même en parlant depuis la chaire. Au début, la communauté du séminaire était sceptique, certains considéraient la méthode suspecte, voire immorale. Cependant, ses étudiants étaient réceptifs, et, avec le temps, son cours est devenu un havre de joie et de profondeur. Ruthanna avait du mal à supporter la dissonance entre l'espace qu'elle était en train de créer et le reste de l'institution. « Les étudiants vivaient des expériences transformatrices dans mes cours, mais celles-ci semblaient ne produire aucun effet sur la culture du séminaire dans son ensemble, m'a-t-elle expliqué. J'avais souvent l'impression de parler dans une chambre sans écho. Pendant une longue période, j'ai eu le sentiment que ce que je faisais ne suscitait aucune réaction de la part de la communauté. Heureusement, ces dernières années, cela a changé. »

L'un des facteurs décisifs de ce changement a été l'évolution de la façon dont Ruthanna comprenait ce que signifiait pour elle le fait de devenir une sommité. Elle s'est rendu compte qu'elle voulait influencer la totalité de l'expérience que constituait le passage par le séminaire pour les étudiants. Peu à peu, elle a évolué vers des tâches administratives. Quand le séminaire a reconstruit sa chapelle, Ruthanna est devenue la première vice-doyenne du culte, ce qui lui a permis d'adopter un ton plus inclusif lorsque la communauté se rassemblait pour prier. Quelques années plus tard, elle a obtenu une nouvelle promotion, son poste actuel de vice-doyenne de la vie étudiante, ce qui lui donne une influence considérable sur la vie et la culture du séminaire.

Bien que, dans un premier temps, Ruthanna ait refusé de devenir la « professeure lesbienne d'homélie », elle a fini par se rendre compte que sa sexualité faisait partie de ce qu'elle apportait à sa façon de diriger. « Être LGBTQ+, c'est essentiellement parler ou se taire, m'a-t-elle affirmé. Vous pouvez vous cacher et ne rien dire. Mais mon approche du prêche, c'est que chacun doit être authentique et trouver sa propre voix. Comment pourrais-je demander à mes étudiants d'être pleinement eux-mêmes en chaire et dans leur ministère si je ne le fais pas ? » À présent, en tant que vice-doyenne de la vie étudiante, elle « prêche » un idéal de *leadership* transformateur, pas juste en paroles, mais par le lent et constant travail du changement systémique.

Alors, a-t-elle réalisé son rêve ? « Peut-être que oui, répond-elle d'un air pensif. Certes, je suis devenue une dirigeante au sein de cette institution. Je me soucie toujours de mon domaine académique, et je ne veux pas arrêter d'enseigner, mais aujourd'hui, c'est la transformation de la culture qui est au cœur de ma vocation. » Elle est la première à reconnaître que le séminaire a encore beaucoup de chemin à faire en ce qui concerne la dynamique des genres et le racisme endémique. « Mais on fait le travail, précise-t-elle d'un ton satisfait. Mon impact est comme le levain : il modifie lentement les choses de l'intérieur. »

*

Le levain est une métaphore évocatrice pour tous ceux qui entendent l'appel à commencer un processus de transformation communale ou sociale, parce que ce travail est très peu visible pendant une longue période. L'Histoire regorge d'anecdotes, souvent racontées dans une perspective de réussite, qui ne s'attardent guère sur le long combat qui suit la décision d'emprunter un tel chemin, et où l'on voit fréquemment les membres d'une génération emporter leur vision aussi loin qu'ils le peuvent avant de la transmettre à la suivante. Parfois, celle-ci revient sur les avancées si durement acquises par ses ancêtres, et le pendule repart dans l'autre sens, comme nous le constatons aujourd'hui avec l'annulation de l'arrêt Roe v. Wade et d'autres décisions de la Cour suprême. Dans l'Histoire, comme dans nos vies personnelles, aucun chemin n'est rectiligne.

Néanmoins, ce n'est que lorsque quelques individus courageux choisissent de commencer quelque chose, puis de persévérer, que la société change. Pour ne citer qu'un seul exemple, mentionnons la croisade infatigable que Thurgood Marshall, juge à la Cour suprême, a menée pendant des décennies pour dénoncer les lois Jim Crow et la pratique flagrante du lynchage, et qui, selon son biographe Juan Williams, « a guidé un peuple auparavant soumis à l'esclavage sur la route de l'égalité des droits [6] ». La ténacité et le génie juridique de Marshall ont été largement reconnus à la suite de la décision de la Cour suprême dans l'arrêt Brown v. Board of Education, en 1954, qui déclarait que les écoles ségrégationnistes étaient inconstitutionnelles. Notre mémoire collective a oublié la quantité de travail qu'il a fournie avant Brown v. Board of Education afin d'éradiquer les méfaits de la ségrégation, en gagnant durement le respect des juges et des procureurs blancs du Sud, et en atteignant un statut quasi divin au sein des communautés noires.

Marshall était issu d'une fière lignée de Noirs, tant des esclaves que des citoyens libres, qui avaient combattu l'esclavage, fondé des entreprises, élevé leurs enfants pendant la Reconstruction et bâti des maisons dans les quartiers mixtes nouvellement créés à Baltimore. Mais en 1908, quand Thurgood est né, la résurgence des lois et des politiques suprémacistes blanches avait débuté. Pendant son enfance et son adolescence, des restrictions de plus en plus tyranniques privaient les Afro-Américains de leurs droits et d'un accès égal au logement, à l'emploi et à l'éducation. Le lynchage était devenu une méthode de contrôle social.

La famille de Marshall s'est battue contre cette marée oppressive validée par l'État en protégeant de son mieux ses enfants de la violence et de la cruauté de la ségrégation, en les envoyant dans les meilleures écoles réservées aux personnes de couleur dans la limite de leurs moyens et en puisant des ressources dans leur famille étendue pour les aider à entrer à l'université. Pourtant, Marshall et ses camarades de classe étaient pleinement conscients que la société dominante les traitait comme s'ils méritaient moins que leurs homologues blancs qu'on investisse dans leur éducation.

Son éveil politique s'est produit pendant ses années lycée, lorsqu'à la suite d'un mauvais comportement le principal lui a remis un exemplaire de la Constitution des États-Unis et lui a demandé de l'apprendre par cœur – ce qu'il a fait en un après-midi. Son intérêt a continué de grandir alors qu'il fréquentait l'université Lincoln, un établissement historiquement noir, en Pennsylvanie. Quand on a refusé de l'admettre à la faculté de droit de l'université du Maryland pour des raisons raciales, il a postulé à celle de l'université Howard, mais à contrecœur, car il considérait que c'était une institution beaucoup moins réputée.

Marshall a eu la chance extraordinaire d'arriver à Howard en 1929, la même année que son nouveau doyen. Charles Hamilton Houston venait de démarrer son audacieux projet de faire de cet établissement le « West Point du *leadership* noir [7] ». La détermination affichée par Houston pour élever une génération de brillants juristes noirs a inspiré Marshall. Sous la direction de Houston, il a commencé le voyage d'une vie consacrée à démanteler Jim Crow en se servant du droit.

C'est pendant sa dernière année à Howard qu'un événement décisif s'est produit. Houston avait invité Marshall à se joindre à son équipe de défense dans l'affaire d'un Noir de Virginie, George Crawford, accusé d'avoir assassiné deux femmes blanches. Ils ont collaboré pendant des mois sur la défense de Crawford. Malgré l'absence d'arme ou de témoin reliant Crawford au crime, le jury, entièrement composé de Blancs, l'a déclaré coupable. Néanmoins, grâce à la ténacité de ses défenseurs, Crawford a échappé à la peine de mort, ce qui donnait matière à se réjouir. Comme Marshall le déclarera par la suite : « Si vous obtenez la perpétuité pour un Noir accusé d'avoir tué un Blanc en Virginie, vous avez gagné, parce que normalement, ils les pendent [8]. »

L'affaire Crawford et l'opportunité de se retrouver à l'âge de vingt-deux ans dans une salle d'audience en compagnie de son brillant mentor ont lancé Marshall sur une voie qu'il n'a plus jamais quittée. « Marshall sentait que les prêcheurs, les politiciens, les hommes d'affaires et même les dirigeants des mouvements pour les droits civiques pouvaient s'exprimer, lever des fonds et publier des articles dans les journaux, écrit Williams. Mais c'était aux avocats de se battre pour aider un Noir dont la vie était en jeu [9]. » Houston disait souvent à ses étudiants qu'ils pouvaient non seulement devenir les architectes d'une législation plus juste, mais aussi bâtir un nouvel ordre social, un procès à la fois. C'est devenu l'objectif de Marshall dans la vie [10].

Comme d'autres leaders noirs de sa génération, Marshall était convaincu qu'il se trouvait au seuil d'un changement historique, mais il ne se faisait aucune illusion sur la tâche intimidante qui l'attendait. Au cours des sombres décennies des années 1930 et 1940, il s'est rendu dans le Sud profond, « une source d'inspiration et de courage, tandis qu'il livrait d'innombrables combats pour les droits de l'homme dans des prétoires étouffants à l'ambiance pré-guerre de Sécession où le suprémacisme blanc régnait en maître [11] », écrit l'historien Gilbert King. Sa ténacité et son extraordinaire talent pour le droit étaient flagrants lors de sa plaidoirie devant la Cour suprême, de même que lorsqu'il est devenu le premier Afro-Américain à servir dans la plus haute juridiction du pays entre 1967 et 1991.

Contrairement à d'autres champions du mouvement pour les droits civiques, Marshall a vécu assez longtemps pour voir la marée refluer, cette fois en sa défaveur. De plus en plus isolé à la Cour suprême, il a été réduit à rédiger des opinions dissidentes, affaire après affaire. Il a vécu ses dernières années en reclus. Cependant, son héritage demeure l'un des plus remarquables parmi ses pairs. Il est né de son inébranlable conviction que la Constitution des États-Unis, bien que n'ayant pas été rédigée pour son peuple, pouvait ouvrir à ce dernier un chemin vers la liberté ; que les tribunaux, bien que souffrant souvent d'un biais injuste à son égard, pouvaient être une arène de justice ; et que des lois justes pouvaient de fait encourager une décence élémentaire. « La vieille rengaine qui prétend qu'on ne peut pas légiférer en matière d'égalité n'est guère vraie, a déclaré Marshall lors d'une conférence à la Maison-Blanche en 1966. Non seulement les lois produisent des bénéfices concrets, mais elles ont aussi le pouvoir de changer le cœur des hommes [12]. »

*

La révérende Pauli Murray, contemporaine de Marshall, considérait aussi que le droit était la meilleure façon d'obtenir justice pour les Afro-Américains. Dès son plus jeune âge, elle s'était engagée dans presque toutes les formes de militantisme et d'activisme, en particulier avec sa forme de protestation préférée, la « confrontation par machine à écrire [13] ». Contrairement à la plupart des hommes de sa génération, y compris Thurgood Marshall, elle était déterminée à inclure les femmes noires dans la lutte pour l'égalité des droits.

La vie de Murray a été une succession de moments décisifs. Sa famille métissée a été une source de fierté et de dévotion ; cependant, la maladie mentale (dont son père et elle souffraient à des degrés différents) et la pauvreté ont fait peser sur celle-ci une menace constante. Elle a été élevée par sa tante Pauline, une enseignante qui l'a encouragée à poursuivre des études, et, malgré de terribles obstacles, Murray a passé la plus grande partie de son existence dans des institutions académiques, étant systématiquement en tête de classe. Elle a toujours été pauvre et a trimé pour un salaire de misère en tant qu'écrivaine, responsable syndicale, leveuse de fonds et, par la suite, avocate. Elle n'a jamais occupé très longtemps le même poste. En privé, elle se débattait avec sa sexualité et son identité de genre jusqu'à ce qu'elle rencontre l'amour de sa vie, Renee Barlow, qui approchait la cinquantaine. Les plaidoiries de Murray, conçues pendant des périodes de travail et de privations physiques intenses et frénétiques, font désormais partie du canon des lois des droits civiques, mais ses efforts n'ont jamais été correctement récompensés ni reconnus.

Murray est entrée à la faculté de droit de Howard en 1941, douze ans après Thurgood Marshall. Plusieurs événements l'avaient amenée à la conclusion que le droit était l'arène la plus efficace pour déclencher une transformation sociale en matière de discrimination raciale. Mais, tandis qu'elle se préparait à prendre place parmi les aspirants juristes à Howard, les préjugés de genre dont elle a été témoin l'ont stupéfiée. Elle avait grandi entourée de femmes fortes, avait fréquenté une université réservée aux femmes, s'était liée d'amitié avec Eleanor Roosevelt et avait travaillé dans des associations où les femmes occupaient des postes de direction. Aussi était-ce la première fois qu'elle faisait l'expérience d'une discrimination de genre. « Le facteur racial étant absent du contexte interne d'une faculté de droit réservée aux Noirs et dominée par les hommes, celui du genre devient évident [14] », a-t-elle écrit dans ses mémoires. Auparavant, elle avait placé toute son énergie dans la lutte contre les lois néfastes de ségrégation raciale. Mais elle se retrouvait désormais dans une institution noire presque exclusivement masculine, face à ce qu'elle a qualifié de sœur jumelle de cette violence discriminatoire et qu'elle a fort à propos appelée « Jane Crow ».

Cette marginalisation l'a galvanisée. « Murray a combattu la discrimination de genre de la même manière que la discrimination raciale : en tentant de démontrer ses capacités », écrit Troy R. Saxby dans *Pauli Murray: A Personal and Political Life*[15] (Pauli Murray : Une vie personnelle et professionnelle). Une autre biographe, Rosalind Rosenberg, pense aussi que le passage de Murray à Howard a été un tournant majeur dans sa vie. « Le sentiment d'ostracisme qu'elle a connu à Howard a été un moment charnière. À partir de là, elle s'est mise à réfléchir plus globalement à la lutte pour les droits civiques, considérant que ce mouvement devait s'attaquer non seulement aux discriminations raciales, mais aussi à celles portant sur le genre[16]. » Penser de manière indissociable les égalités de race et de genre dans la pratique sociétale et légale des droits civiques est devenu le combat de sa vie.

Alors qu'elle était encore à la faculté de droit, Murray a développé des arguments légaux qui se révéleraient par la suite décisifs dans l'arrêt Brown v. Board of Education prononcé par la Cour suprême sur l'égalité raciale en 1954, et dans l'arrêt Reed v. Reed[17] sur l'égalité de genre en 1971. Cette attaque audacieuse contre ces deux formes de discrimination s'appuyait sur les 13e et 14e amendements de la Constitution qui avaient aboli l'esclavage et accordé la pleine citoyenneté à toutes les personnes nées aux États-Unis. Mais, dans les faits, la Cour suprême avait annulé les protections légales des personnes de couleur pendant des générations, notamment dans l'affaire Plessy v. Ferguson, en 1896. Tous les efforts pour abroger Plessy v. Ferguson s'étaient jusque-là focalisés sur les inégalités caractérisées de la ségrégation raciale, rognant progressivement ces disparités raciales une affaire à la fois. Murray, à l'inverse, était convaincue qu'il fallait remettre en cause l'indignité inhérente à la ségrégation et les dommages irréparables que celle-ci causait. Selon ses arguments, la ségrégation entre les Blancs et et les Noirs, comme entre les personnes sur le critère du genre, était conçue pour préserver un système de castes dans ce pays.

Dans un premier temps, ses camarades de classe et ses professeurs se sont moqués de l'idée selon laquelle les femmes devraient être incluses dans le combat légal pour les droits civiques. Ils n'étaient pas non plus convaincus qu'il était possible d'attaquer bille en tête Plessy v. Ferguson. Mais Murray a persuadé son directeur de recherche de la laisser explorer cette approche. Son initiative a été le socle des futurs textes qui allaient un jour attirer l'attention de Howard Thurman, puis celle de Ruth Bader Ginsburg. L'étude globale de Murray sur les lois de la ségrégation raciale dans le Sud, *States' Laws on Race and Color: Studies in the Legal History of the South* (Les lois des États sur la race et la couleur : études sur l'histoire du droit dans le Sud), est devenue, selon les propres termes de Thurgood Marshall, la « bible des avocats pour les droits civiques ». Tout au long de sa vie, Murray a demandé des comptes aux dirigeants masculins et joint ses forces aux mouvements féministes naissants.

Pauli Murray est un cas d'école de la vie d'une personne en avance sur son temps. Elle a posé les fondations de ce qui deviendrait la norme dans notre société. Bien que personnellement elle ait souvent connu l'échec, elle a tiré une certaine satisfaction de voir ses idéaux légitimés. Au cours des dernières années de sa vie, elle disait souvent : « J'ai vécu assez longtemps pour voir mes causes perdues être retrouvées. » L'une de ses victoires à retardement recèle une signification particulière pour moi et pour toutes les femmes du clergé : en tant que chrétienne pratiquante et membre de longue date de l'Église épiscopalienne, Murray a participé de façon active et pendant plusieurs décennies au débat sur l'ordination des femmes. Dans le microcosme de notre Église, ce débat a été aussi féroce et malveillant que dans la société en général. En 1977, un an après la Convention générale de 1976, l'instance dirigeante de l'Église épiscopalienne a voté en faveur de cette évolution historique, et Pauli Murray est devenue la première femme noire à être ordonnée prêtre épiscopalienne.

*

C'est la vision des possibles qui nous encourage à commencer un voyage. Parfois, nous marchons avec détermination vers notre objectif ; en d'autres occasions, le mouvement initial est subtil. Mais, dans un cas comme dans l'autre, la route est longue, et il n'y a pas de raccourci. Nous commençons par faire un premier pas, puis tous ceux qui suivent. En chemin, nous changeons ; l'objectif peut également changer, voire ne jamais être atteint. Mais, en décidant de commencer, nous nous lançons sur le chemin de notre transformation. La vision est peut-être audacieuse, mais elle s'accompagne d'un sentiment d'excitation et de raison d'être. Et au cours des inévitables moments de dépit et d'échec, nous apprenons à être courageux et à ne pas abandonner.

Décider de commencer un voyage exigeant de la bravoure a pour effet de broder le fil de nos expériences passées sur une tapisserie de sens plus vaste. Rien n'est perdu ni gâché. Nous reconnaissons que, dans l'accomplissement de notre tâche, nous sommes redevables à ceux qui nous ont précédés. De leur point de vue, notre décision de commencer n'est peut-être que le prolongement de leur travail ou la réalisation de notre vivant des rêves qu'ils ne pouvaient qu'imaginer. Lorsque nous décidons d'atteindre un objectif qui requiert du courage, nous créons souvent de nouvelles possibilités pour ceux qui viendront après nous. Notre exemple peut inciter d'autres personnes à se tourner vers leur propre Jérusalem, quel que soit le chemin que Dieu a posé devant elles.

Néanmoins, quand nous commençons, nous n'avons aucune garantie d'atteindre la rive qui se profile à l'horizon. Il y a des forces dans la vie et dans notre monde qui paralysent et qui empêchent d'avancer, des échecs dont nous ne parvenons pas à nous remettre, des circonstances indépendantes de notre volonté et de notre capacité à changer qui exigent une autre forme de courage, et un nouveau départ.

Chapitre quatre

Accepter ce que l'on ne choisit pas

« Seigneur, accorde-moi la sérénité d'accepter les choses que je ne peux pas changer, le courage de changer celles qui peuvent l'être et la sagesse de saisir la différence. »

Reinhold Niebuhr [1]

La nouvelle ne fut pas une surprise totale. Christine, ma sœur, savait depuis des mois que quelque chose n'allait pas. Mais, quand elle m'a appelée un matin de janvier pour m'annoncer qu'on avait diagnostiqué un cancer des poumons de stade 4 à Jack, son mari, j'ai senti le choc et la peur dans sa voix.

Le pronostic de Jack n'était pas bon, mais ses médecins l'encourageaient à garder espoir, et il a tout de suite commencé une chimiothérapie. Les effets secondaires étaient horribles. L'existence de Christine, jusque-là riche d'activités avec ses petits-enfants, de bénévolat et de coups de main qu'elle donnait à Jack dans son entreprise, était à présent totalement consacrée à s'occuper de lui. Elle se rendait quasiment tous les jours à l'hôpital pour ses traitements ou pour lui tenir compagnie quand il était trop malade pour rentrer à la maison. Nous nous téléphonions souvent durant nos trajets en voiture le matin.

Un jour, Christine m'a dit qu'elle connaissait désormais l'hôpital dans ses moindres recoins, des parkings en sous-sol aux nombreux étages, en passant par le dédale de couloirs. « Ce n'était pas dans mes projets pour 2019, disait-elle avec un sourire ironique, mais j'imagine que c'était ce que Dieu voulait que j'apprenne. »

Je savais que Christine ne pensait pas réellement que Dieu avait orchestré la maladie de Jack afin qu'elle puisse acquérir cette connaissance triviale. C'était sa façon d'exprimer comment elle gérait cette situation horrible, en ayant confiance dans le fait que Dieu était quelque part au milieu de ce chaos. J'avais toujours admiré ma sœur pour sa force et son approche « il faut ce qu'il faut » dans la vie. À présent, j'étais très impressionnée de la voir s'occuper de Jack avec un amour sans faille.

Ils ont bénéficié d'un bref répit après sa dernière séance de chimiothérapie, quand on a annoncé à Jack une rémission. Mais les médecins avaient assorti la bonne nouvelle d'un conseil plein de sagesse : il était temps pour lui de mettre ses affaires en ordre et de faire tout ce qu'il voulait faire avant de mourir. Christine est alors passée à la vitesse supérieure. Elle a encouragé les frères de Jack à l'emmener pêcher – sa grande passion – sur la côte du Golfe. Elle veillait à ce qu'il passe du temps avec ses enfants et ses petits-enfants, et elle a finalisé la transmission de l'entreprise de Jack à l'une de ses filles. Cet été-là, ils sont allés visiter le parc national de Yellowstone, des vacances de rêve assombries par la fatigue croissante de Jack.

À leur retour, les médecins ont confirmé que les tumeurs avaient réapparu et métastasé. Les choix de Jack se réduisaient, mais il demeurait déterminé à se battre, et Christine le soutenait calmement. Néanmoins, dans nos conversations, elle exprimait sa tristesse devant la façon qu'il avait choisie de passer ses derniers jours. Elle devait aussi réprimer la colère qu'elle ressentait envers ses médecins. Pourquoi lui donnaient-ils de faux espoirs ?

Fin juillet, Paul et moi avons pris l'avion pour le Texas. Jack, qui n'était plus que l'ombre de lui-même, nous a accueillis chaleureusement. Christine avait l'air épuisée, mais elle l'emmenait quand même quotidiennement à sa radiothérapie, à la suite de laquelle il s'endormait. En fin d'après-midi, on s'installait sur la véranda à l'arrière de la maison, tandis qu'il fumait. Un jour, je lui ai demandé s'il avait peur. « Ça ne sent pas bon », a-t-il reconnu sans en dire plus. À l'heure de faire nos adieux, Jack nous a remerciés d'être venus. « J'ai hâte de vous revoir », nous a-t-il lancé. Le jour de notre départ, les médecins lui ont déclaré qu'ils ne pouvaient plus rien pour lui. Il est parti avant même que Christine ait le temps d'installer le lit médicalisé qu'elle avait commandé.

Dans cette situation, il n'y a rien que Christine aurait voulu pour elle, et certainement pas pour Jack. En la voyant gérer la maladie de son mari et s'occuper de lui, les paroles de Howard Thurman à propos de la force spirituelle nécessaire pour accepter un destin que l'on n'a pas choisi et la grâce qui découle de cette acceptation me sont revenues à l'esprit. L'incapacité de Jack à accepter ce qu'il ne pouvait pas changer était l'une des nombreuses réalités dont Christine avait dû s'accommoder, de même que la réticence du système de santé à le laisser mourir en paix. La seule chose qu'elle pouvait maîtriser était sa propre façon de réagir. Elle a choisi l'amour.

*

Accepter ce que nous n'avons pas choisi et que nous ne pouvons pas changer est l'une des décisions les plus courageuses et les plus difficiles que nous puissions prendre. Lorsque nous sommes confrontés à une situation terrible, notre première réaction est souvent le déni, tandis que notre cerveau lutte pour appréhender cette nouvelle réalité non désirée. Et quand les faits résistent obstinément, nous faisons tout pour éviter l'issue que nous redoutons le plus. C'est instinctif, car nous avons été créés pour vivre. La Prière de la Sérénité elle-même, avec l'accent qu'elle met sur le fait d'accepter ce que nous ne pouvons changer, nous exhorte à changer les choses qui peuvent l'être. Cela dit, en général, nous ne parvenons à l'acceptation qu'après avoir épuisé toutes les autres options.

L'acceptation peut passer pour de la passivité ou de la résignation, mais ce n'est pas du tout cela. Car, en acceptant, nous affrontons de façon active ce qui nous arrive, précisément parce que c'est incontournable. Il n'y a ni esquive ni retour en arrière possible. Un jour, en avion, j'ai été prise dans des turbulences, du genre de celles qui amènent tout le monde à se demander si l'avion ne va pas s'écraser. Au plus fort des secousses, le commandant de bord s'est exprimé dans les haut-parleurs d'une voix qui transmettait à la fois son calme et son sérieux : « Mesdames et messieurs, comme vous pouvez le constater, nous sommes tombés sur un gros grain. Je suis désolé de vous informer qu'il n'y a pas moyen de le contourner. Alors, tenez bon ! La seule façon d'en sortir, c'est de passer à travers. »

*

En tant que personne qui se lève presque tous les dimanches matin pour parler de Dieu, j'ai appris qu'une des fonctions les plus importantes du prêche est de faire de son mieux pour mettre des mots sur la réalité. Cette tâche m'est apparue très clairement le 8 mars 2020, quand j'ai pris la parole depuis la chaire de Canterbury de la cathédrale nationale de Washington après que nous avions fermé de façon abrupte toutes les églises épiscopaliennes du diocèse de Washington. C'était dans les premiers jours de la pandémie de la Covid-19, et fermer nos églises me semblait la décision la plus drastique que je prendrais jamais en tant qu'évêque. Nous ignorions encore le nombre de choix dramatiques que nous allions devoir faire tandis que la pandémie prendrait possession de nos vies. Nous espérions tous un dénouement rapide.

Je me suis rendu compte que ma tâche consistait à dire ce que personne, y compris moi-même, ne voulait entendre : il était temps de nous préparer à une longue période d'épreuves et d'incertitude. Le refrain d'un hymne ancien tournait dans ma tête : « Accorde-nous la sagesse, accorde-nous le courage, pour affronter cette heure[2]. » J'ai songé à tous ceux qui avaient parlé depuis cette chaire à l'occasion d'autres calamités nationales – guerres, attentats terroristes, catastrophes naturelles – et au fait que peu de crises se terminent aussi rapidement que nous l'espérons de prime abord. Puis je me suis souvenue du jeune Frodon Sacquet, le héros réticent du *Seigneur des Anneaux* de J. R. R. Tolkien, et de son acceptation d'un destin qu'il n'avait pas désiré.

Dans l'univers fictionnel de Tolkien, peuplé de magiciens, d'elfes et d'êtres bienveillants qu'on appelle les Hobbits, le mal pointe à l'horizon. Un seigneur des ténèbres, Sauron, cherche à dominer et à réduire en esclavage tous les habitants de la Terre du Milieu. Le pouvoir dont il a besoin est contenu dans un anneau magique perdu depuis des siècles, jusqu'à ce qu'un vieux Hobbit du nom de Bilbo le trouve et le donne à son neveu Frodon. Gandalf, le sage magicien, connaît l'histoire de l'Anneau et sait qu'il faut absolument éviter qu'il tombe entre les mains de Sauron. Il est convaincu que le destin de Frodon est d'emporter l'Anneau jusqu'au seul endroit où il peut être détruit : un volcan incandescent qu'on appelle la montagne du Destin.

Au cours d'un échange qui a inspiré des générations de lecteurs, Gandalf exhorte Frodon à faire preuve de courage.

« L'Anneau est venu vers toi pour une bonne raison, lui dit-il. Tu peux trouver du réconfort en cela.

— Cet Anneau. Comment diantre est-il venu jusqu'à moi ? se désespère Frodon. J'aurais voulu que cela n'ait pas à arriver de mon temps.

— Moi aussi, dit Gandalf, et il en va de même pour tous ceux qui vivent en de pareils temps. Mais il ne leur appartient pas de décider. Tout ce qu'il nous appartient de décider, c'est ce que nous comptons faire du temps qui nous est imparti.

— Je vais prendre l'Anneau, mais je ne connais pas le chemin, finit par concéder Frodon.

Plus tard, Gandalf le rassure :

— Il y a bien des puissances dans le monde, pour le bien ou pour le mal [3]. »

Ce jour-là, j'ai relaté cet échange en chaire, permettant à Frodon de mettre des mots sur notre souhait collectif : que la pandémie ne soit jamais arrivée. Pourtant, c'est à notre époque qu'elle est apparue – ce n'était pas la première et ce ne sera pas la dernière. Ce qui intéressera nos enfants et nos petits-enfants, ce n'est pas que nous ayons survécu à la pandémie, mais comment nous avons procédé et ce que nous avons appris. Je voulais transmettre cette déclaration de foi si audacieuse : des forces sont à l'œuvre pour le bien dans le monde, même pendant les heures les plus sombres. « Quand nous nous joignons à ces forces pour effectuer notre part de travail et faire pencher la balance, même très légèrement, du côté du bien, nous devenons la meilleure version de nous-mêmes », ai-je ajouté.

Je n'avais pas la moindre idée du temps que la pandémie allait durer, ni du nombre de vies qui seraient perdues, ni du fait que chaque variant allait causer une nouvelle vague d'infections, de pathologies et de morts. Tandis que nous nous frayions un chemin à travers l'année 2020, la Covid-19 mettait à nu les lignes de fracture de notre société, notamment les inégalités raciales et socioéconomiques, un système de santé publique anémique et une polarisation politique. Le taux disproportionné de décès parmi les personnes de couleur et les actes de violence de la police et des milices à l'encontre des Afro-Américains faisaient les gros titres. Certains ont commencé à parler de deux pandémies interconnectées : le coronavirus et le racisme systémique.

Au bout de deux ans, après l'été de manifestations qui a suivi l'assassinat de George Floyd par la police, l'élection présidentielle tumultueuse de 2020 et la violente insurrection au Capitole, j'ai été invitée à diriger un séminaire sur le *leadership* pour un groupe œcuménique de membres du clergé. J'ai accepté avec plaisir, car je savais que j'allais me retrouver parmi des collègues qui verraient en moi une personne qui apprend avec eux et non une experte. Nous tentions tous de défricher le terrain autour de ce que Ronald Heifetz et Marty Linsky, professeurs à la Harvard Business School, ont appelé le « *leadership* adaptatif », c'est-à-dire les défis que les dirigeants doivent relever quand leurs communautés ou leurs institutions ne peuvent plus se reposer sur ce qui a bien fonctionné par le passé et doivent plutôt faire un bond évolutif afin de prospérer dans un nouvel environnement [4].

Au terme d'une journée de discussions très animées, l'un des professeurs du séminaire, un homme que j'admirais depuis plus de trente ans, a voulu savoir ce que je répondrais à plusieurs de ses collègues qui se demandaient si l'heure n'était pas venue de quitter ce pays, étant donné la direction qu'il était en train de prendre. J'ai eu le sentiment qu'il posait peut-être la question pour lui-même, en tant que Juif ayant grandi dans l'ombre de l'Holocauste, autant que pour d'autres. J'ai répondu en pesant soigneusement mes mots : « Dans les moments cruciaux, tout le monde doit prendre des décisions difficiles. Parfois, la plus sage, et celle qui célèbre le mieux la vie, est de partir, parce que notre sécurité personnelle ne va pas de soi et que la justice n'est pas assurée dans notre système judiciaire. Mais aujourd'hui, ce pays a besoin de dirigeants et de citoyens capables de voir les choses telles qu'elles sont, de travailler à changer ce qui peut l'être et de ne pas perdre espoir en l'avenir. » J'ai répété quelque chose que j'avais dit en octobre 2021 à des collègues de notre diocèse alors que nous discutions de l'avenir de notre confession : « Si ce navire coule, je coulerai avec, mais pas sans avoir fait tout mon possible pour que ça n'arrive pas. »

Tout en parlant, j'ai repensé à Dietrich Bonhoeffer, un pasteur et théologien allemand qui a vécu pendant l'ascension politique d'Adolf Hitler. Bien que durant les années 1930 et le début de décennie suivante, la plupart des dirigeants chrétiens allemands se soient alignés sur le mouvement chrétien allemand pronazi (Deutsche Evangelische Kirche), Bonhoeffer a rejoint les rangs d'un groupe de résistants, l'Église confessante (Bekennende Kirche). Quand il s'est rendu en Grande-Bretagne et aux États-Unis pour demander de l'aide aux dirigeants chrétiens des nations alliées, ses amis et ses collègues l'ont instamment prié de rester en exil, mais il a choisi de rentrer en Allemagne. Il explique pourquoi dans une lettre à Reinhold Niebuhr, qui l'avait invité à enseigner au séminaire de l'union théologique à New York : « Après la guerre, je n'aurai aucun droit de participer à la reconstruction de la vie chrétienne en Allemagne si je ne partage pas les épreuves de ces temps avec mon peuple [5]. »

Bonhoeffer savait que sa décision mettait sa vie en péril, et il a effectivement été arrêté en 1943, puis exécuté par la Gestapo le 9 avril 1945. « Personne n'est l'unique responsable de toutes les injustices et souffrances dans le monde, a-t-il écrit pendant sa détention. Pourtant, nous devons prendre part à la grandeur d'âme du Christ et aux actes responsables qui permettent de s'emparer du moment en toute liberté [...] Ce qui reste, c'est un sentier très étroit, parfois à peine visible : prendre chaque jour comme si c'était le dernier et néanmoins le vivre avec foi et responsabilité, comme s'il y avait à nouveau un grand avenir devant nous [6]. »

Ce jour-là, lors de notre réunion sur Zoom, j'ai affirmé à mes collègues : « Nous avons beau vouloir partir, ces temps sont les nôtres. Nous n'avons pas choisi les circonstances dans lesquelles nous nous trouvons. La seule chose que nous puissions faire, c'est décider comment nous allons réagir. »

*

Accepter ce que nous n'avons pas choisi implique invariablement de faire la paix avec la souffrance, un thème qui traverse les textes juifs et chrétiens de la Bible. Pour l'apôtre Paul, auteur de la plupart des lettres dans le Nouveau Testament, souffrir était un geste de solidarité avec le Christ, dont le message avait été rejeté dans un premier temps. Paul, un dirigeant juif, n'a jamais connu Jésus de Nazareth, et, avant sa conversion, il s'employait à persécuter les disciples de Jésus dans l'intention d'éradiquer ce qu'il considérait comme une secte dangereuse. Mais, après sa rencontre spirituelle avec le Christ ressuscité et une période d'isolement qu'il s'était lui-même imposée, Paul est devenu un évangéliste infatigable et un organisateur de la communauté, qui a répandu presque à lui seul le message du Christ à travers tout l'Empire romain.

Paul croyait que la souffrance était nécessaire pour atteindre la maturité spirituelle et l'union mystique avec le Christ. Dans son Épître aux Romains, il va jusqu'à affirmer que les disciples de Jésus devraient se vanter de leurs souffrances :

> *Sachant que l'affliction produit la persévérance, la persévérance la victoire dans l'épreuve, et cette victoire l'espérance. Or l'espérance ne trompe point, parce que l'amour de Dieu est répandu dans nos cœurs par le Saint-Esprit qui nous a été donné*[7].

Paul n'était pas masochiste, mais convaincu que l'amour de Dieu pour l'humanité trouvait sa pleine expression dans la crucifixion de Jésus. En tant que disciple d'un Seigneur crucifié, il se sentait appelé à prendre sa part de souffrances au nom de l'amour.

Paul ne s'arrêtait pas aux épreuves qu'il endurait pour faire connaître le Christ. Depuis la cellule d'une prison romaine, il a écrit à la communauté chrétienne qu'il avait fondée à Philippes (ville située dans l'actuelle Grèce) pour affirmer à ses amis inquiets qu'il était en paix : « Afin de connaître Christ, et la puissance de sa résurrection, et la communion de ses souffrances, en devenant conforme à lui dans sa mort [8]. » Dans une autre épître qu'on lui attribue, Paul écrit : « Je me réjouis dans mes souffrances pour vous, et ce qui manque aux souffrances du Christ, je l'achève en ma chair, pour son corps, qui est l'Église [9]. »

Paul n'a laissé entrevoir qu'une seule fois son combat intérieur et la façon dont il en est venu à accepter ce qu'il n'avait pas choisi. Dans sa deuxième Épître aux Corinthiens, il mentionne une « écharde dans la chair » dont il pense qu'elle lui a été donnée pour l'« empêcher de [s']enorgueillir » :

> *Par trois fois, j'ai prié le Seigneur de l'éloigner de moi, mais il m'a dit : « Ma grâce te suffit, car ma puissance s'accomplit dans la faiblesse. » Je me glorifierai donc bien plus volontiers de mes faiblesses, afin que la puissance du Christ repose sur moi. C'est pourquoi je me plais dans les faiblesses, dans les outrages, dans les calamités, dans les persécutions, dans les détresses, pour le Christ ; car quand je suis faible, c'est alors que je suis fort.* [10]

Paul ne révèle ni la nature ni la source de sa douleur, mais simplement qu'elle l'accompagne en permanence. Sa prière pour demander qu'on lui épargne ses souffrances a reçu une réponse, pas en les faisant cesser, mais par la grâce qui lui a permis de leur donner un sens.

Paul est un exemple vers lequel je reviens souvent, même si je dois confesser que j'ai prié bien plus de trois fois pour que les choses que je n'avais pas choisies me soient épargnées. Néanmoins, lorsque ces prières n'obtiennent aucune réponse ou que, comme dans le cas de Paul, la réponse est non, vers quoi peut-on se tourner ?

Mes douleurs chroniques sont un rappel quotidien du défi et de la grâce que représente le fait d'apprendre à vivre avec ce que je ne peux changer. Elles ont commencé par une sévère tendinite à l'une de mes chevilles, qui a duré plusieurs mois. Je n'avais jamais connu une telle douleur auparavant. Dans un premier temps, j'en ai fait abstraction et j'ai continué de suivre la routine de mes activités physiques. Mais, très vite, je n'ai presque plus été en mesure de marcher. J'ai été obligée de laisser ma cheville au repos, et cette inactivité a révélé ce que j'avais toujours soupçonné : l'exercice physique était mon garde-fou contre la dépression. Des vagues de désespoir ont alors déferlé sur moi.

Lorsque ma cheville a enfin commencé à aller mieux, la douleur s'est déplacée dans le bas de mon dos. À présent, je pouvais marcher, mais rester assise ou allongée, même un court instant, était une agonie.

Des mois se sont écoulés sans que la souffrance s'apaise, puis une année, puis une autre. J'ai appris à quel point les douleurs chroniques peuvent être épuisantes, et combien il est difficile d'en parler. Tout le monde souhaitait que je me sente mieux, et j'avais l'impression de décevoir. La mère de ma thérapeute n'arrêtait pas de me dire : « Votre dos ne devrait pas vous faire mal », comme si cela réglait le problème. Je pouvais encore gérer ma vie quotidienne, et, avec le temps, mon entourage a supposé que j'avais guéri. J'étais partagée entre éviter d'aborder la question et souhaiter que les gens fassent davantage attention.

Au cours de ces années, j'ai consulté toutes sortes de spécialistes et subi de nombreux examens, sans qu'un diagnostic concluant se dégage. J'ai vu plusieurs chiropracteurs qui, chaque fois, ne sont parvenus à m'apaiser que l'espace de quelques heures. Désespérée, je me suis inscrite à une série de dix séances de Rolfing, un traitement dont les désagréments sont tout aussi notoires que son tarif exorbitant. Lors de ma dernière visite, le praticien m'a déclaré que mon dos allait très bien. « Votre cerveau est coincé dans une boucle de douleur, a-t-il décrété. La seule chose que vous puissiez faire, c'est vous dire que tout va bien. Votre cerveau finira par capter le message. » Pendant un certain temps, je l'ai cru et j'ai essayé de réentraîner mon cerveau, mais cela n'a pas fonctionné. En fait, rien n'a fonctionné, et, à ce jour, je souffre toujours de douleurs chroniques.

Avec le temps, j'ai trouvé un certain apaisement dans un cocktail d'exercices physiques et de corrections de posture, de traitements récurrents chez un chiropracteur et de méditation. Mais j'ai d'abord dû accepter que la douleur ne s'en irait pas. J'ai trouvé un nouveau chiropracteur qui la prenait au sérieux et je l'ai consulté une fois par semaine pendant environ six mois. Il m'a montré une radio où l'on distinguait la courbure de ma colonne vertébrale et la légère protubérance de mon menton, peut-être due à une blessure dont je ne me souviens pas.

J'ai passé une autre radio lors de notre dernière session. Après l'avoir étudiée avec attention, il s'est tourné vers moi : « Nous avons fait tout ce qui est en notre pouvoir pour corriger ça », m'a-t-il dit. Mon moral a plongé. « Alors, ça ne va jamais s'améliorer ? » « Probablement pas, m'a-t-il répondu. Mais, paradoxalement, c'est peut-être une de ces affections qui améliorent votre santé. » Puis il a ajouté quelque chose qui est devenu un mantra dans ma vie : « Si vous prenez soin de la faiblesse de votre dos et que vous l'enveloppez de force, vous vivrez une vie longue et en bonne santé. »

Ses paroles se sont avérées. Tous les matins, je me réveille en ayant mal au dos ; tous les matins, je prends le temps de m'étirer les muscles jusqu'à ce que la douleur s'estompe. Le soir, je m'étire de nouveau afin de pouvoir dormir. J'ai appris que, si je voulais vivre sans une gêne permanente, ces exercices n'étaient pas optionnels, mais, au fil des ans, ils ont eu pour effet collatéral de préserver la flexibilité de mon corps et sa bonne forme physique. Si la douleur devient trop envahissante, comme c'est parfois le cas, je peux me tourner vers d'autres remèdes, mais j'ai depuis longtemps renoncé à l'idée qu'un jour j'en serais débarrassée. Cette acceptation est libératrice, dans le sens où je ne me bats plus avec mon corps, ce qui permet à mon cerveau de se concentrer sur autre chose. C'était peut-être ce que le praticien de Rolfing essayait de me dire. Vivre avec la douleur m'a aussi donné de l'empathie pour ceux qui souffrent de douleurs chroniques ou de toute autre situation que nous n'aurions jamais choisie, mais que nous devons apprendre à accepter.

*

Beaucoup de gens endurent en permanence des maux bien plus grands que les miens sans pouvoir leur donner un sens, et je ne souhaite en aucune façon minorer leur souffrance. En même temps, la douleur recèle un mystère que notent toutes les religions majeures, et les personnes qui en ont fait l'expérience peuvent témoigner de son pouvoir transformateur. Elles ne portent aucun jugement sur ceux qui ne partagent pas ce vécu, mais elles veulent que nous sachions qu'il est possible de trouver du sens dans l'adversité, même dans des circonstances que nous aurions tout fait pour éviter. Celles qui proposent une interprétation plus nuancée, voire positive, de leur douleur m'ont aidée à puiser de l'espoir dans la mienne et donné l'assurance que la grâce se trouve de l'autre côté de l'acceptation.

Parmi ceux qui parlent et qui écrivent avec la position d'autorité que confère l'expérience vécue, on compte Rachel Naomi Remen, docteure en médecine et l'une des premières praticiennes de la « médecine intégrative » – une approche qui prend en compte la santé de l'esprit et du corps. Aujourd'hui âgée de quatre-vingts ans, Remen a vécu pendant plus de soixante ans avec la maladie de Crohn, une inflammation chronique de l'intestin, évolutive et par moments extrêmement douloureuse. Pendant toute sa vie de patiente et de praticienne, elle a été confrontée aux limites de la médecine occidentale en matière de soins et à notre capacité innée à guérir. Elle a écouté et rassemblé les récits d'innombrables hommes, femmes et enfants qui ont également trouvé des réservoirs de sagesse dans leur souffrance.

Dans *La Sagesse au coin du feu : 80 histoires pour guérir et se réconcilier avec soi-même*, Remen témoigne de ce qu'elle a appris en prêtant attention à sa vie et à celle de ses patients. Assez tôt pendant ses études de médecine, elle s'était rendu compte que les histoires que les gens lui racontaient étaient bien plus captivantes que les maladies qu'elle essayait de soigner. « C'étaient les récits de personnes qui s'étaient réfugiées dans des abris antiaériens, de personnes qui avaient subi un siège, de personnes qui avaient traversé des périodes de crise partout dans le monde, écrit-elle. J'écoutais des êtres humains qui souffraient et qui réagissaient à leurs malheurs d'une façon aussi unique que leurs empreintes digitales. Les histoires étaient inspirantes, émouvantes et importantes. Avec le temps, leur vérité a commencé à me soigner [11]. »

Remen décrit son propre parcours vers l'acceptation et comment, au fil du temps, celle-ci l'a construite de bric et de broc. Dans un article intitulé « Damming the River » (Endiguer le fleuve), elle évoque la colère qu'elle a ressentie à l'âge de quinze ans face à la maladie qui venait subitement de définir son existence : « Je détestais tous les gens bien portants. Je détestais la branche de ma famille qui m'avait transmis ces gènes. Je détestais mon corps. Je suis restée dans cet état de rage pendant presque dix ans[12]. »

Un tournant dans sa vie s'est produit lorsqu'on lui a proposé une résidence dans un hôpital universitaire de premier plan. C'était le poste dont elle rêvait, mais sa fatigue inexorable l'amenait à douter qu'elle puisse être à la hauteur de la tâche. Elle se rappelle avoir marché toute seule le long d'un plan d'eau avec un sentiment de désolation et de jalousie envers les gens de son âge dont l'énergie semblait illimitée. La vague de colère familière a submergé ses sens. « Mais, pour une raison que j'ignore, ce jour-là, je ne me suis pas noyée dedans, écrit-elle. À la place, j'ai simplement remarqué son passage tandis que quelque chose en moi disait : "Tu penses que tu n'as aucune vitalité ? La voici, ta vitalité."[13] »

Remen avait pris conscience que sa rage était l'expression d'une force plus profonde qu'elle avait en elle, la part d'elle-même qui aimait la vie et qui voulait la vivre pleinement. Au fil des ans, cette force l'avait aidée à lutter contre les limitations imposées par sa maladie. À présent, elle comprenait qu'il était temps de canaliser cette énergie féroce d'une nouvelle façon. « C'était comme la puissance d'un fleuve contre un barrage [14] », note-t-elle. Elle a choisi d'écarter sa colère, son désir de blâmer les autres et ses critiques envers le monde, car elle était enfin prête à accepter la douleur et à embrasser la vie qu'on lui avait offerte.

Remen n'encourage jamais ses patients à « dépasser » leur colère, car c'est peut-être elle qui les garde en vie. Elle préfère les écouter et attendre que chacun trouve en lui d'autres expressions de sa force vitale. Son acceptation de la colère, quelle que soit la forme qu'elle adopte, m'a aidée à apprécier sa place et sa puissance dans le processus de guérison, tout en me permettant de considérer l'ensemble du spectre des possibilités créatives qui est en nous, de telle sorte qu'en acceptant ce que nous ne pouvons pas changer, nous puissions quand même connaître la joie.

Contrairement à l'esquive ou au déni, l'acceptation ne détourne pas son regard des souffrances, mais s'y confronte en essayant de les placer dans une perspective plus large. Remen parle de la période après sa chirurgie abdominale, pendant laquelle elle avait développé une péritonite – une inflammation de la membrane qui recouvre la paroi abdominale, potentiellement mortelle – et une septicémie, affection tout aussi grave. On a dû l'opérer d'urgence une seconde fois. Le lendemain, quand les infirmiers sont venus changer ses bandages, Remen a examiné son corps, s'attendant à trouver une longue incision recousue avec des agrafes. Mais ce qu'elle a vu, c'était une plaie ouverte, comme si elle se trouvait encore en salle d'opération. Les chirurgiens ne l'avaient pas recousue à cause des infections dont elle souffrait, préférant la laisser se refermer d'elle-même.

Remen ne se sentait plus la force de regarder son ventre. Chaque jour, quand les infirmiers venaient refaire ses pansements, elle détournait les yeux, incapable d'affronter cette plaie dont elle était convaincue qu'elle était mortelle. Cela a continué jusqu'à ce qu'elle se rende compte qu'en réalité elle n'était pas mourante. Une nouvelle pensée l'a alors traversée : « Si je devais vivre avec ça, il fallait que je le voie [15] », écrit-elle. Tel est le courage de l'acceptation : regarder droit dans les yeux ce qui nous terrifie et avoir confiance dans le fait que nous pouvons survivre. Lorsqu'elle l'a fait, Remen a été stupéfaite de constater que sa plaie avait commencé à cicatriser.

Mais toutes les blessures ne guérissent pas, et certaines maladies ne nous laissent pas vivre très longtemps. Remen connaît bien les limitations du corps humain. Dans ces cas-là, elle souligne qu'il est important de permettre au chagrin de faire surface. Elle assure que de nouvelles possibilités émergeront de cette affliction et que, lorsque la guérison est impossible, on peut se soigner d'une autre façon. Ce n'est pas une réponse que nous pouvons entendre quand nous entretenons encore l'espoir de nous remettre. Mais, une fois que celui-ci s'est éteint, certains attestent qu'ils se sentent vivants d'une nouvelle façon. Dans un recueil d'essais intitulé *My Grandfather's Blessings: Stories of Strength, Refuge and Belonging* (Les bénédictions de mon grand-père : histoires de force, d'asile et d'appartenance), Remen écrit : « En tant que médecin, j'ai accompagné des personnes qui ont découvert en elles-mêmes une force insoupçonnée, un courage bien plus grand que ce qu'elles croyaient possible, un sens inattendu de la compassion, ou une capacité à aimer plus profondément qu'elles ne l'avaient jamais rêvé [16]. » Je pense que c'est ce que Jésus voulait dire quand il a comparé le royaume de Dieu qui est en nous à une perle de grande valeur.

*

Dans la foi chrétienne, nous voyons en Jésus la présence de Dieu sous une forme humaine, qui accepte le monde tel qu'il est et qui nous révèle la nature de l'amour divin. Nous pouvons trouver du réconfort dans le fait que Jésus lui-même a lutté, et qu'à l'heure dernière il a prié pour qu'on le délivre de la douleur et de la souffrance de la mort. Trois des quatre récits de la vie de Jésus ne font aucun effort pour nous épargner l'agonie qu'il a endurée dans les heures qui ont conduit à sa crucifixion.

D'après trois des quatre Évangiles – Marc, Matthieu et Luc –, la veille de sa mort, Jésus partage un repas pascal avec ses douze apôtres, puis se retire dans un jardin pour prier. Ses plus proches disciples l'y suivent, mais le sommeil les gagne au cours de la nuit et, en fin de compte, Jésus se retrouve seul. Il prononce en prière ces mots qui brisent le cœur : « Mon Père, s'il est possible, que cette coupe s'éloigne de moi ! Toutefois, non pas ce que je veux, mais ce que tu veux [17]. »

Malgré la clarté avec laquelle il ressentait sa vocation et l'acceptation initiale de son sort, en cette dernière nuit, Jésus prie Dieu pour être épargné. Cette scène poignante nous assure de sa pleine humanité : lui aussi connaissait la peur et le désir de vivre. On ne nous dit pas combien de temps Jésus s'est débattu entre sa requête à Dieu et l'acceptation renouvelée de ce qui l'attendait. Nous savons simplement qu'à un moment au cours de cette longue nuit solitaire, Jésus a embrassé son destin pour en faire une offrande d'amour sacrificiel.

Pendant toute la vie de Jésus, et plus particulièrement à sa mort, Dieu a révélé en lui la puissance de ce que Martin Luther King appelait la « souffrance rédemptrice », l'assertion mystique, certes controversée, selon laquelle la souffrance non méritée recèle un pouvoir spirituel qui dépasse nos facultés de compréhension ou notre expérience. Pour les chrétiens, le Christ en croix allait devenir une icône de toutes les détresses humaines, et sa résurrection, une promesse éternelle du fait que la douleur et la mort n'auront pas le dernier mot.

La notion selon laquelle la souffrance peut faire d'un mal un bien trouve une riche expression dans la littérature biblique. Les Cantiques du Serviteur, une série de passages poétiques tirés des écrits prophétiques juifs, ont exercé une influence particulièrement importante sur la façon dont les premiers chrétiens interprétaient la mort de Jésus. Ces poèmes, qui figurent dans le Livre d'Isaïe, sont attribués à un auteur anonyme qu'on désigne par le nom de Second-Isaïe, en raison de leur voix et de leur contexte historique distincts. Ils dépeignent une personne bienveillante que l'on méprise à cause de sa gentillesse.

Dieu choisit ce serviteur pour une mission de réconciliation et de guérison : « Moi, l'Éternel, je t'ai appelé pour le salut, et je te prendrai par la main, je te garderai, et je t'établirai pour traiter l'alliance avec le peuple, pour être la lumière des nations, pour ouvrir les yeux des aveugles, pour faire sortir de prison le captif, et de leur cachot ceux qui habitent dans les ténèbres [18]. »

L'expression la plus explicite de l'appel du serviteur à souffrir est racontée dans Isaïe, chapitre 53, du point de vue de ceux qui tirent profit des tourments endurés par le serviteur :

Cependant, ce sont nos souffrances qu'il a portées,
c'est de nos douleurs qu'il s'est chargé ;
et nous l'avons considéré comme puni,
frappé de Dieu et humilié.
Mais il était blessé pour nos péchés,
brisé pour nos iniquités ;
le châtiment qui nous donne la paix est tombé sur lui,
et c'est par ses meurtrissures que nous sommes guéris [19].

Dans le judaïsme, le serviteur souffrant est interprété comme étant la nation d'Israël, appelée à embrasser les épreuves de l'exil et à découvrir dans la souffrance collective de son peuple une voie de rédemption pour toutes les nations. Pour les premiers chrétiens, le serviteur souffrant est devenu le prisme à travers lequel ils tentaient de saisir la signification de la mort de Jésus sur la croix.

Nos ancêtres spirituels avaient autant de mal que nous avec cette question qui n'a reçu aucune réponse satisfaisante : pourquoi devons-nous souffrir ? Les tentatives pour expliquer pourquoi le Serviteur devait souffrir et pourquoi Jésus devait agoniser et mourir sur la croix abondent dans les textes bibliques. À l'instar de ce qui se produit avec nos propres tentatives de trouver des réponses à nos souffrances, le raisonnement peut être dérangeant, voire offensant. À un moment donné, le Second-Isaïe suggère que Dieu a blessé le Serviteur intentionnellement :

> *Il a plu à l'Éternel de le briser par la souffrance [...]*
> *Par sa connaissance, mon serviteur juste justifiera beaucoup d'hommes, et il se chargera de leurs iniquités*[20].

C'est une vision troublante de Dieu, dont la tension constante traverse les textes bibliques et les interprétations qu'on en donne aujourd'hui avec des images d'un Dieu de pardon et d'amour.

Les premiers chrétiens voyaient en la mort de Jésus un accomplissement similaire de la volonté de Dieu. Jésus lui-même est arrivé à cette conclusion pendant ses dernières heures, et, tout au long du Nouveau Testament, il y a de nombreuses mentions selon lesquelles Jésus est mort « pour nos péchés ». Comme Paul l'écrit dans son Épître aux Romains : « car tous ont péché et sont privés de la gloire de Dieu ; et ils sont gratuitement justifiés par sa grâce, par le moyen de la rédemption qui est en Jésus-Christ. Car le projet de Dieu était que le Christ soit instrument de pardon, en son sang, par le moyen de la foi[21] ».

Ainsi, ces expériences de foi marquantes pour la nation d'Israël et les premiers disciples du Christ ont fait émerger une assertion théologique du sacrifice enracinée dans le postulat que la justice de Dieu n'a d'autre choix que d'exiger une compensation pour les péchés de l'humanité. Ce qui rend un peu plus acceptable cette vision divine terriblement cruelle est qu'en Jésus, Dieu est le sacrifice expiatoire. Sous ce jour, le sacrifice de Jésus devient l'expression de tout ce que Dieu est prêt à faire par amour pour nous.

Je me suis débattue avec cette image de Dieu et de la mission de Jésus pendant la plus grande partie de ma vie, et je ne suis pas la seule. Tant pour les chrétiens que pour les non-chrétiens, cette vision de la souffrance de Jésus est l'un des aspects les plus exigeants et, pour être franche, rebutants de notre tradition. Elle ne fournit pas de réponse tout à fait satisfaisante aux tourments des innocents, car elle se focalise sur la réparation des péchés humains, lesquels, dans la perspective biblique, sont un affront à Dieu. J'ai beau reconnaître avoir personnellement besoin d'une grâce salvatrice plus grande que mon immoralité et croire que Jésus est mort en rémission des péchés du monde, je considère que la théorie de l'expiation propose, dans le meilleur des cas, une compréhension incomplète de la souffrance rédemptrice de Jésus. Elle suggère que sa mort était une transaction, quelque chose entre Dieu et Jésus, et que c'est ce qu'il y a de plus important à savoir sur Jésus. Mais, pour reprendre les mots de Rachel Held Evans : « Jésus n'est pas simplement mort en rémission de nos péchés ; Jésus a vécu en rémission de nos péchés. Sa vie et son enseignement nous montrent le chemin vers la libération[22]. » Jésus a approché sa mort en faisant confiance à l'amour de Dieu, malgré ce qu'il allait endurer. Les premiers chrétiens savaient sans l'ombre d'un doute que le chemin de Jésus était celui d'un amour sacrificiel.

À travers le prisme de l'amour, la souffrance du Serviteur et la mort du Christ ouvrent une fenêtre sur le cœur de Dieu. C'est dans la totalité de la vie de Jésus, s'achevant par sa mort sur la croix, que nous voyons celui dont « Dieu a voulu que sa plénitude habitât en lui[23] ». Ou, comme l'indique l'Évangile de Jean, Jésus est l'expression d'une lumière divine qui « luit dans les ténèbres, mais les ténèbres ne l'ont point reçue[24] ». En Jésus, nous voyons le visage humain de Dieu, comme celui de quelqu'un qui souffre aux côtés de l'humanité pour révéler la profondeur de l'amour divin. Ceux qui sont appelés à le suivre empruntent ce même chemin d'amour et portent leur propre croix, comme la vie l'exige.

Certes, quand nous sommes devant le traumatisme et la souffrance, aucune réponse n'est satisfaisante, et les platitudes bien intentionnées semblent remuer le couteau dans la plaie. Comme l'écrit Kate Bowler dans son récit à propos de sa vie après un diagnostic de cancer de stade 4, *Everything Happens for a Reason and Other Lies I've Loved* (Les Choses n'arrivent pas par hasard et d'autres mensonges que j'ai aimés), nous ne saisissons la vacuité de ces mots que lorsque quelqu'un nous les adresse en essayant de donner un sens à notre tragédie : « Apparemment, Dieu s'active un peu partout à fermer des portes et ouvrir des fenêtres, note-t-elle non sans ironie. Il ne semble pas s'en lasser[25]. » Pis encore, il y a des assertions théologiques selon lesquelles nous sommes, d'une manière ou d'une autre, responsables de nos tourments.

Devant la souffrance, les réactions les plus utiles sont indéniablement une présence empathique et des efforts pour apaiser la douleur et prévenir sa récurrence. Cependant, quand ces tentatives ne rencontrent pas le succès, l'unique option qui reste est de trouver du sens aux épreuves que nous endurons. Les exemples de Jésus et, avant lui, du Serviteur nous montrent ce que signifie prendre la souffrance pour ce qu'elle est et trouver, à travers la grâce, le chemin de la transformation personnelle et sociétale. Nous n'aurions jamais choisi cette voie et nous ne la souhaitons à aucun de ceux que nous aimons. Mais, quand il n'y a pas d'échappatoire, il est au moins réconfortant et parfois exaltant de savoir que ceux qui ont emprunté ce chemin avant nous ont été capables d'en parler avec humilité, en affichant une gratitude que nous ne pouvons comprendre que lorsque nous nous trouvons dans cette situation.

*

J'avais huit ans lorsque le révérend Martin Luther King a été assassiné, mais ce n'est qu'à l'université que j'ai fait sa connaissance à travers ses écrits et ses discours enregistrés. J'ai passé des heures à la bibliothèque à le lire et à l'écouter, fascinée. C'était pendant les guerres en Amérique centrale, et j'étais en admiration devant les dirigeants religieux qui mouraient aux côtés de fermiers indigènes et d'étudiants universitaires dans leur combat pour la justice. Or, dans mon propre pays, un chef spirituel chrétien prônait le changement social par des moyens non violents et exprimait notre foi commune avec un éclat que je n'avais encore rencontré chez personne. King a incarné la souffrance rédemptrice – l'acceptation, par amour et pour le bien commun, de ce que l'on n'aurait jamais choisi – jusqu'à sa mort, aussi tragique que précoce, à l'âge de trente-neuf ans.

King n'est pas tombé du ciel dans le paysage religieux et politique américain, et il n'est pas non plus responsable à lui seul des succès du mouvement américain des droits civiques, comme le laissent souvent entendre les médias. Néanmoins, contrairement à tous ses contemporains, King a saisi l'imagination de ceux qui osaient croire que, pour notre nation, l'heure de reconnaître l'héritage de l'esclavage et les méfaits du racisme était enfin venue. Comme l'écrit Michael K. Honey, historien du travail, dans *Going Down Jericho Road: The Memphis Strike, Martin Luther King's Last Campaing* (Sur la route de Jéricho : la grève de Memphis, la dernière campagne de Martin Luther King) : « L'enracinement religieux de King, son éloquence stupéfiante, son savoir, son talent pour présenter ses revendications dans le cadre de la Constitution et du credo américain de la liberté ont fait de lui un puissant porte-porte et ont attiré sur lui une attention phénoménale de la part des médias de masse [26]. » Ses textes et ses discours enregistrés demeurent une source inépuisable d'analyses politiques et d'idées spirituelles.

Le puits des convictions de King était profond. Dans *The Power of Unearned Suffering: The Roots and Implications of Martin Luther King Jr.'s Theodicy* (Le pouvoir de la souffrance imméritée : les racines et les implications de la théodicée de Martin Luther King), Mika Edmondson, fils et petit-fils de prêcheurs baptistes, retrace sa lignée façonnée par l'héritage séculaire de ses ancêtres réduits en esclavage et opprimés, qui luttaient pour trouver un sens à leurs souffrances :

> *Sous le soleil accablant des champs de coton du Sud, ils tenaient bon, forts de l'espoir que le Dieu tout-puissant pourrait « trouver un chemin où il n'y a pas de chemin », que grâce au Christ, Dieu ferait en sorte que le bien jaillisse des maux qui leur étaient infligés [...] Cet espoir dans les desseins rédempteurs que Dieu place dans la souffrance a soutenu les chrétiens noirs tout au long des brutalités que l'Histoire leur a réservées, comme l'esclavage, Jim Crow, le lynchage et la ségrégation*[27].

Quand King était enfant, ses parents lui avaient inculqué à la fois une profonde aversion pour la ségrégation et la conviction qu'un dessein divin était à l'œuvre dans la lutte pour la liberté. Il a étudié la sociologie à Morehouse College, puis la théologie au séminaire théologique de Crozer et à l'université de Boston, où il a obtenu son doctorat à vingt-cinq ans. Comme ses professeurs et ses mentors, dont Howard Thurman, l'exemple convaincant de non-violence du mahatma Gandhi l'a inspiré. Selon ce qu'il a déclaré en 1957, il en était venu à croire qu'« à notre époque le Noir est peut-être le centre d'intérêt de Dieu [28] ».

Le ton plein d'espoir de ses premiers textes est poignant. Juste après le triomphe du boycott des bus de Montgomery en 1956, King a écrit : « Les Noirs de Montgomery, épuisés par les expériences humiliantes qu'ils devaient sans cesse revivre dans les transports en commun, ont exprimé leur détermination à être libres par un acte massif de non-coopération. Ils en sont venus à considérer qu'il était plus honorable de marcher dans la rue avec dignité que de se déplacer en bus en étant humilié [29]. » Il distinguait clairement la souffrance passive, qui ne fait que perpétuer l'injustice, de la souffrance librement consentie en tant que destin riche de potentialités rédemptrices. À l'instar de Gandhi, King a appelé son peuple à encaisser les coups de la réaction violente à leurs revendications pacifiques d'égalité devant la loi, et à voir en eux le moyen d'une transformation sociale qui, pendant un temps, semblait à portée de main.

Son optimisme initial n'avait d'égal que sa volonté et sa capacité à endurer les exactions, un trait qu'il ne mentionnait que rarement dans ses textes ou en public. Une exception s'est produite à la suite d'une demande du rédacteur en chef du magazine *The Christian Century* (Le siècle chrétien) : dans un bref addendum à un article publié en 1960, il reconnaît le prix que sa famille et lui-même ont dû payer : « En raison de mon implication dans la lutte pour la liberté de mon peuple, je n'ai connu que très peu de jours paisibles », a-t-il écrit avec un sens stupéfiant de l'euphémisme, avant de détailler d'un ton neutre certaines des épreuves qu'il avait subies, en l'occurrence cinq arrestations et des peines de prison dans l'Alabama, deux attentats à la bombe chez lui, de multiples menaces de mort et un coup de poignard qui avait failli le tuer. Il a admis que, plus d'une fois, le fardeau lui avait paru trop lourd, et qu'il avait envisagé de se retirer pour mener une vie plus paisible. « Mais chaque fois que cette tentation se présentait, quelque chose venait renforcer et soutenir ma détermination, note-t-il. J'ai maintenant appris que le fardeau du maître devient léger dès l'instant où nous assumons son joug[30]. »

King a également évoqué ce que ce voyage de transformation intérieure avait été pour lui : « Tandis que mes souffrances augmentaient, je me suis vite rendu compte que je pouvais réagir de deux façons face à cette situation : soit en étant amer, soit en cherchant à transformer la souffrance en force créatrice. J'ai décidé de suivre cette seconde voie. En reconnaissant la nécessité de la souffrance, j'ai tenté d'en faire une vertu[31]. » Pour Martin Luther King, la souffrance rédemptrice n'était pas une simple stratégie politique, c'était un mode de vie.

Il avait toujours pensé que les succès initiaux du mouvement américain des droits civiques n'étaient que les premiers pas vers la prise en compte d'inégalités sociales bien plus importantes : la pauvreté et le manque d'accès à l'éducation, à l'emploi et à des conditions de vie permettant de se sentir en sécurité. Mais, quand il a porté son attention sur les problèmes économiques, beaucoup de ses admirateurs ont eu l'air véritablement surpris, et, aujourd'hui encore, ses écrits postérieurs reçoivent moins d'attention et de louanges que ceux pronant l'égalité raciale. De fait, chacun des choix que King a faits au cours des dernières années de sa vie a suscité des controverses : la décision d'emménager à Chicago pour souligner le caractère pernicieux du racisme dans le Nord, son intérêt croissant pour les problèmes de discrimination économique et de pauvreté, et, plus radicalement, son opposition publique à la guerre du Vietnam.

Cela faisait longtemps que Martin Luther King était décrié par les suprémacistes blancs et les anticommunistes, mais il était désormais en train de perdre le soutien de beaucoup de progressistes blancs et de médias qui l'avaient autrefois encensé. À la suite de ses déclarations pacifistes, beaucoup de ses anciens alliés ont coupé les ponts, le plus éminent étant le président Lyndon Johnson. Les foules venaient encore le voir en nombre chaque fois qu'il prononçait un discours, ce qui lui offrait une tribune nationale. Mais sa notoriété persistante a mobilisé ses détracteurs, notamment J. Edgar Hoover, le directeur du FBI, déterminé à le détruire. Les conflits augmentaient dans le cercle de ses plus proches conseillers tandis qu'ils s'échinaient à organiser la logistique de sa vision d'un mouvement multiracial de pauvres marchant vers Washington.

Si, en 1960, Martin Luther King n'avait connu que peu de jours paisibles, en 1967, il menait une vie frénétique. La Poor People's Campaign (marche des pauvres) a été son dernier plaidoyer en faveur de la non-violence dans un pays qui semblait en pleine dérive. Il était consumé par une vision : unir les classes laborieuses quelle que soit la couleur de leur peau dans une revendication commune pour la restructuration de l'économie des États-Unis. King était convaincu que c'était la pauvreté qui détruisait des vies et alimentait le racisme, le désespoir et la violence qui infestaient le pays. Comme il l'a confié à un journaliste en 1967, si sa stratégie échouait, il ne lui resterait plus qu'à « dire à la nation : "J'ai fait de mon mieux"[32] ». Et bien qu'il se soit toujours montré déterminé en public, en privé, il luttait contre la dépression, la fatigue et le doute. Il a commencé à préparer sa succession tout en embrassant à bras le corps un projet que ses plus proches alliés pensaient voué à l'échec.

En février 1968, alors qu'il assistait à une conférence de ministres du culte, King a entendu parler de la grève des éboueurs à Memphis. Un autre participant, le pasteur Billy Kyles, avait décrit comment, dans un acte de défi collectif, les ouvriers noirs s'étaient spontanément élevés pour protester contre des conditions de travail potentiellement mortelles et des salaires de misère. La municipalité avait refusé de négocier, et, tandis que les ordures s'empilaient dans les rues, le peuple était divisé par une ligne de fracture raciale. Kyles a été le premier à suggérer que Martin Luther King se rende à Memphis, mais les collaborateurs de ce dernier ont aussitôt argué qu'il était trop pris par l'organisation de la marche des pauvres pour faire le voyage[33].

À mesure que la grève se prolongeait à Memphis, le soutien à la communauté noire a commencé à s'estomper. Les autorités de la ville demeuraient intransigeantes, et la police avait recours à une brutalité éhontée. Les éboueurs s'en sont tenus à leurs manifestations non violentes, mais d'autres plaidaient pour une approche plus belliqueuse. Plusieurs hommes d'Église locaux ont alors instamment prié King de venir, convaincus que lui seul pourrait unir un mouvement qui se fragmentait rapidement. Cette fois-ci, il n'a pas hésité à aller à l'encontre de l'avis unanime de ses conseillers. Cela venait encore alourdir son emploi du temps déjà surchargé, mais, à ce stade, l'acceptation de la souffrance personnelle était devenue pour lui une seconde nature.

Des milliers de personnes sont venues l'entendre parler lors de la première de ses trois visites à Memphis au cours des derniers jours de sa vie. L'énergie et le sentiment d'unité de la foule lui ont remonté le moral. Il percevait chez les éboueurs le courage et la solidarité qu'il souhaitait prôner à travers tout le pays : un mouvement de travailleurs se levant avec dignité pour demander des conditions de travail sûres et un salaire décent. Il encourageait les grévistes à persévérer, et il a instamment demandé aux membres de la communauté noire de ne pas aller travailler ni se rendre à l'école, afin de faire pression sur le maire pour l'obliger à s'asseoir à la table des négociations. C'était la première fois que King proposait une grève générale – une suggestion liée à sa conviction croissante que de tels événements devaient être organisés dans tout le pays.

Joseph Rosenbloom a écrit que ce jour-là, lorsque Martin Luther King a eu fini de parler, « il est descendu de l'estrade comme saisi par une nouvelle force. D'une voix forte et éclatante, il a déclaré que Memphis allait marquer le "début du mouvement de Washington" et annoncé qu'il reviendrait bientôt défiler avec les grévistes et leurs soutiens [34] ». Son sort et celui de The Poor People's Campaign étaient désormais liés au conflit à Memphis.

La journée de grève générale du 28 mars s'est révélée un désastre total. Les grévistes et leurs soutiens s'étaient rassemblés tôt pour attendre Martin Luther King, qui devait défiler à leur tête, mais son vol a été retardé, et la manifestation a dû débuter sans lui. Il était désorienté, épuisé par des jours de voyage incessants et mal préparé à la réaction de la foule en sa présence. Craignant qu'il soit piétiné, ses gardes du corps l'ont rapidement exfiltré [35]. Entretemps, des violences ont éclaté dans toute la ville. Les manifestants ont jeté des bouteilles et des pierres, dévalisé des boutiques et incendié des voitures. La police a réagi avec une violence indiscriminée : semant la panique dans les foules de manifestants pacifiques, elle a blessé de nombreuses personnes, en a arrêté des centaines et a tué un adolescent de seize ans. La violence s'est prolongée toute la nuit durant. Cloîtré dans sa chambre d'hôtel, King a regardé avec désespoir la couverture télévisée de son pire cauchemar.

Le lendemain matin, en quittant Memphis, il était visiblement secoué, et il a passé plusieurs jours à se demander ce qu'il pouvait faire. Ses proches s'inquiétaient de son état dépressif et de sa fatigue. Mais il a émergé de son isolement avec une résolution toute neuve et annoncé à son équipe qu'il fallait qu'ils retournent tous à Memphis [36]. L'émeute avait porté un coup sévère à la crédibilité de leur mouvement, leur a-t-il dit, et, s'ils ne réagissaient pas, cela nuirait à toutes leurs initiatives futures. Cette fois-ci, ils resteraient là-bas pendant cinq jours et s'emploieraient à amener des dirigeants noirs plus jeunes à se joindre à eux, mobiliseraient le clergé et les syndicats, et transformeraient l'échec du 28 mars avec une manifestation et une journée de grève pacifiques le 8 avril. Au début, les collaborateurs de King se sont vivement opposés à ce projet, mais il s'est montré inflexible et a réagi à leurs querelles internes avec une énergie et une colère inhabituelles, ce qui a retenu leur attention. Plus tard, Andrew Young, son confident, a raconté cet épisode : « Aussi sombrement et sérieusement que toujours, nous avons décidé que nous soutiendrions Martin sans réserve [37]. » De toute évidence, les probabilités n'étaient pas en leur faveur. Mais, comme l'a déclaré King le 3 avril : « Le mouvement vivra ou mourra à Memphis [38]. »

Le lendemain, c'est Martin Luther King qui est mort.

King a failli ne pas prononcer le dernier discours de sa vie. Après une journée de voyage qui avait commencé par une menace d'attentat à la bombe dans son avion et s'était poursuivie par une série ininterrompue de rencontres à Memphis, il était épuisé et malade. La tempête qui s'annonçait allait probablement éloigner les gens de l'office et du rassemblement ce soir-là, pensait-il. À la dernière minute, il a prié Ralph Abernathy, son collègue et ami proche, de le remplacer à la tribune, tandis qu'il resterait se reposer à l'hôtel. Mais, quand Abernathy s'est présenté sans lui, la déception de la foule l'a convaincu de demander à King de venir. Non sans réticence, celui-ci est parti sous une pluie battante, et, dès son arrivée, il est monté sur le podium et a parlé pendant près d'une heure. Comme le note l'historien Taylor Branch, il a élégamment brodé sur les thèmes qu'il abordait fréquemment dans ses discours, au service de l'urgence du moment [39]. La foule était pendue à ses lèvres.

King a dit à ceux qui avaient des oreilles qu'il savait que sa mort était imminente. Il a commencé par imaginer à voix haute ce qu'il ferait si Dieu lui donnait la possibilité de choisir un autre siècle pendant lequel vivre. Il répondrait qu'il choisirait l'époque actuelle. C'était étrange de se poser cette question dans des temps de souffrance immense, a-t-il déclaré, « mais, pour une raison ou pour une autre, je sais que ce n'est que dans l'obscurité que l'on peut voir les étoiles [40] ». King a fait état des menaces qu'il recevait tous les jours et de l'incertitude quant à ce qui l'attendait. « Comme tout le monde, j'aimerais vivre une longue vie, a-t-il ajouté. La longévité a sa place. Mais ce n'est pas ce qui me préoccupe en ce moment. Je veux simplement faire la volonté de Dieu. » Dieu a amené King, comme Moïse avant lui, jusqu'au sommet de la montagne pour qu'il voie la Terre promise. « Je ne l'atteindrai peut-être pas avec vous, mais ce soir je veux que vous sachiez que nous, en tant que peuple, atteindrons la Terre promise ! s'est-il exclamé. Et ce soir, je suis heureux ! Je n'ai peur d'aucun homme ! Mes yeux ont vu la gloire de la venue du Seigneur [41] ! » Son ultime prédiction est celle de l'acceptation, voire de la transcendance de la mort.

Le sens de la destinée que les parents de King avaient instillé en lui et la conviction de vivre une période charnière de transformations sociales l'ont soutenu jusqu'au bout, même quand il était devenu clair qu'il ne vivrait pas assez longtemps pour voir se réaliser le rêve que Dieu avait placé dans son cœur. Bien que souvent découragé, King refusait de succomber à la violence ou d'abandonner tout espoir. Il acceptait ce qu'il ne pouvait pas changer et tentait de toutes ses forces de changer ce qui pouvait l'être.

La compassion dont King faisait preuve ne cesse jamais de m'émouvoir. Le dernier dimanche de sa vie, lors de son prêche dans la cathédrale nationale de Washington, il a parlé de la pauvreté déchirante à travers tout le pays, depuis les ghettos du Nord jusqu'au Sud rural. Il a décrit les centaines d'enfants noirs, à Marks, dans le Mississippi, qui marchaient pieds nus dans les rues, et les familles qui vivaient avec les rats et les cafards dans des appartements de plus en plus délabrés. Il a avoué que, souvent, il pleurait [42]. Puis, pendant la nuit orageuse la veille de son assassinat, pour expliquer les raisons de son retour à Memphis, King a évoqué la parabole du bon Samaritain. Dans cette histoire intemporelle, rappelle-t-il à ses auditeurs, deux dirigeants religieux voient un homme mortellement blessé et décident de passer leur chemin. Mais un homme d'une race méprisée, le Samaritain, s'arrête pour l'aider. Cet homme illustre ce que King appelait l'« altruisme dangereux », l'essence même de l'amour.

> *La première question que le lévite et le prêtre se sont posée en voyant le blessé était : « Si je m'arrête pour l'aider, que va-t-il m'arriver ? » Le bon Samaritain renverse la question. « Si je ne m'arrête pas pour l'aider, que va-t-il lui arriver ? » [...] C'est la question qui se pose à vous ce soir. Non pas : « Si je m'arrête pour aider les éboueurs, que va-t-il m'arriver ? » Mais : « Si je ne m'arrête pas pour les aider, que va-t-il leur arriver ? » Telle est la question*[43].

La question de King est au cœur de l'amour sacrificiel et de l'acceptation. La compassion pour l'autre nous met au service de quelque chose qui nous dépasse et nous aide à devenir intérieurement plus grands que la souffrance que nous endurons ou que nous avons choisi d'endurer. King était convaincu que seul l'amour détient le pouvoir de briser le cycle de la violence et de la haine, comme Jésus l'a révélé sur la croix. « King a vu dans la croix une source de force et de courage, l'expression ultime de l'amour de Dieu pour l'humanité. Contrairement à d'autres, il n'a jamais vacillé dans son engagement sur la voie de l'amour[44] », écrit James Cone dans *The Cross and the Lynching Tree* (La croix et l'arbre à lyncher). L'exemple aussi éclatant que rare des personnes qui, à l'instar de Martin Luther King, choisissent l'acceptation et la souffrance rédemptrice contribue à nous convaincre qu'un tel amour est possible et qu'il mérite tous nos efforts.

Le révérendissime Michael Curry, évêque-primat de l'Église épiscopalienne, est l'un des témoins contemporains que King a inspirés. Curry a consacré sa vie au service de Jésus et à sa voie de l'amour. En 2018, lorsque son message a bénéficié d'une tribune mondiale à l'occasion du mariage du prince Harry et de Meghan Markle, il a ouvert un débat international à propos de l'amour rédempteur. Dans son dernier livre, *Love Is the Way* (L'amour est le chemin), il reprend à son compte la conviction profonde de Martin Luther King : l'amour sacrificiel et altruiste est le seul qui puisse nous guérir et rendre le monde meilleur. Et il insiste : seul l'amour est en mesure de transformer les personnes que nous sommes en celles que Dieu souhaitait que nous soyons quand Il nous a créés, et de faire de ce monde souvent cauchemardesque le rêve que Dieu entretient pour tous Ses enfants. Le grand attrait qu'exerce le message de l'évêque Curry suggère qu'au plus profond de nous-mêmes, nous connaissons tous cette vérité. L'acceptation de notre responsabilité collective dans les souffrances du monde, et du fait que nous devons y répondre avec l'amour sacrificiel, est notre tâche la plus authentique. En tant qu'individus comme en tant qu'espèce, nous devons nous montrer à la hauteur de ce défi.

Dans son livre, Curry cite de nombreux exemples de personnes ayant choisi de faire preuve d'amour face à des situations apparemment désespérées : des anciens de la paroisse qui se sont occupés de lui quand il avait douze ans à la suite du décès de sa mère jusqu'aux personnalités publiques, comme Fannie Lou Hamer, militante des droits civiques, ou Frances Perkins, ministre du Travail sous Franklin Roosevelt, qui ont lutté pour la justice toute leur vie. Mais, avant d'être en mesure de faire preuve d'amour, chacun a dû affronter et accepter sa douleur, non pas comme une expression de la volonté de Dieu, mais comme l'arène dans laquelle ils étaient appelés à incarner l'amour de Dieu pour quelqu'un d'autre. « L'amour n'est pas toujours facile, écrit Curry. Mais, à l'instar des muscles, il se renforce lorsqu'on répète les efforts et qu'on augmente la charge. Et ça fonctionne [45]. »

En déclarant que « ça fonctionne », Curry ne veut pas dire que nous obtiendrons toujours ce que nous demandons ou espérons, mais plutôt que l'amour est la voie de Dieu. Quand nous choisissons l'amour en réaction à ce que nous voudrions changer – même si nous ne le pouvons pas –, quand nous optons pour l'amour plutôt que pour le déni ou la colère ou le cynisme ou l'isolement, nous participons à la rédemption divine de notre monde. Cela ne rend pas notre tâche plus facile, mais cela donne à nos efforts un sens et une raison d'être qui peuvent nous faire progresser. À travers nos tentatives imparfaites, Dieu brille en nous d'une façon que nous ne pourrons peut-être jamais concevoir ni pleinement saisir.

L'acceptation demeure l'une des choses les plus difficiles que l'on exige de nous. Le prix à payer est toujours élevé, mais, face à ce que nous n'aurions jamais choisi et que nous ne pouvons pas changer, elle fournit un moyen pour aller de l'avant. Nous ne devons pas nous inquiéter si nous n'y parvenons pas systématiquement. C'est à notre volonté de rester engagés que Dieu voit que nous misons tout ce que nous avons. Notre capacité à aimer va grandir, et, à travers nous, Dieu accomplira les miracles discrets qui permettent à l'espoir de subsister, même en des temps troublés.

Nos vies sont emplies de choix, de combats et d'appels inattendus. Parfois, nous parvenons à surmonter ces obstacles, et nous devons parfois nous en accommoder. Il arrive que, comme Jésus, nous soyons appelés dans le désert ou sur la croix pour aller physiquement et spirituellement vers ces lieux qui nous défient, qui nous testent, qui nous ouvrent en deux et qui provoquent la mort de quelque chose en nous. Accepter ce que nous n'avons pas choisi implique un acte de foi dans le fait que Dieu est présent et à l'œuvre d'une façon que nous ne pouvons pas comprendre. Nous ressentons parfois cette présence ; souvent, ce n'est pas le cas. Ce type d'acceptation n'est ni passif ni fataliste. Il s'agit plutôt, lors d'un moment décisif, du choix courageux d'embrasser ce qui nous brise en considérant que cela fait partie intégrante d'une vie.

Chapitre cinq

Relever le défi

« Et qui sait si ce n'est pas pour un temps
comme celui-ci que tu es parvenu à la royauté ? »

Esther 4, 14.

Gregory Boyle est un jésuite et le fondateur de Homeboy Industries, le plus grand programme au monde de médiation avec les gangs, de réhabilitation puis de réintégration de leurs membres. Son ministère, qui a marqué un tournant dans la vie de beaucoup de personnes, a commencé à la Dolores Mission Church, dans le quartier de Los Angeles où l'on trouvait la plus grosse concentration de gangs. Boyle a officié dans cette paroisse de 1986 à 1992, période durant laquelle de jeunes hommes tuaient ou mouraient à un rythme alarmant. Sa première idée a été de fonder une école alternative pour les jeunes membres des gangs, et le couvent de la paroisse, où logeaient six nonnes belges, était le seul lieu envisageable. Dans *Barking to the Choir: The Power of Radical Kinship* (Aboyer en chaire : le pouvoir de la parenté radicale), Boyle raconte comment il les a approchées : « “Hé ! ai-je lancé. Est-ce que ça vous dérangerait… vous savez… de déménager ?… Comme ça, on pourrait transformer le couvent en école pour les membres des gangs.” Elles m’ont regardé, puis ont échangé un coup d’œil entre elles. “Bien sûr”, ont-elles simplement répondu [1]. » Les sœurs n’ont pas hésité. Avec ce simple mot, elles ont joué leur rôle.

Tout comme elles, nous prenons certaines de nos décisions les plus importantes sur ce qui peut sembler un coup de tête, sans pensées conscientes ou raisonnements logiques. Une situation survient, et nous réagissons avec quelque chose qui relève de l’instinct ou de l’intuition. La caractéristique principale de ces moments, c’est l’immédiateté, même si, rétrospectivement, nous comprenons parfois que nous nous y préparions depuis un certain temps. Tel un joueur de baseball qui s’entraîne depuis des mois, il ne reste plus qu’à s’avancer vers le marbre et frapper la balle. Le baseball a beau être un sport d’équipe, à la batte, c’est une seule personne qui relève le défi, et la métaphore décrit bien ces moments où un individu prend l’initiative de faire ce qui doit être fait.

Cette image m’est venue pendant les mois les plus intenses de la pandémie, fin 2020. Les infections et les morts dues à la Covid-19 augmentaient à un rythme alarmant, les écoles et les entreprises étaient fermées, et, au cours de la période précédant l’élection présidentielle, l’état d’esprit était stressant dans le pays – et bien sûr à Washington. À l’époque, j’ai reçu un nombre de demandes d'assistance anormalement élevé, tant de la part d'individus que d'associations. Certaines tâches étaient relativement simples et gérables, d'autres nécessitaient un investissement considérable de temps et d'énergie.

Le fait que des gens me contactent n'avait rien de nouveau. En tant que ministre du culte, mon travail est d'aider. La différence était le nombre de sollicitations et leur intensité ; il y avait de l'urgence et même du désespoir dans ces requêtes. Tandis que je réfléchissais à ce que je pouvais faire, il m'est venu à l'esprit que ma fatigue personnelle n'était pas la donnée la plus importante. Nous étions tous fatigués. Peu importait comment je me sentais, il était temps pour moi de servir où et dès que je le pouvais. Pendant toute cette période, mes efforts n'étaient pas visibles, comme la plupart des fois où l'on s'avance vers le marbre pour relever le défi [2].

Le lundi 1er juin 2020, quand le président Trump a posé devant l'église St John une bible à la main, j'ai dû m'avancer vers le marbre, et ce moment a connu un retentissement dépassant toute attente. Je m'étais déjà exprimée sur des sujets tout aussi importants, notamment pour dénoncer la violence par armes à feu, la condition des immigrés ou les remarques racistes du président à l'encontre de la ville de Baltimore, mais je n'avais alors déclenché que des réactions minimes, excepté dans les paroisses où j'officiais. Mais cette fois-ci, c'était différent, comme si un courant électrique traversait le pays et nous connectait tous.

Lorsqu'on relève un défi sur la place publique, il est impossible de savoir à l'avance comment nos actes seront perçus. Le risque de se focaliser sur la réaction qu'ils suscitent est toujours présent, comme si l'attention des médias déterminait leur mérite ou leur impact. Néanmoins, nous savons que les mouvements sociaux les plus significatifs requièrent des décennies d'efforts avant que de véritables changements ne se produisent, et exigent que des personnes, nombreuses mais isolées, relèvent un défi bien avant que quiconque ne le remarque. En outre, l'attention du public, quand elle advient, est brève et séduisante. Elle nous incite à rester sous le feu des projecteurs ou à en chercher d'autres, alors qu'en définitive, ce qui compte le plus, c'est ce que nous faisons et comment nous vivons quand personne ne nous regarde. Ce qui était certainement le cas au cours de l'été 2020.

Dès que la séance de photographie du président a été relayée par les médias, des dizaines de dirigeants religieux de la région ont voulu se réunir afin de dénoncer collectivement les actes du président Trump et de reprendre possession de l'espace sacré. L'énergie que recevait la petite équipe de notre diocèse nous semblait frénétique, mais je comprenais leur désir : ils voulaient relever le défi, eux aussi. Nous sommes convenus d'organiser une conférence de presse le lendemain à St John, au cours de laquelle nous annoncerions notre condamnation commune de ces actes. Néanmoins, dès le mardi matin, la police a empêché l'accès à l'église, et les manifestants se sont éparpillés dans les rues adjacentes, ce qui a eu pour effet de bloquer cette partie de la ville. Le mercredi, tandis que nous tentions de nous frayer un chemin vers l'estrade que mon équipe avait montée à la hâte aussi près de St John que possible, nous avons été submergés par les manifestants et les dizaines de journalistes qui occupaient les premiers rangs.

Un par un, les dirigeants religieux ont essayé de parler. Notre système de sonorisation était déplorable, et même à côté de l'estrade, j'entendais à peine ce qu'ils disaient. À part les journalistes, personne ne les écoutait. Lorsque mon tour est venu, j'ai été aveuglée par les lumières, et je ne savais plus quoi dire. De toute évidence, les manifestants se moquaient de ce qui se passait sur scène – la plupart avaient d'ailleurs été écartés par les médias. Sur le côté, j'ai entendu un jeune homme lancer : « Assieds-toi et ferme-la. »

Je suis descendue de l'estrade et je me suis assise dans la rue à côté de lui. « On a passé toute la journée sous un soleil de plomb, et personne n'a fait attention à nous, m'a-t-il confié d'un air dégoûté. Et puis vous arrivez, et toutes les caméras se focalisent sur vous… Quand vous partirez, elles s'en iront aussi. Mais nous, nous serons encore là. » Il avait raison, bien sûr. Je l'ai prié de m'excuser. Il a secoué la tête et détourné le regard. Un prêtre noir qui faisait partie du groupe de dirigeants religieux réunis ce jour-là est venu se poster à côté de moi. D'une voix forte, qui véhiculait à la fois de la compassion et de l'autorité, il s'est adressé aux manifestants assis dans la rue. Il les a remerciés pour leur rôle de témoins, les a encouragés à persévérer et a spontanément prié pour eux. Puis il m'a prise par la main et m'a remise debout. « Notre sœur essaie de faire ce qui est juste, a-t-il ajouté. Traitez-la avec respect, s'il vous plaît. » La plupart n'avaient pas l'air particulièrement convaincus, mais un jeune homme s'est tourné vers moi et m'a dit : « Ne le prenez pas personnellement. La journée a été longue et étouffante. » « Ça fait plus d'une journée, j'imagine », ai-je répondu. Il a acquiescé. Dans le domaine de la justice, comme dans la vie en général, relever un défi n'est pas un événement isolé, mais une chose que l'on réitère à de nombreuses reprises – quand nous avons l'impression que le monde nous regarde, mais surtout quand il ne le fait pas.

S'avancer vers le marbre est un choix, mais, par certains aspects, il nous semble plutôt relever de l'intuition ou de l'instinct : nous agissons sans nous reposer sur une pensée consciente ni même une émotion. Parfois, quand le moment arrive, nous savons instantanément que nous possédons les ressources et les talents requis pour une tâche donnée, et nous l'embrassons avec confiance. En d'autres occasions, nous nous sentons terriblement mal préparés, voire incompétents, mais refuser n'est pas une option. Dans ces cas-là, nous apprenons à faire confiance à un pouvoir qui nous dépasse et qui agit à travers nos offrandes, ou à tirer les leçons difficiles mais nécessaires de l'échec. Parfois, nous entendons un appel qui nous arrache à des préoccupations de moindre intérêt pour faire quelque chose de courageux ou de bon, et nos erreurs passées comme nos travers actuels ne semblent avoir aucune importance.

De toute évidence, notre ego s'affirme mieux quand nous nous sentons bien préparés pour la tâche, qu'elle soit grande ou petite. Que cet acte nous enthousiasme ou nous terrifie, nous pouvons l'accomplir assez facilement, alors que ce serait plus difficile et même impossible pour d'autres. Relever le défi présente une valeur exceptionnelle pour ceux qui bénéficieront de notre acceptation. Cela peut nous coûter beaucoup de temps et d'énergie, mais l'effort mène rarement à l'épuisement. Nous sommes dans notre domaine d'expertise.

Il y a des années, j'ai lu un article à propos d'un petit groupe de scientifiques des Instituts nationaux de la santé qui se sont rendu compte qu'ils étaient sur le point de faire une percée dans le traitement d'une forme rare de leucémie. Portés par cette perspective, ils ont trimé vingt-quatre heures sur vingt-quatre, pendant des semaines, manquant les matchs de football ou les récitals de piano de leurs enfants pour que quelqu'un d'autre puisse assister à ceux des siens. C'est l'image même de ce que relever le défi avec confiance veut dire. C'est certainement une ténacité similaire qui a permis aux épidémiologistes un peu partout dans le monde de développer plusieurs vaccins contre la Covid-19 dans un laps de temps relativement court, et sans nul doute au prix d'un immense sacrifice personnel. La plupart d'entre nous étions incapables de relever ce défi-là, mais eux le pouvaient et ils l'ont fait, afin que d'autres puissent vivre.

Dans son expression la plus dramatique, nous ne sommes pas tant confiants dans le fait que nous *pouvons* mais que nous *devons* faire ce qu'on nous demande. Je pense de nouveau à Martin Luther King quand il a décidé de retourner à Memphis. Il en va de même pour tous ceux parmi nous qui entendons l'appel à nous présenter ou à offrir ce que nous avons, pas nécessairement parce que nous le voulons, mais parce qu'il nous revient de le faire.

Cela me rappelle aussi deux épisodes de la vie de Jésus. Le premier date du début de son ministère public, tel qu'il est raconté dans l'Évangile de Luc. Jésus était rentré dans sa ville natale, Nazareth, après avoir passé un temps considérable loin de chez lui. Entretemps, il avait rejoint le mouvement d'un homme connu sous le nom de Jean le Baptiste, et, lors de son propre baptême, Jésus avait fait l'expérience d'un profond sentiment d'appel. À présent, il était de retour à la maison. Comme il en avait l'habitude, Jésus est allé à la synagogue le jour du sabbat. Quand son tour est venu de lire les Écritures à haute voix, il a ouvert le rouleau sur un passage du prophète Isaïe :

> *L'Esprit du Seigneur, l'Éternel, est sur moi, parce qu'il m'a oint pour annoncer de bonnes nouvelles aux pauvres ; il m'a envoyé pour guérir ceux qui ont le cœur brisé, pour proclamer aux captifs la délivrance, et aux aveugles le recouvrement de la vue, pour renvoyer libres les opprimés, pour publier une année de grâce de l'Éternel*[3].

Jésus a roulé le parchemin, s'est assis, puis a doucement annoncé : « Aujourd'hui, cette parole des Écritures que vous venez d'entendre est accomplie[4]. » Avec une confiance sereine, il s'est identifié comme l'oint du Seigneur. Il avait entendu sa propre vocation dans les paroles d'Isaïe. Jésus était calme, et il était prêt. Cela lui importait peu que sa propre communauté, qui chantait autrefois ses louanges, soit offensée par ses paroles et se retourne contre lui. Il se contentait d'aller de l'avant vers le travail qu'il devait accomplir.

Vers la fin de sa vie, Jésus a de nouveau relevé le défi de sa destinée, mais sur un ton et avec un dénouement résolument différents. Comme il est écrit dans l'Évangile de Jean, les chefs religieux de Jérusalem l'avaient arrêté sous le prétexte qu'il avait prodigué des soins pendant le sabbat. Ils voulaient le faire taire pour de bon parce que son message menaçait leur autorité sur le peuple et les relations précaires qu'ils entretenaient avec les forces d'occupation du gouvernement romain. Comme ils ne disposaient pas du pouvoir politique pour ordonner son exécution, ils ont sollicité Ponce Pilate, le gouverneur romain, en suggérant que Jésus représentait un risque politique pour l'empereur. Dubitatif, Pilate a demandé qu'on lui amène Jésus. « Es-tu le roi des Juifs ? » Jésus a répondu : « Mon royaume n'est pas de ce monde […] Je suis né et je suis venu dans le monde pour témoigner de la vérité. Quiconque appartenant à la vérité écoute ma voix. » S'ensuit une question de Pilate qui hante tous ceux qui la lisent : « Qu'est-ce que la vérité ? » Jésus a refusé d'ajouter quoi que ce soit, choisissant de ne pas plaider pour sa vie devant le dirigeant fantoche d'un empire despotique [5]. Il savait que, pour lui, l'heure de mourir était venue, et il était prêt.

*

J'ai connu un homme qui a affronté sa mort avec un degré d'acceptation quasi christique, et je prie pour avoir la grâce de l'imiter quand mon heure viendra. Il s'appelait Rod Hardy, et Katie, son épouse, fut la première administratrice avec qui j'ai travaillé à St John, à Minneapolis. Quand Paul et moi avons déménagé dans le Minnesota avec notre jeune famille, Rod et Katie nous ont prêté leur maison pendant un mois, le temps que nous trouvions un endroit où loger. Rod était chaleureux et sociable, c'était un homme d'Église fidèle, un père et un grand-père dévoué. Il avait toutes les raisons de vivre.

L'année où j'ai été élue évêque, on lui a diagnostiqué un cancer. Très vite, ses médecins ont annoncé qu'il n'existait pas de traitement efficace, et qu'il lui restait au mieux quelques mois à vivre. Tandis que Paul et moi nous préparions à emménager à Washington, nous sommes passés dire au revoir à Katie et Rod, sachant que nous ne le verrions plus jamais en vie. Il nous a accueillis chaleureusement sur le lit médicalisé que sa famille avait installé dans le salon. Avant que nous ayons le temps de lui demander comment il se sentait, il nous a bombardés de questions, désireux de tout savoir de la nouvelle vie qui nous attendait. « J'ai hâte d'entendre toutes vos aventures », a-t-il déclaré.

Nous avons dû parler pendant une vingtaine de minutes. Lorsque Rod a commencé à fatiguer, Paul s'est raclé la gorge, puis lui a dit à quel point il avait apprécié son amitié et son soutien depuis des années. Nous sommes tous restés silencieux pendant un moment. Puis Rod a repris la parole : « Je veux que les gens me regardent à présent, parce que je vais mourir, comme si tout ce qu'on dit le dimanche à l'église était vrai. » Il a souri. « Mais continuez. Vous allez adorer votre nouvelle vie. » Quand je suis revenue quelques mois plus tard pour son enterrement, Katie m'a confié qu'il avait vécu ses derniers jours comme il l'avait prédit, avec grâce et reconnaissance.

Même lorsque relever le défi n'est pas une question de vie ou de mort, cela peut nous donner le courage de faire un acte de foi, d'entrer dans une sphère d'influence, de nous mettre au service des autres. Je pense encore une fois à l'évêque Michael Curry. Depuis qu'il a été élu président-évêque de l'Église épiscopalienne en 2015, il a gagné l'amour et le respect à travers le monde. Son sermon lors du mariage du prince Harry et de Meghan Markle en 2018 a inspiré les deux milliards de personnes qui ont entendu son message sur le pouvoir de l'amour. « Nous avons été conçus par le pouvoir de l'amour ; nos vies étaient censées – et sont censées – être vécues dans cet amour. C'est la raison pour laquelle nous sommes là [6] », a-t-il déclaré. Puis, s'adressant au jeune couple, à la famille rassemblée pour célébrer cet amour et à tous ceux qui regardaient la cérémonie aux quatre coins de la planète, Curry nous a tous invités à imaginer un monde guidé par un amour sacrificiel et altruiste, « où aucun enfant n'aurait plus jamais faim, où la pauvreté passerait à l'Histoire, où nous remiserions nos épées et nos boucliers, et cesserions d'étudier la guerre[7] ». En l'entendant, nous souhaitions tous vivre dans ce type de monde et avoir l'étoffe de ceux qui œuvrent à son avènement. Tel est le don de l'évêque Curry.

La façon dont il est devenu notre président-évêque disposant d'une tribune mondiale pour délivrer son message d'amour est un nouvel exemple de défi relevé. Pendant de nombreuses années, Curry était un dirigeant bien-aimé de l'Église épiscopalienne, qui avait été prêtre d'une paroisse avant de devenir évêque du diocèse de Caroline du Nord. Je le connaissais comme collègue et mentor, et, à l'instar de beaucoup, j'admirais le dynamisme de son prêche, sa chaleur et son engagement indéfectible en faveur de la justice sociale. Tout au long de son ministère, il a été en mesure d'adopter publiquement des positions fortes sur des sujets controversés tout en maintenant des relations véritablement agréables avec ceux qui n'étaient pas d'accord avec lui.

Au cours de mes premières années d'épiscopat, Curry et moi avons été invités par un ami commun, l'évêque de Californie Marc Andrus, à conduire une retraite cléricale consacrée au prêche. Nous avons passé quatre jours ensemble dans un centre de conférences charmant, au cœur du comté viticole de la vallée de Sonoma, à parler d'un aspect du ministère des prêtres ordonnés très important pour nous trois. Cela m'a aussi donné l'opportunité rare d'apprendre autant que je le pouvais en présence de collègues plus chevronnés. Un soir, j'ai demandé à l'évêque Curry comment il arrivait à faire son travail avec autant de joie. Il a répondu qu'il essayait de focaliser son énergie sur ce qu'il faisait bien, en l'espèce prêcher, enseigner et passer du temps avec le clergé. « Je n'aime pas vraiment les réunions, m'a-t-il confié. Alors, j'évite d'accepter des invitations qui en exigent beaucoup. » Il semblait véritablement content.

Quelques années plus tard, j'ai observé l'évêque Curry se lancer avec confiance dans le processus électoral pour devenir président-évêque. Il s'exprimait avec grâce, bonne humeur et autorité. Il était généreux et bienveillant avec les autres candidats, sans la moindre arrogance, affichant simplement de la force et une joie contagieuse. C'était comme s'il savait qu'il allait être élu – le premier Noir à diriger une Église en majorité blanche qui avait des liens historiques avec l'esclavage et les lois Jim Crow.

Je repensais souvent à notre conversation en Californie, parce que, s'il y a bien une chose dont j'étais sûre à propos du rôle d'un président-évêque, c'est qu'il implique d'assister à beaucoup de réunions et de s'occuper d'innombrables tâches administratives – ce qui n'était pas sa tasse de thé, d'après ce qu'il m'avait dit. Mais il était clair que Curry n'était pas motivé par ses goûts personnels quand il s'est présenté à l'élection – ni par l'ambition, soit dit en passant. Il avait simplement entendu l'appel. Il savait que le travail qui l'attendait allait exiger des sacrifices de sa part, mais cela ne l'a pas empêché de relever le défi.

Il n'y a pas eu beaucoup de discussions au sein du groupe d'évêques disposant d'un droit de vote, et les quatre candidats n'ont pas mené de campagne explicite. Nous retenions tous notre souffle en nous dirigeant vers l'église où l'élection devait avoir lieu. Il se trouve que j'ai marché à côté de l'évêque Curry pendant un court moment, et il m'a pris la main. « Pour un temps comme celui-ci, Michael », ai-je murmuré, citant Esther, l'héroïne biblique, quand elle s'apprête à relever son propre défi. « Prie pour moi, ma sœur. Prie pour que je ne perde jamais de vue Jésus. » Il savait. Et il était prêt.

*

Néanmoins, la réaction la plus courante devant l'appel à relever un défi se trouve à l'autre extrémité du spectre, quand nous sentons que nous sommes tout sauf prêts. Ces moments où nous nous savons incapables de faire le nécessaire, et où l'on nous demande quand même de nous lancer. C'est en ces occasions que la lecture de la Bible donne du courage, car, dans les textes chrétiens ou juifs, elle regorge d'exemples d'êtres humains ordinaires que Dieu appelle à accomplir des tâches qui semblent tout à fait impossibles.

Certains de mes personnages bibliques préférés font poliment remarquer à Dieu qu'ils ne sont pas la bonne personne pour ce travail. Moïse, par exemple, soutient qu'il ne peut vraiment pas être celui qui va demander à Pharaon de libérer les Israélites parce qu'il bégaie. Jérémie indique à Dieu que personne ne va l'écouter parce qu'il n'est qu'un enfant. Lorsque Isaïe entend l'appel de Dieu, il est saisi de honte et se lamente : « Malheur à moi ! Je suis perdu, car je suis un homme dont les lèvres sont impures [8]. » Chaque fois, la réaction de Dieu est la même, en substance, il répond : « Je sais qui tu es. Je connais tes défauts. Vas-y quand même. » On entend le même refrain du côté des disciples de Jésus, et surtout de Simon-Pierre, dont la réponse à l'appel de Jésus est : « Seigneur, retire-toi de moi, parce que je suis un homme pécheur [9]. » Mais Jésus sait tout de Simon-Pierre, et c'est lui qu'il veut à ses côtés.

Le message que l'on trouve tout au long des Écritures est que, lorsque Dieu – ou la vie – lance l'appel, il est normal de se sentir peu digne et mal préparé, mais ce n'est pas grave. Nous nous situons dans l'espace entre nos capacités présentes et celles qui seront nécessaires quoi qu'il arrive. Quand de bonnes choses en résultent, nous savons au plus profond de nous-mêmes que « cette grande puissance est attribuée à Dieu et pas à nous [10] ».

Le miracle de la multiplication des pains et des poissons est un autre exemple convaincant. C'est l'un des rares épisodes figurant dans les quatre Évangiles. Il raconte qu'un jour, Jésus et ses disciples souhaitent prendre un peu de repos dans un endroit reculé, mais des milliers de personnes les y suivent. Jésus, dans sa compassion, ignore sa fatigue et se met à leur service en indiquant à ses disciples de faire de même. À la fin de cette longue journée, les disciples prient Jésus de renvoyer la foule à la maison. « Ce lieu est désert, et l'heure est déjà avancée ; renvoie-les, afin qu'ils aillent dans les campagnes et dans les villages des environs pour s'acheter de quoi manger [11]. »

Il y a deux versions de ce qui se passe ensuite. Selon l'une, Jésus demande aux disciples de donner à manger à la foule. Mais ils ne disposent que de cinq miches de pain et de deux poissons. Selon la seconde, un jeune garçon offre son dîner – là encore, quelques miches de pain et du poisson. Dans les deux cas, Jésus prend ce qu'on lui propose, demande à Dieu sa bénédiction, puis rend la nourriture à ses disciples pour qu'ils la distribuent à la foule. Il y en a suffisamment pour que des milliers de personnes mangent à satiété, et les restes emplissent douze paniers. « Ramassez les morceaux qui restent, afin que rien ne se perde [12] », ordonne-t-il à ses disciples.

J'ai vécu toute ma vie dans le miracle de la multiplication des pains. Chaque sermon que je prêche, ou presque, me paraît incomplet et inadapté, mais je le prêche quand même, en priant pour que Jésus comble les failles. Mon *leadership* est souvent imparfait et insuffisant, mais je dirige de mon mieux et j'attends que Jésus intervienne. L'argent que je donne, particulièrement en réaction à de grands drames humains, ne suffit jamais à satisfaire les besoins, mais je le donne quand même, en espérant que, avec d'autres, je parviendrai à apaiser les souffrances de quelqu'un. L'image de quelques miches de pain et de quelques poissons qui nourrissent la foule est censée nous encourager à donner tout ce que nous avons, même quand nous savons que ce n'est pas suffisant. Pour des raisons qui nous dépassent, Dieu choisit régulièrement d'œuvrer par l'intermédiaire de nos offrandes, aussi imparfaites et inadéquates soient-elles.

Un été, alors que nos garçons étaient en primaire, nous sommes rentrés de longues vacances juste à temps pour que je dirige l'office du dimanche matin. Mon sermon ne consistait qu'en quelques idées rassemblées à la dernière minute autour de l'histoire d'une orpheline venue de Russie dont nous avions fait la connaissance pendant notre séjour en Suède chez mes grands-parents. C'était le premier été après la chute de l'Union soviétique, et elle le passait chez les voisins de mes grands-parents. Je n'arrivais pas à m'ôter cette petite fille de l'esprit, parce que, tout le temps que nous avions séjourné là-bas, elle s'accrochait à moi comme si j'étais sa maman disparue. J'ai détesté lui dire au revoir. Ce n'était pas un sermon très inspirant, mais c'était tout ce que j'avais.

Un couple marié qui avait rejoint notre congrégation quelques mois auparavant était assis au dernier rang. Après l'office, ils m'ont confié que mes paroles les avaient convaincus de persévérer dans le difficile processus d'adoption d'un enfant d'une autre nationalité. « Nous étions sur le point de renoncer à adopter deux sœurs originaires de l'ex-Union soviétique. Lorsque vous avez parlé de la fille que vous avez rencontrée, c'était comme si Dieu nous disait de persévérer. »

Ce qui est vrai pour un prêche l'est tout autant dans d'autres contextes, car ce que nous disons, même dans une conversation ordinaire, peut avoir un impact bien plus grand que ce que nous imaginons. Nous ne saurons peut-être jamais quand nos propos, même ceux que nous trouvons ineptes ou inconséquents, étaient exactement ce qu'une autre personne avait besoin d'entendre, et ces mots leur auraient manqué si nous nous étions tus.

Cependant, le fait de se sentir inadapté présente une autre facette plus douloureuse, qui peut se révéler une leçon d'humilité. Quand nous relevons le défi et que nous présentons notre offrande lacunaire, en général, il n'y a pas de miracle, et les effets négatifs de notre manque de préparation et de notre incompétence sont étalés au grand jour. L'une des décisions les plus capitales que nous ayons à prendre est de déterminer comment nous réagissons devant l'échec. Si nous apprenons à accepter que l'échec nous fait grandir, à nous convaincre que de telles expériences s'intègrent dans un récit plus vaste de courage et de raison d'être, nous pouvons récolter le fruit des leçons que nous donne la souffrance et tourner la page. La prochaine fois que notre tour viendra, nous serons mieux préparés, et rétrospectivement nous verrons à quel point l'échec est essentiel pour apprendre le courage.

Il y a quelques années, je suis tombée sur un court essai d'Ira Glass, le présentateur et producteur exécutif de *This American Life*, une émission de radio très populaire. Il s'adressait aux jeunes artistes et commençait par admettre la distance initiale entre les aspirations artistiques et nos balbutiements lorsque nous voulons les exprimer. « Les deux premières années, quand vous travaillez sur quelque chose, écrit-il, ce n'est pas bon. D'une certaine façon, vos résultats vous déçoivent [13]. » Mais c'est ce que l'artiste fait ensuite qui détermine tout :

> *Si vous venez de commencer ou si vous êtes encore dans cette phase initiale, vous devez savoir que c'est normal, et la chose la plus importante que vous puissiez faire, c'est beaucoup travailler [...] Ce n'est qu'en abattant un volume de travail important que vous parviendrez à rattraper ce retard et à combler ce gouffre. Et votre travail vous portera à la hauteur de vos ambitions* [14].

Relever le défi quand vous n'êtes pas prêt est le prix à payer pour débuter. C'est ce que vous devez faire sans répit pour avancer vers un objectif important et devenir une personne capable d'accomplir des choses qui excèdent pour l'instant vos compétences. Vous vous avancez, vous prenez place sur le marbre, vous relevez le défi, vous tentez de frapper la balle avec votre batte, mais vous ratez, vous ratez et vous ratez encore, jusqu'au jour où vous la touchez.

Parmi les erreurs que j'ai commises, celles qui ont été rendues publiques ont été les plus instructives dans l'art de diriger, bien qu'elles se soient aussi révélées douloureuses. Elles m'ont enseigné l'humilité. J'ai appris qu'affronter mes détracteurs, accepter ce qu'ils ont à dire et assumer mes erreurs est le meilleur moyen non seulement de sortir de la tempête, mais aussi de gagner en maturité.

Au terme de ma troisième année d'épiscopat, j'ai prêché pour Noël à la cathédrale nationale de

Washington, et, pour employer un euphémisme, cela ne s'est pas bien passé. Avec l'intensité émotionnelle de la période et sachant qu'à Noël les églises ont tendance à se remplir, c'est une expérience très stressante pour la plupart des prêcheurs. Je ressens cette pression tous les ans, et elle est plus exacerbée à la cathédrale parce que ses offices attirent de grandes foules au sein desquelles beaucoup n'ont pas mis les pieds dans une église depuis des années, voire jamais. Une fois par an, Noël me donne l'occasion de partager avec un large auditoire le message le plus porteur de vie dans la foi chrétienne : Dieu est amour, et par amour pour l'humanité, Dieu vient à nous là où nous sommes, et tels que nous sommes. Étant donné l'endroit où la cathédrale se trouve et les personnes qui la fréquentent, on s'attend à me voir aborder les problèmes du moment. Chaque année, les enjeux me semblent importants.

Cette fois-là, je m'étais préparée de mon mieux, mais ma proposition n'était pas très bonne. Il ne me restait qu'à prêcher ce que j'avais en espérant que ce serait une de ces occasions où l'Esprit compenserait mon manque d'inspiration. Cela n'a pas été le cas. Pis encore, j'ai réussi à offenser plusieurs juifs dans l'auditoire, ainsi que leurs amis chrétiens, avec un exemple que j'ai utilisé. Sans le faire exprès, j'ai touché un nerf sensible qui a propagé une douleur dans une grande partie de la communauté juive affiliée à la cathédrale. Certains étaient perplexes et blessés. D'autres étaient furieux.

Le bruit a couru, et, le matin de Noël, ma boîte mail était pleine de messages exprimant la déception ou l'indignation. Une personne est allée jusqu'à contacter l'éditorialiste de la religion au *Washington Post* pour se plaindre de ce que j'avais dit. J'étais mortifiée.

Plusieurs amis ont tenté de me remonter le moral, louant mon sermon et balayant de la main les réactions négatives qu'il avait provoquées en les jugeant sans importance. Quelques-uns ont pris pour cible mes détracteurs et m'ont encouragée à les ignorer. Il était tentant de faire porter le blâme à ceux qui s'en étaient pris à moi avec une telle virulence. Après tout, la tâche d'un prêcheur consiste en partie à mettre les gens mal à l'aise en énonçant des vérités douloureuses mais nécessaires. Mais ce n'était pas mon intention. Franchement, cela illustrait plutôt le fait que je n'avais pas assez réfléchi aux propos qui avaient blessé et offensé certains de ceux qui étaient en quête d'inspiration et de beauté ce soir-là. Je me sentais très mal.

Dans l'absolu, c'était un faux pas public relativement anodin, et j'en ai fait depuis de bien plus spectaculaires. Mais, à l'époque, j'étais au plus bas. Bien prêcher est important pour moi ; or j'avais déçu ceux qui étaient assez bienveillants pour ne rien dire et provoqué un véritable désarroi chez d'autres. Le déferlement de critiques m'a submergée, et je n'étais pas prête à affronter la spirale émotionnelle qui m'a emportée au cours des jours suivants.

Tel un cadeau de la Providence, le livre de Brené Brown, *Rising Strong: How the Ability to Reset Transforms the Way We Live, Love, Parent, and Lead* (Se relever plus fort : comment la capacité de repartir à zéro transforme notre façon de vivre, d'aimer, d'être parent et de diriger), est tombé entre mes mains pendant ces journées tumultueuses. Il a été une bouée de sauvetage : onze chapitres sur la douleur et l'humiliation qui accompagnent l'échec dans tous les domaines de l'existence, grands ou petits, et comment s'en remettre. Brown évoque une image caractéristique de son précédent travail, celle d'une arène où quelqu'un est disposé à échouer en osant accomplir quelque chose de grand. Cependant, dans *Rising Strong*, elle s'attarde sur le moment où une personne courageuse s'écroule : « Ces moments d'effondrement peuvent être importants, comme lorsque nous sommes licenciés ou que nous découvrons une liaison, écrit-elle, mais ils peuvent être plus triviaux, quand on apprend qu'un enfant a menti sur ses notes ou que l'on a une déconvenue professionnelle, par exemple [15]. » Je n'arrivais pas à reposer ce livre.

Brown m'a donné la permission, comme à tant d'autres personnes, d'affronter la douleur causée par la critique publique et la désillusion personnelle qui s'ensuit, et de bien mémoriser ces leçons. Dans ces pages, elle me mettait au défi : « Prétendre que l'on peut parvenir à aider, à être généreux et courageux sans gérer des émotions difficiles telles que le désespoir, la honte et la panique est profondément dangereux, et c'est une supposition erronée [16]. » En la lisant, j'ai eu le sentiment de vivre un moment crucial : quel genre de dirigeante publique allais-je donc être ?

Brown résume un processus simple mais ambitieux pour rebondir, ou plutôt, comme dans mon cas, pour relever un nouveau défi en sachant que les précédents se sont soldés par un échec. Tout d'abord, il y a la « reconnaissance », lorsque nous faisons le point pour déterminer où nous en sommes, en prenant acte de la blessure et de la confusion liées à la chute, et en passant du jugement à la curiosité [17]. Ensuite vient le « fracas », quand nous nous approprions véritablement les faits et que nous posons les questions qui élargissent notre compréhension. Pour finir, il y a la « révolution » – un terme que Brown utilise pour désigner le type de transformation audacieuse qui peut affecter une personne ou une société prêtes à échouer pour les choses qui comptent, précisément parce que nous savons qu'après, nous pourrons nous relever [18].

J'ai alors décidé d'envoyer un mot à toutes les personnes qui m'avaient écrit pour les prier de m'excuser pour la douleur et la colère que j'avais causées et leur proposer de me rencontrer. Elles m'ont presque toutes répondu, surprises mais contentes que je les aie contactées. Quatre d'entre elles ont accepté mon invitation et, au Nouvel An, j'ai reçu chacune d'elles dans mon bureau. J'ai écouté leur histoire, ce qui m'a aidée à mieux comprendre pourquoi mes propos étaient aussi offensants. Je n'étais pas d'accord avec tous leurs arguments, mais cela m'a rappelé la puissance dont la langue dispose pour déclencher la souffrance. Nos différences étaient moins importantes que le fait que nous discutions ensemble de problèmes sensibles concernant la foi et l'identité.

J'ai aussi découvert que je pouvais relever le défi d'affronter la tempête que j'avais provoquée et, ce faisant, désamorcer une situation volatile. Dans *Love is the Way*, l'évêque Curry parle d'« apprendre à se lever et à s'agenouiller en même temps », c'est-à-dire de rester fidèle à ses convictions tout en acceptant avec compassion et respect la colère d'une autre personne [19]. Il m'a paru crucial de laisser ceux que j'avais heurtés exprimer leur colère, de la recevoir et de rester debout. C'est une leçon que je dois réapprendre avec chaque échec, public ou privé.

J'aimerais pouvoir affirmer qu'échouer devient plus facile, mais cela fait toujours aussi mal. Pourtant, je ne voudrais ni vivre ni diriger autrement. C'est le volet révolutionnaire, soutient Brown : « Lorsque le processus devient une *pratique* [c'est moi qui souligne] – une façon de se confronter au monde –, cela déclenche sans aucun doute un changement révolutionnaire. Cela nous change et cela change les gens autour de nous [20]. »

*

Nous pouvons connaître l'appel à relever le défi d'une troisième façon – peut-être la plus porteuse d'un message de foi –, lorsque nous pataugeons dans le bourbier de la complexité et des contradictions de notre existence. S'arracher au marasme de l'égocentrisme pour accomplir un acte courageux et bon dans un domaine totalement étranger est une pure grâce. C'est un soulagement que de penser à autre chose et de se reconnecter à tout ce qui donne du sens à la vie au moment même où nous nous en estimons les moins dignes.

Le patriarche Jacob, dont l'histoire nous est racontée dans la Genèse, en est l'exemple canonique. Un mot de mise en garde pour ceux qui n'ont pas lu les premiers textes bibliques : beaucoup de ce que l'on y trouve heurte la sensibilité contemporaine. Dans l'Ancien Monde, l'esclavage, la polygamie, le patriarcat et la violence étaient la norme, et comme aujourd'hui, bien des gens, y compris les rédacteurs de ces textes, étaient convaincus que ces atrocités avaient l'aval de Dieu.

Heureusement, un fil correctif court tout au long des Écritures, ainsi qu'une volonté admirable de reconnaître les erreurs et les péchés de nos ancêtres spirituels. En d'autres termes, la Bible raconte les histoires d'êtres humains imparfaits et leur rencontre avec Dieu dans des temps aussi troubles que les nôtres. Tandis que chaque génération lit les textes anciens à travers une nouvelle grille, ceux-ci dévoilent des idées neuves porteuses de sens, de défis, de réconfort et de conseils. Je suis de ceux qui croient qu'au travers des textes, Dieu parle à ceux qui ont choisi de l'écouter.

Revenons à Jacob qui, de l'avis général, est un scélérat et un voleur. Dans sa jeunesse, il usurpe le droit d'aînesse de son frère Ésaü, puis obtient par la ruse la bénédiction de leur père – un rituel particulier de l'Ancien Monde qui ne pouvait être accordé qu'une seule fois. Sa mère le presse alors de s'éloigner de chez eux, et Jacob s'en va sous le prétexte de trouver une épouse parmi leurs parents habitant dans d'autres régions, mais surtout pour échapper à la colère d'Ésaü.

Jacob trouve son égal dans son futur beau-père, Laban, tout aussi opportuniste que lui. À la suite du coup de foudre qui le frappe quand il fait la connaissance de Rachel, la fille cadette de Laban, Jacob demande à ce dernier sa bénédiction pour épouser sa fille. Laban accepte, à condition que Jacob travaille pour lui pendant sept ans. Mais, après que Jacob a rempli sa part du contrat, Laban lui ment pour l'amener à épouser Leah, la sœur aînée de Rachel, en lui promettant qu'au terme de sept années supplémentaires, il pourra aussi se marier avec la cadette. Jacob accepte et finit par épouser les deux sœurs. Il prospère dans la maisonnée de son beau-père, à tel point que Laban et ses fils commencent à se montrer suspicieux, et leur relation se dégrade.

Au milieu de ce drame familial, Dieu parle à Jacob : « Retourne au pays de tes ancêtres et de ta naissance, et je serai avec toi[21]. » L'appel est aussi clair que celui qu'Abraham avait entendu, et lui aussi répond sans hésiter. Il conspire avec ses deux femmes pour préparer leur évasion. Un jour, tôt le matin, ils s'éclipsent avec tout ce qu'ils peuvent emporter, notamment les objets sacrés du foyer de Laban.

Sur le chemin du retour vers sa terre natale, le passé de Jacob revient le hanter, car il a des raisons de s'inquiéter de la façon dont Ésaü va l'accueillir. Après avoir envoyé une offrande de paix, Jacob apprend que son frère vient à sa rencontre en compagnie de quatre cents hommes. À présent, Jacob est vraiment effrayé.

Après avoir mis sa famille à l'abri, il reste seul pour attendre son frère. Ici, l'histoire devient mystique. Un inconnu surgit de la pénombre et se jette sur lui ; ils se battent toute la nuit. Jacob semble résigné, mais il continue le combat. À un moment, l'homme le frappe à une hanche et le blesse gravement, mais Jacob ne cède pas. À l'aube, quand l'inconnu prie Jacob de le laisser partir, celui-ci lui répond : « Je ne te laisserai point aller avant que tu ne me bénisses. » L'inconnu lui lance alors : « Ton nom ne sera plus Jacob [...], car tu as lutté avec Dieu et avec les hommes, et tu as été vainqueur [22]. »

Nous comprenons en même temps que Jacob qu'il s'est battu toute la nuit avec Dieu. « J'ai vu Dieu face à face, et mon âme a été sauvée », s'émerveille-t-il plus tard. La bénédiction qu'il a demandée et qui lui a été accordée lui appartenait pleinement et supplantait celle qu'il avait volée à son frère. Le lendemain, Jacob et Ésaü se retrouvent et se réconcilient. Comme une reconnaissance du prix de cette bénédiction, Jacob boitera pour le restant de ses jours.

Ce qui me frappe ici, ce n'est pas la duplicité de Jacob, qui demeure une constante, mais le fait que Dieu fasse invariablement abstraction des actes égoïstes et trompeurs de Jacob et l'appelle à prendre sa place dans la lignée du peuple de Dieu. Le 27 septembre 2020, au cours du sermon captivant qu'il a prêché à la cathédrale nationale de Washington, Justin Welby, l'archevêque de Canterbury, a évoqué l'histoire de Jacob, disant de lui qu'il était « la victime solitaire du traumatisme familial qu'il s'est infligé lui-même, l'arnaqueur narcissique ».

> *Il a trompé son père et son frère, cependant, l'amour et la grâce de Dieu sont plus grands que ses péchés et ses erreurs. Il est en grand danger, traqué, loin de ses terres, et entouré d'animaux sauvages. Pourtant, Dieu, le Dieu de ses ancêtres, est avec lui. Jacob a beau être dans l'ignorance et dans le péché, Dieu s'approche de lui. Il le sauve, il le bénit, il le lance sur une nouvelle voie. Son avenir est une bénédiction reçue et donnée. Il n'y a pas de solution simple. La vertu n'est pas récompensée, et le péché n'est pas puni. Le sentiment confortable selon lequel, puisqu'il a été béni, il était dans le vrai, n'existe pas. La grâce de Dieu est somptueuse, mais elle exige aussi que nous donnions l'ensemble de ce que nous sommes. À l'avenir, de pair avec la bénédiction de quatorze années de labeur pénible et sous-payé, Jacob vivra de sa ruse ; il trompera encore. Cependant, la grâce de Dieu demeure somptueuse*[23].

L'archevêque résume comment Dieu nous appelle hors de nous-mêmes : « Dieu aborde la complexité des actes et des motivations de Jacob non pas en les simplifiant ou en les cautionnant, mais en l'appelant[24]. » Dieu n'excuse ni ne cautionne le passé de Jacob, mais il ne semble pas s'en soucier. Il se contente de le tirer de son bourbier et de le lancer sur une autre voie en lui donnant un objectif valable à réaliser.

J'ai perdu le compte du nombre de fois où l'appel à relever un défi m'a arrachée à la spirale descendante de mes pensées, de mes angoisses ou de mes imprudences. Ce revirement ne résout ni ne fait disparaître les affres et les contradictions de ma vie, mais, pendant un temps, il m'en extrait, et je suis libre de me focaliser sur un objectif valable, de faire quelque chose pour quelqu'un d'autre.

Début septembre 2021, j'ai été submergée par une tristesse qui confinait au désespoir. Pour moi, la fin de l'été est souvent une période mélancolique, et, cette année-là, ce sentiment était particulièrement intense. Nous avions dit au revoir à nos enfants, des adultes, et à nos petits-enfants, qui savaient à peine marcher, sans savoir quand nous pourrions les revoir en raison des mesures liées à la pandémie. Je me retrouvais face à la perspective de reprendre mon travail après plusieurs semaines d'interruption ; de nombreuses tâches m'attendaient, mais je n'avais envie d'en accomplir aucune. C'était l'état dépressif le plus abouti dans lequel je m'étais trouvée depuis longtemps, et sombrer encore plus profond me convenait parfaitement.

C'est alors que je me suis souvenue que, ce week-end-là, une voisine organisait ce qu'elle appelait une « brocante gratuite » pour aider des familles d'immigrants très affectées par la pandémie et les fermetures d'entreprises qui s'étaient ensuivies. Me sentant fatiguée, j'ai failli laisser passer l'occasion d'aider. Mais, un soir, j'ai rempli notre voiture d'assiettes, de casseroles et de poêles, de couvertures, de vêtements et de meubles. Le lendemain matin, je me suis rendue à l'endroit où la brocante gratuite avait lieu – un terrain de basket à côté d'un grand complexe immobilier dans un quartier de la ville où je n'avais encore jamais mis les pieds.

À mon arrivée, une dizaine de bénévoles étaient déjà en train de trier la montagne de dons, et le terrain de basket commençait à ressembler au rez-de-chaussée d'un grand magasin, tandis qu'une queue se formait à l'extérieur. Les enfants, tout excités, couraient dans tous les sens en pointant du doigt les vélos et les jouets. Lorsque les portes se sont ouvertes, on avait l'impression d'être le matin de Noël.

Mon travail consistait à escorter les vieilles dames tandis qu'elles faisaient leur choix. L'une d'elles, dont j'ai appris qu'elle souffrait d'un cancer, m'a demandé de lui porter son sac. En passant d'un étal à l'autre, j'ai vu des adolescentes essayer des vestes et se passer des jeans pour trouver la bonne taille. Des petits enfants tenaient des peluches. Des couples emportaient des meubles à leur appartement. Tandis que les biens et les personnes quittaient petit à petit le terrain de basket, j'ai discuté avec les femmes qui avaient organisé l'événement. Elles étaient fatiguées mais gratifiées, et commençaient déjà à élaborer des projets pour la fois suivante.

De même que ma présence à la brocante, les objets que j'ai donnés ce jour-là ne représentaient qu'une aide modeste, mais j'ai reçu en échange un cadeau d'une valeur inestimable. Le simple fait de me retrouver dans une communauté qui mettait en pratique l'amour m'a extirpée de ma tristesse handicapante pour m'emporter vers un espace de gratitude. À la fin de la journée, j'étais toujours la même personne, avec les mêmes problèmes, mais me joindre à cet acte de bon voisinage m'a permis, pendant un moment, de m'en libérer. C'était un rappel plein de grâce de la présence de Dieu, qui voit toutes mes failles et qui ne réagit ni en simplifiant ni en cautionnant, mais en m'invitant à sortir de moi-même pour accomplir une tâche qui a de la valeur. Chaque fois que cela se produit, tout comme Jacob, j'éprouve de la reconnaissance envers la volonté de Dieu de passer au-delà de mes imperfections. Il ne s'agit pas d'être assez bon pour Dieu ou pour quiconque, mais de répondre aux appels quand ils nous parviennent.

*

Toutes les personnes dont j'ai le privilège de vous raconter l'histoire ont connu ces moments où il fallait « relever le défi » ; pour certaines, dans la sphère privée, pour d'autres, avec un impact sur la société dont les échos traversent le temps. L'une des raisons pour lesquelles la lutte pour la justice raciale et les droits civiques dans ce pays me captive est que le récit historique relie beaucoup de ces moments de courage, lorsque des individus rendent possible ce que l'on avait longtemps cru hors de portée et inspirent aux générations futures l'envie de perpétuer leur rêve. Je me suis principalement intéressée aux histoires personnelles, mais le récit collectif est tout aussi puissant. Car, lorsque des âmes courageuses se réunissent autour d'un objectif commun, menées par ceux qui les ont aidées à se convaincre que leur contribution comptait, le monde change en mieux.

Revenons au moment triomphal de 1965, quand Martin Luther King a pris la parole depuis les marches du Capitole de l'État d'Alabama, car cet événement était le fruit durement gagné d'innombrables actes de courage. La résistance contre le droit de vote des Noirs dans l'Alabama (et contre l'ensemble des droits civiques, d'ailleurs) avait été féroce et ignoble. Le voyage vers Montgomery avait commencé dans un bain de sang, le 7 mars, lorsque les manifestants avaient été violemment repoussés sur le pont Edmund-Pettus. Grâce à la présence de caméras de télévision, la nation avait été témoin du carnage, et King a saisi le moment. Il n'était pas à Montgomery en ce « Bloody Sunday » (dimanche sanglant), mais, deux jours plus tard, il s'est mis à la tête du cortège qui a tenté pour la deuxième fois de franchir ce pont, défiant les autorités locales qui avaient interdit la manifestation. En outre, il a appelé les membres blancs du clergé et les gens de bonne volonté de tout le pays à se joindre à lui pour cette marche pacifique. Des centaines de personnes sont immédiatement parties dans le Sud, dont le doyen de la cathédrale nationale de Washington, Francis B. Sayre Jr.

Après des jours de négociations et de manifestations locales, un juge fédéral a accordé le droit de faire le voyage à un nombre limité de personnes, et le parcours de quatre-vingt-six kilomètres jusqu'à Montgomery a véritablement commencé. Tout du long, les autorités locales et les groupes de miliciens blancs menaçaient les participants de faire usage de la force. Les caméras de télévision et les journalistes se sont joints à ce pèlerinage de cinq jours, de même que les troupes de la Garde nationale chargées de protéger les manifestants. Des milliers de femmes et d'hommes noirs venus de tout l'Alabama ont risqué leur vie et leur gagne-pain pour rencontrer Martin Luther King sur le chemin. La puissance de cet événement reposait sur le nombre de personnes disposées à risquer leur peau.

L'une d'elles était un cheminot noir, Henry Caffey, qui vivait dans la petite ville de Trickem, en Alabama. Caffey avait travaillé toute sa vie comme ouvrier sur les chemins de fer, à poser, à redresser et à réparer à la main des sections de voies. En 1965, il s'était élevé jusqu'au poste de maître de section, la plus haute fonction à laquelle un Noir pouvait aspirer dans son domaine. C'était un employé respecté, en bons termes avec tous les Blancs pour qui il travaillait. Sa fille, alors adolescente, a voulu se joindre à la manifestation lorsque celle-ci est passée à côté de Trickem.

C'est Andrew Waldo, un collègue qui a grandi à Montgomery dans les années 1960, et dont le père était prêtre épiscopalien, qui m'a raconté l'histoire d'Henry Caffey et de sa fille. Gamin, Andrew jouait avec les enfants des militants de premier plan des droits civiques, aussi bien blancs que noirs, et il se passionnait pour les trains et la façon dont les chemins de fer ont modelé l'histoire de notre nation. Au cours d'une année sabbatique, Andrew est rentré à Montgomery pour interviewer tous les cheminots à la retraite de la Western Railway of Alabama qu'il pouvait trouver. C'est ainsi qu'il a passé un après-midi dans la véranda de Caffey, à écouter le vieil homme se remémorer ces années tumultueuses.

La marche de Selma à Montgomery a été un défi à relever aux conséquences énormes pour la jeune fille, certes, mais aussi pour son père. Comme le précise Andrew, « dans une petite ville de l'Alabama, tout le monde connaît tout le monde. Si elle participait à la manifestation, tout le monde le saurait, et quelqu'un devrait payer ». J'imagine fort bien la conversation entre le père et la fille, mais, comme beaucoup d'actes de courage dont nous sommes témoins, je sais simplement qu'en fin de compte, Caffey a accepté de la conduire à l'endroit où passait le cortège. Sur les cinq kilomètres de trajet qui séparaient leur domicile de l'autoroute, un policier a reconnu la voiture de Caffey et l'a arrêté. Il lui a mis une contravention en disant : « Henry, si tu ramènes ta fille à la maison, je déchire ce P. V. » Caffey a répondu : « Vous pouvez me donner tous les P. V. que vous voulez, mais ma fille va participer à cette marche [25]. »

*

Jonathan Daniels, un étudiant du séminaire épiscopalien de Cambridge, dans le Massachusetts, faisait partie du groupe d'hommes d'Église blancs partis dans le Sud. Il partageait les aspirations idéalistes de beaucoup de jeunes nordistes et avait pris conscience des sévères disparités raciales qui existaient aux États-Unis au cours d'un stage en ministère urbain à Providence, dans le Rhode Island. Pourtant, il était le premier surpris par sa désicion de se rendre à Selma, parce que, plus tôt dans l'année, il avait publiquement défendu l'évêque épiscopalien de l'Alabama, lequel avait explicitement enjoint aux épiscopaliens nordistes de rester en dehors de sa juridiction [26].

Le 7 mars, Daniels et quelques autres séminaristes avaient vu le carnage sur le pont Edmund-Pettus en direct à la télévision. En entendant Martin Luther King prier les dirigeants religieux de rallier le Sud, Daniels a décidé de lever des fonds pour aider d'autres étudiants à faire le voyage plutôt que d'y aller lui-même. Cependant, ce soir-là, lors de l'office dans la chapelle, tandis qu'il se joignait aux autres pour entonner le *magnificat*, ou hymne de Marie, il a vécu une expérience qu'on ne peut que qualifier de conversion, alors que la mère de Jésus l'appelait avec insistance à se rendre à Selma [27].

Ses camarades et lui étaient parmi les deux mille manifestants pacifiques qui ont traversé le centre-ville de Selma avec King, mais, dès qu'ils ont franchi le pont Edmund-Pettus, ils ont été stoppés par un décret d'une cour fédérale. À ce stade de la lutte pour les droits civiques, King ne pouvait pas défier le gouvernement fédéral, son unique protection réelle contre l'extrémisme sudiste. Beaucoup de ceux qui participaient à la manifestation sont rentrés chez eux, déçus.

Comme ils se sentaient mal à l'aise avec ce témoignage si court et si peu fructueux, Daniels et Judy Upham, une camarade de séminaire, ont décidé de rester à Selma. Le révérend James Reeb, un ministre unitarien de Boston qui avait pris le même vol que Daniels, a décidé de faire de même. Ce soir-là, Reeb a été agressé et tué par des miliciens blancs alors qu'il sortait d'un restaurant noir. Sa mort a envoyé un message glaçant à tous ceux qui étaient restés : eux aussi risquaient leur vie.

Après le discours du président Johnson devant les deux Chambres pour soutenir la loi sur le droit de vote des minorités, King a finalement obtenu une autorisation fédérale et des promesses de protection. Daniels et Upham étaient donc parmi les trois mille personnes qui sont sorties à pied de Selma en ce premier jour. À partir de là, seules trois cents personnes ont été autorisées à poursuivre sur l'étroit tronçon d'autoroute qui menait à Montgomery. Daniels a aidé à ramener les gens à Selma, et il y retournait tous les soirs pour dresser des campements et monter la garde. Cinq jours plus tard, la foule est revenue parcourir les derniers arpents. Le 25 mars, Daniels et Upham étaient présents pour entendre le discours jubilatoire de Martin Luther King face à vingt mille personnes devant le Capitole de l'État d'Alabama.

Tandis que les manifestants se dépêchaient de quitter Montgomery avant la tombée de la nuit, Viola Liuzzo, une Blanche de trente-neuf ans qui était venue de Détroit en voiture pour participer à la marche, ramenait un groupe d'étudiants à Selma sur un tronçon désert de la Highway 80. Soudain, une voiture remplie de membres du Ku Klux Klan l'a dépassée. Un homme a baissé sa vitre, pointé une arme à feu et tiré, la tuant sur le coup [28]. Dégrisés par la mort de Liuzzo, mais inspirés par le témoignage courageux de tant de personnes et très attachés à la famille noire qui les hébergeait, Daniels et Upham ont décidé de passer tout le printemps à Selma pour inscrire des électeurs sur les listes électorales et donner des cours de soutien à des élèves de primaire. Daniels faisait aussi partie d'un comité de dialogue regroupant d'influents dirigeants blancs de Selma, dont des membres de l'Église épiscopalienne locale, pour la plupart réticents à mettre en place l'intégration dans leur congrégation.

À ce moment-là, les projecteurs n'étaient plus tournés vers Selma, et King concentrait son énergie sur les villes du Nord, où les tensions raciales faisaient rage. Mais la vocation de Daniels s'était enracinée dès l'instant où il avait chanté le *magnificat* dans la chapelle. Comme l'écrit Stephanie Spellers dans *The Church Cracked Open: Disruption, Decline, and New Hope for Beloved Community* (L'Église à cœur ouvert : perturbation, déclin et nouvel espoir pour une communauté aimée) : « Le cri révolutionnaire de Marie a aidé Daniels à se tourner vers Selma [29]. » Et il y est resté.

Daniels est rentré au séminaire en compagnie de sa camarade Upham afin de passer ses examens finaux, mais, dès le mois de juillet, il était de retour dans l'Alabama pour consacrer tout son été au militantisme et à l'inscription des électeurs. Ils n'étaient qu'une poignée de militants blancs des droits civiques à travailler dans l'État. Appareil photo et carnet à la main,

Daniels était déterminé à documenter la pauvreté abjecte des résidents noirs et les traitements abusifs qu'ils enduraient pour, de quelque manière que ce soit, améliorer leur sort. Si les conditions étaient déplorables à Selma, elles étaient pires dans le comté voisin de Lowndes, le plus pauvre de l'État. Là, les Noirs étaient quatre fois plus nombreux que les Blancs, la plupart étaient métayers dans les anciennes plantations et vivaient dans des conditions guère meilleures qu'au temps de l'esclavage. La ségrégation était d'une cruauté inflexible. Les résidents noirs qui tentaient de voter étaient éconduits ou soumis à des tests d'alphabétisation, puis, pour la plupart, renvoyés de leur travail.

Dans le comté, loin du feu des projecteurs du pays, Stokely Carmichael et le Comité non violent de coordination des étudiants (SNCC) effectuaient de petites avancées grâce à leurs minutieux efforts d'organisation. Daniels souhaitait se joindre à eux. John Lewis, alors directeur national du SNCC, confiera plus tard que les fermiers noirs considéraient Daniels comme l'un des leurs, et comme un dirigeant à part entière[30].

Le 6 août, l'Histoire était en marche. Le président Johnson a signé le Voting Rights Act de 1965, la loi qui interdit la discrimination raciale dans l'exercice du droit de vote. Des officiers fédéraux ont bientôt commencé à arriver dans le comté de Lowndes. Entretemps, l'attention du pays s'était focalisée sur la Californie, où la plus grande révolte noire depuis la Seconde Guerre mondiale avait éclaté, dans le quartier de Watts, à Los Angeles. L'état d'esprit des résidents blancs du comté de Lowndes s'est assombri, car ils craignaient un soulèvement similaire. Comme l'écrit Charles Eagles dans la biographie de Jonathan Daniels : « Les Blancs qui avaient impunément usé de violence contre les Noirs pendant des générations s'attendaient à ce que les Noirs fassent de même avec eux. Dans le même temps, la réaction du pays face aux émeutes de Watts a convaincu les suprémacistes blancs de Lowndes qu'ils bénéficieraient d'un large soutien auprès de l'opinion publique pour combattre l'insurrection noire[31]. » Dans un environnement aussi tendu et empreint de paranoïa, le simple fait de s'inscrire sur les listes pour voter était considéré comme une menace vis-à-vis du contrôle social blanc.

Beaucoup d'étudiants noirs, trop jeunes pour voter mais déterminés à être entendus, ont relevé le défi. Début août, en collaboration avec des organisateurs du SNCC, un groupe d'étudiants a planifié une manifestation dans la ville majoritairement blanche de Fort Deposit, dans l'Alabama, où les clients noirs se voyaient souvent refuser des services ou facturer des tarifs considérablement plus élevés dans les boutiques locales. Les dirigeants locaux du SNCC ont déclaré qu'ils craignaient les représailles du Ku Klux Klan dans leur quartier général à Atlanta et ont réclamé la protection de la police ainsi qu'une couverture médiatique. John Lewis a envoyé un télégramme au gouverneur George Wallace en exigeant une protection pour les manifestants, en vain[32].

Quand la communauté blanche a eu vent de la manifestation en préparation, ses membres se sont armés comme pour partir en guerre. « Les rumeurs circulaient parmi les résidents blancs, déroutés et effrayés à l'idée que les *freedom rides* (convois de la liberté) débarquent à Fort Deposit. Des Blancs armés patrouillaient dans la ville avec une impatience furieuse. Les armes à feu et les matraques étaient visibles partout[33] », écrit Eagles. Vers 10 heures, quelques adultes noirs en âge de voter sont arrivés en ville et se sont rassemblés devant la poste afin de s'inscrire sur les listes électorales. Entretemps, les jeunes avaient prévu de commencer le parcours de leur manifestation devant l'église méthodiste, dans le nord de la ville.

En compagnie d'un prêtre catholique du nom de Richard Morrisroe, Daniels a décidé de soutenir les adolescents lors de leur première manifestation. Relever ce genre de défi était devenu une seconde nature. Ceux qui se trouvaient à Fort Deposit avec lui ce jour-là ont gardé le souvenir d'un homme détendu, apparemment heureux de traverser la ville. Par groupes de huit ou dix, les adolescents et les jeunes adultes noirs munis de pancartes sont allés se poster devant trois boutiques ségrégationnistes. Ils étaient pacifiques et calmes, mais, à l'approche d'un groupe de Blancs armés, la police de Fort Deposit a arrêté tous les manifestants, dont Daniels et Morrisroe.

Tous ceux qui avaient plus de dix-huit ans ont passé six journées misérables dans la prison de la ville voisine de Hayneville, tandis que des avocats et des militants de tout l'Alabama tentaient d'obtenir leur remise en liberté. Puis, le 20 août, sans aucune explication, on leur a intimé de quitter la ville sur-le-champ. Daniels, Morrisroe et deux autres manifestantes, Ruby Sales et Joyce Bayley, ont décidé de s'arrêter pour acheter des sodas dans une boutique de Hayneville où les Noirs avaient le droit d'entrer. À leur insu, le bureau du shérif avait prévenu Tom Coleman, un Blanc, que les militants des droits civiques avaient été remis en liberté, et celui-ci les avait devancés dans la boutique. Quand Daniels a ouvert la porte à moustiquaire pour que Sales entre, Coleman a surgi avec son fusil à pompe et leur a hurlé de partir. La dernière fois de sa vie que Daniels a relevé un défi, c'était pour écarter Ruby Sales de la trajectoire de la balle. Coleman lui a tiré à bout portant dans la poitrine.

*

Sur le manteau de la cheminée de mon bureau, j'ai une réplique du buste de Jonathan Daniels qui se trouve dans le parloir des Droits de l'homme, à la cathédrale nationale de Washington. Les gens me demandent souvent qui c'est, et je leur raconte volontiers l'histoire de ce jeune homme qui avait appris à être courageux. Le courage lui a coûté la vie, mais il lui a aussi enseigné comment vivre.

Même si les moments où nous avons relevé des défis peuvent sembler mineurs en comparaison, leurs effets sont cumulatifs, et les enjeux peuvent se révéler bien plus importants que nous ne le croyons chaque fois que nous choisissons cette voie. Nous ne sommes jamais plus vivants que lorsque nous accomplissons à notre tour les tâches les plus nécessaires, quand nous réalisons les objectifs les plus profonds de notre vie, conscients que, malgré nos faiblesses, nous sommes acceptés et appelés à agir avec courage.

CHAPITRE SIX

L'inévitable désillusion

« Aucune bonne action ne demeure impunie. »

Oscar Wilde [1]

Le temps chrétien du carême, un appel à l'introspection et à la réparation, suit le modèle de l'intense période d'épreuves et de tentations que Jésus a vécue sitôt après que Jean l'eut baptisé dans le Jourdain. Cette juxtaposition est frappante. Juste après avoir parlé à Jésus émergeant de ses eaux baptismales, l'Esprit de Dieu déclare : « Tu es mon fils bien-aimé, en toi j'ai mis toute mon affection », puis le mène dans une contrée sauvage pour être tenté par Satan [2]. Un instant, Jésus baigne dans l'affirmation de Dieu ; l'instant d'après, il est confronté à ses faiblesses humaines dans sa grande lutte contre les forces du mal. Si Jésus avait la folie des grandeurs, celle-ci a été anéantie dans le désert.

Tel est le choc émotionnel qui suit bien des moments décisifs. J'ai conseillé plus d'un couple qui se préparait au mariage, au sein duquel un ou les deux conjoints, heureux en apparence, commençaient à hésiter. Après l'euphorie des fiançailles, le doute les saisissait quand ils prenaient conscience de la réalité de l'engagement qu'ils étaient sur le point de concrétiser. De même, pendant l'accouchement – que beaucoup de femmes qualifient de moment spirituel le plus puissant de leur vie –, les émotions sont intenses, elles tendent à osciller entre l'euphorie et la dépression causées par l'épuisement. Cela peut se révéler bouleversant et générer de la culpabilité chez les nouveaux parents, qui ne savent pas encore que de tels sentiments sont normaux. Bien que les circonstances varient, l'inévitable descente émotionnelle qui suit un moment décisif peut nous faire dérailler et nous amener à remettre en question la validité ou la pérennité de ce que nous avions cru être une expérience transformatrice.

Un exemple anodin tiré de ma propre vie me vient souvent à l'esprit quand j'ai besoin de me rappeler ce que tenir bon signifie dans l'état émotionnel souvent fragile qui nous attend de l'autre côté du courage. Pendant ma dernière année de séminaire, j'étais traversée par un doute concernant la direction à donner à mes études. J'avais le choix entre un cursus traditionnel et un autre qui recelait un parfum d'aventure bien plus fort. Les cours traditionnels seraient plus exigeants du point de vue académique, et m'amèneraient à rester sur le campus. L'option plus aventureuse impliquait de me rendre à Washington une fois par semaine et de prendre place parmi ceux qui se sentaient appelés par le monde plus implacable des ministères urbains. J'avais suffisamment de recul pour comprendre que ce n'était pas une décision de vie ou de mort. Cependant, j'étais vraiment coincée.

Je suis allée nager à la piscine municipale avec ce dilemme à l'esprit. Tandis que je faisais mes longueurs, la clarté a fini par arriver, telle l'ampoule proverbiale pour laquelle j'avais prié. J'étais certaine que la meilleure décision était de demeurer sur le campus, de me concentrer sur l'essentiel et de profiter des dernières semaines du séminaire. Le soulagement m'a remplie d'énergie, et j'ai fini ma séance de natation avec force et confiance. Mais, dès que je suis sortie de l'eau et que j'ai commencé à m'essuyer, tous mes doutes sont revenus, supplantant la confiance que j'avais ressentie quelques minutes auparavant. La désillusion était si soudaine que j'ai éclaté de rire. Puis j'ai pris conscience que je pouvais soit faire confiance à ce que j'avais ressenti dans le bassin, soit à la vague de doute qui s'était ensuivie. Dans ce qui m'a paru être un acte de foi, j'ai choisi de suivre la voie que j'avais entrevue quand je me baignais. L'importance de cette décision s'est estompée depuis longtemps, mais le souvenir du moment où j'ai reçu cette clarté en offrande, aussitôt suivi du sentiment qu'elle n'était qu'illusoire, m'a aidée à gérer ce genre de basculement émotif quand les enjeux étaient plus graves.

La désillusion prend bien des formes. Une fois que la vague d'énergie se retire, l'émotion la plus prévisible est la vacuité, tandis que la vie, dans toute son ambiguïté, reprend ses droits. Les vieilles habitudes et les problèmes non résolus réaffirment leur place. Le doute surgit. Un temps, nous perdons nos repères et nous sommes tentés de battre en retraite sur la voie du courage, ou, ce qui est tout aussi dangereux, de tomber dans l'excès de confiance en éprouvant un sentiment d'invincibilité temporaire qui nous rend aveugles à ce qui nous attend.

Les Évangiles mentionnent tous un exemple frappant de cette dernière dynamique, lors d'un échange entre Jésus et Simon-Pierre. Tandis que le ministère de Jésus monte en puissance et que sa notoriété croît, il prend à part ses proches pour réfléchir au sens de tout cela. « Qui dit-on que je suis, moi, le fils de l'Homme ? » leur demande-t-il. « Les uns disent que tu es Jean le Baptiste », répondent-ils, ce qui est une affirmation remarquable, étant donné que Jean, le chef du mouvement spirituel duquel Jésus avait émergé, venait d'être exécuté par le roi Hérode. « Les autres, Élie », poursuivent-ils en faisant allusion à un ancien prophète qui, dans la tradition juive, est censé revenir pour annoncer le Messie. « D'autres encore, Jérémie, ou l'un des prophètes [3]. » De toute évidence, Jésus redonne espoir au peuple et attise les rêves de libération de l'occupation romaine.

Alors, Jésus demande : « Et vous, qui dites-vous que je suis ? » Avec une clarté étonnante, Simon-Pierre répond immédiatement : « Tu es le Christ, le Fils du Dieu vivant. » Très ému, Jésus s'exclame : « Sois béni, Simon, fils de Jonas ; car ce ne sont ni la chair ni le sang qui t'ont révélé cela, mais c'est mon père qui est dans les cieux [...] Tu es Pierre, et sur cette pierre je bâtirai mon Église[4]. » À la grande surprise de Simon-Pierre, et sûrement de tous les autres, Jésus venait de le promouvoir à un poste de direction.

Si seulement la conversation s'était achevée là. Mais Jésus poursuit, demandant à ses disciples de jurer le silence et leur confiant que son destin était de souffrir et de mourir quand ils entreraient dans Jérusalem. Simon-Pierre proteste : « À Dieu ne plaise, Seigneur ! Cela ne t'arrivera pas. » La rebuffade de Jésus est immédiate. « Arrière de moi, Satan ! Tu m'es en scandale ; car tes pensées ne sont pas les pensées de Dieu, mais celles des hommes[5]. » Quelques secondes après avoir entendu les louanges de Jésus, Simon-Pierre est humilié devant ses pairs.

Tout comme Simon-Pierre, j'ai parfois supposé à tort, portée par l'euphorie des louanges publiques, qu'un succès ou une bonne idée dans un domaine de ma vie allait se répercuter sur les autres. Une fois, par exemple, alors que j'étais prêtre dans une paroisse de Minneapolis, je suis devenue membre d'une association confessionnelle communautaire multiraciale et apolitique, l'ISAIAH, qui œuvrait en faveur de la justice économique et raciale au Minnesota[6]. Ses dirigeants m'invitaient régulièrement à intervenir dans les rassemblements communautaires ou à organiser et diriger une réunion avec des élus. Ces tâches exigeaient beaucoup de préparation et de pratique, et les événements étaient d'ailleurs souvent excitants. J'adorais parler devant une foule ou défendre une position avec fermeté dans les enceintes du pouvoir.

À l'occasion, je me suis montrée assez efficace pour retenir l'attention et récolter les éloges du public.

Lorsque j'avais joué un rôle important dans une réunion ou lors d'un événement, un autre groupe ou une autre association m'invitait invariablement à parler d'une problématique ou à participer à une action pour laquelle je n'étais pas préparée. Confortée par mon précédent succès, j'acceptais. Disons simplement que le résultat était toujours embarrassant. Je me sentais humiliée tandis que ma naïveté politique était étalée au grand jour. « Ne laissez jamais vos erreurs vous arrêter », m'avait conseillé un militant associatif après m'avoir vue battre en retraite à la fin d'une réunion désastreuse avec un élu. « Tirez-en toutes les leçons possibles et continuez d'avancer. »

Revenons-en à l'échange entre Jésus et Simon-Pierre : il est intéressant de noter que Jésus, malgré sa rebuffade, ne change pas d'avis sur l'avenir de son disciple en tant que chef. Et même si ses paroles ont blessé Simon-Pierre, celui-ci reste à ses côtés. En outre, ce n'est pas la dernière fois que ce dernier le décevra. L'incident le plus insoutenable ne viendra que plus tard, après l'arrestation de Jésus, quand Simon-Pierre le reniera publiquement par trois fois. Lorsque Jésus est crucifié, Simon-Pierre et les autres disciples mâles s'enfuient, terrorisés, alors que les femmes du groupe restent au pied de la croix.

Dans l'un des Évangiles, les hommes, pétrifiés de chagrin, rentrent dans leur village natal et reprennent leur ancien métier de pêcheur. Un jour, alors qu'ils reviennent avec leurs prises de la nuit, Jésus ressuscité les attend sur la rive. Submergé par l'émotion, Simon-Pierre plonge dans l'eau et nage jusqu'à lui. « Venez, mangez », leur dit Jésus. Puis il assure à Simon-Pierre qu'il est non seulement pardonné, mais aussi toujours appelé à diriger. Simon-Pierre se ressaisit et continue d'avancer [7].

Je suppose que la disgrâce publique que j'ai connue alors que j'étais encore l'objet d'une admiration enthousiaste en raison de ma prise de position contre le président Trump n'aurait pas dû me surprendre. Certes, cette estime n'était pas universellement partagée, mais, dans le cercle de personnes dont l'opinion sur mon travail compte pour moi, ma stature publique avait considérablement grandi. Les louanges étaient à la fois un soutien et une séduction. J'étais invitée dans des podcasts, des journaux nationaux me demandaient d'écrire des tribunes libres. Les organisateurs de la Convention nationale démocrate de 2020 m'ont priée de leur offrir ma bénédiction. Des associations de tout le pays m'ont invitée à prêcher ou à diriger des séminaires. Fin janvier 2021, je suis apparue dans une publication ecclésiastique qui vantait mes talents de dirigeante [8].

Puis, en février 2021, une décision que j'ai prise avec mon collègue le révérendissime Randolph Marshall Hollerith, doyen de la cathédrale nationale de Washington, a suscité des critiques si dures et si soutenues que, pendant plusieurs semaines, je n'ai pas su si mon épiscopat y survivrait. Nous étions encore au début du confinement, des mois avant que les vaccins ne soient disponibles. La cathédrale nationale de

Washington jouissait d'une vague de gratitude dans tout le pays en raison de la grande qualité de ses offices en ligne, une bouée de sauvetage spirituelle pour des milliers de personnes cantonnées chez elles. Le doyen avait commencé à inviter des membres éminents du clergé issus de diverses traditions et perspectives théologiques pour enregistrer des sermons qui étaient par la suite diffusés dans le cadre des offices dominicaux virtuels de la cathédrale. La plupart des invités ont été bien reçus. Mais un vendredi matin, alors que nous avions programmé Max Lucado, l'éminent auteur et prêcheur chrétien, Randy m'a appelée, et je savais pourquoi.

Comme je l'avais déjà remarqué, l'annonce que Lucado allait prêcher depuis la chaire de la cathédrale avait alarmé les réseaux sociaux à cause de ses déclarations antérieures contre les personnes LGBTQ+. Bientôt, les gens se sont organisés pour nous convaincre, Randy et moi, de retirer notre invitation. Nous considérant tous deux comme de forts alliés des membres LGBTQ+ de l'Église, nous avions supposé que notre solidarité ne serait pas remise en cause. Pour reprendre une expression que j'emploie souvent quand j'essaie de transcender les différences, j'avais pensé que « nous pouvions nous permettre d'être généreux » avec ceux qui n'étaient pas de notre avis, afin de mettre en place un discours apaisé sur des sujets controversés. « À qui demandez-vous d'être généreux ? m'a rétorqué quelqu'un. Demanderiez-vous à un chrétien noir d'être généreux et d'écouter un suprémaciste blanc ? »

Le doyen et moi avons visionné le sermon préenregistré de Lucado. Son thème était le pouvoir du

Saint-Esprit dans nos vies, et il ne mentionnait pas ses vues sur la sexualité. Nous n'avons donc pas considéré qu'il serait offensant. En outre, Lucado avait exprimé ses regrets en privé au doyen Hollerith quant au manque d'égard dont il avait fait preuve dans les propos qu'il avait tenus des années auparavant, comparant l'homosexualité à la bestialité. Nous avons décidé de diffuser son sermon.

Le scandale a été retentissant. Pendant des jours, ma boîte mail a été submergée de centaines de messages exprimant la douleur, la colère et la confusion. Pleins d'angoisse, les gens me demandaient pourquoi nous avions offert la chaire de la cathédrale, notre tribune la plus prestigieuse, à quelqu'un qui refusait de revenir sur les déclarations cruelles qu'il avait faites, et dont l'église qu'il dirigeait n'était pas un endroit accueillant pour les personnes LGBTQ+. Certains rédigeaient de longues pages, racontant des souvenirs d'enfance où leurs parents et leurs pasteurs leur lisaient les mots de Lucado, le rejet de leur congrégation quand ils avaient révélé qu'ils étaient homosexuels ; la peur permanente qu'ils éprouvaient pour leurs enfants ou petits-enfants transgenres. Ces lettres étaient déchirantes. Quand j'ai tenté d'expliquer mes raisons dans un message posté sur un réseau social, cela n'a fait qu'aggraver les choses.

L'intensité des émotions exprimées – la confusion, la désillusion, le chagrin et la rage – m'a stoppée net. Les membres LGBTQ+ de la congrégation de la cathédrale nous ont demandé, l'air incrédule, pourquoi nous ne les avions pas consultés. Le corps dirigeant du diocèse se posait la même question, et nombre de membres du clergé se sentaient trahis. Beaucoup m'ont rapporté que j'avais aussi déclenché une crise pastorale dans leur congrégation, car, dans le but de construire une relation avec les chrétiens évangéliques, j'avais encore une fois exigé des plus grandes victimes du sectarisme de l'Église qu'elles payent le plus lourd tribut. Dans tout le pays, les gens nous demandaient quand et comment nous avions décidé cela, et quel était le processus de validation pour les prêches dans la cathédrale. Nos détracteurs les plus virulents remettaient en question notre engagement pour la justice et interprétaient nos décisions passées à la lumière de celle-ci.

Les retours n'étaient pas tous négatifs. Certains écrivaient pour indiquer que nous avions fait le bon choix en ne cédant pas à la pression du public, et que toute cette affaire était représentative de la polarisation toxique de notre société et de sa culture de l'effacement. Ces mots étaient censés nous rassurer, mais ils ne l'ont pas fait. Ils exprimaient peut-être la vérité, mais le fait demeurait que j'avais blessé des personnes que j'aimais et que j'en avais amenées beaucoup à se demander si l'Église épiscopalienne était un foyer spirituel au sein duquel elles pouvaient se sentir en sécurité.

La seule chose que je pouvais faire, c'était engager un minutieux travail d'excuses et de réparation. Mes erreurs passées m'avaient enseigné la marche à suivre, mais ce savoir ne rendait pas la tâche plus aisée. Pendant une bonne semaine, alors que j'étais en quarantaine dans un Airbnb à Minneapolis (attendant les résultats d'un test de dépistage de la Covid-19 afin de pouvoir prendre dans mes bras ma petite-fille qui venait de naître), je me levais tous les matins dans l'isolement et répondais à chaque courriel exprimant colère et douleur.

C'est ainsi qu'un dialogue timide s'est établi avec ceux qui le souhaitaient. La plupart refusaient, mais certains ont répondu poliment, en particulier une mère qui m'a confié qu'elle craignait pour la vie de son enfant transgenre tous les jours, ou des collègues LGBTQ+ qui me demandaient si je pensais qu'ils seraient un jour les bienvenus pour prêcher dans l'église de Max Lucado. Les conversations avec des amis qui m'ont assuré de leur amour tout en m'affirmant qu'ils avaient besoin que je sache à quel point je les avais blessés ont été une leçon d'humilité. Le président-évêque nous a soutenu en bon pasteur, mais il a aussi indiqué sans ambiguïté que Randy et moi devions présenter des excuses publiques, ce que nous avons fait à plusieurs reprises. En outre, Max Lucado nous a priés par écrit de l'excuser pour ses déclarations passées et toutes les souffrances qu'elles avaient causées. Pour autant, il n'a pas dévié de la position de son Église, qui est contre l'acceptation et l'inclusion totale de personnes LGBTQ+.

Mais ces excuses n'ont pas suffi, et ce fut manifeste le soir où nous avons organisé une discussion en ligne au cours de laquelle plusieurs centaines d'épiscopaliens de tout le pays ont exprimé leurs vues sur l'incident. Kelly Brown Douglas, la théologienne canonique de la cathédrale, a assuré la modération –

un geste généreux de sa part étant donné la déception que lui avaient causée nos actes. D'autres nous ont aidés à trouver l'équilibre entre le besoin d'écouter et la nécessité de répondre. Ce que j'ai entendu m'a révélé que je comprenais très mal le vécu des personnes LGBTQ+ et de leur famille, et que la pire des douleurs peut nous être infligée par des gens qui, comme moi, se croyaient incapables d'un tel acte. Après quatre-vingt-dix minutes sur Zoom, la réunion a pris fin sans qu'émerge un sentiment de résolution. La conversation s'est poursuivie pendant des jours sur les réseaux sociaux, et même s'il était dur d'être le sujet des critiques et des spéculations, j'ai fait de mon mieux pour y participer.

Cette épreuve m'a permis de comprendre que je pouvais très vite perdre la confiance que j'avais mis des années à établir et de prendre conscience du travail qu'il faudrait fournir pour la reconstruire. En outre, il était douloureusement évident que les actes de courage passés ne me faisaient bénéficier d'aucune immunité face aux conséquences d'une erreur publique. Il fallait pourtant que je tourne la page. Un collègue dont la figure publique est plus forte que la mienne m'a envoyé un texto : « Haut les cœurs ! » J'ai répondu par quelques mots qui, je l'espère, étaient vrais : « Je ne suis pas de pierre, mais pas non plus de verre. » Un autre collègue nous a donné un conseil, à Randy et à moi, quand nous nous sentions fatigués et meurtris : « C'est toujours plus difficile d'être critiqué par ses alliés. Ne laissez pas cela vous arrêter. Encaissez le coup et relevez-vous. »

La tempête a fini par s'apaiser, et je suis retournée à un quotidien plus normal, où je fais mon travail loin des yeux du public. Mais, pendant des mois, j'ai éprouvé la même sensation que lorsque je réchappe (ou pas) à un accident à vélo. Les angles morts sont dangereux précisément parce que nous ne les voyons pas. Sur mon vélo comme dans la vie, je suis particulièrement vulnérable à la chute quand je me sens au sommet du monde.

Les désillusions sont inévitables, mais elles n'ont le dernier mot que si nous les laissons faire. Elles n'effacent pas non plus l'offrande d'une idée initiale motivante qui semble si loin maintenant que « nous sommes à terre dans l'arène[9] ». Pourtant, il faut du temps pour se remettre d'un égarement. Nous devons être honnêtes avec nous-mêmes et les autres quand nous commettons une erreur ou que nous sommes à genoux. C'est une façon de vivre et de diriger avec un cœur consentant, véritablement ouvert aux autres, et avec une colonne vertébrale suffisamment solide pour encaisser les faits, en tirer les leçons et poursuivre sa route.

*

Certains aspects sociaux ou relationnels qui contribuent à faire naître la désillusion après une expérience de courage ou de clarté relèvent davantage de notre entourage que de nous-mêmes. Pour plaisanter, mes professeurs en gestion des processus émotionnels familiaux appelaient cela la vengeance, et c'est en grande partie le prix à payer lorsqu'on est en relation avec les autres. Quand nos fils étaient petits, par exemple, j'en étais venue à anticiper qu'ils me fassent payer mon absence, quelle qu'en soit la durée ; en rentrant, la maison était sens dessus dessous, les garçons étaient grognons, et Paul ne s'intéressait pas particulièrement à ce qui m'était arrivé pendant qu'il s'occupait de tout chez nous. Je me sentais blessée, mais c'étaient eux qui portaient le fardeau de mon absence, et je devais permettre à leurs émotions de s'exprimer. Je reconnaissais le même comportement chez moi quand Paul s'en allait observer les oiseaux pendant une longue période ou que son employeur lui confiait de plus grandes responsabilités qui le tenaient éloigné de nous.

La vengeance n'est pas une dynamique facile à gérer, et elle varie en intensité en fonction de la maturité émotionnelle des personnes impliquées et du niveau de changement requis par le moment décisif qu'un individu a vécu. La sensibilité mutuelle contribue énormément à soulager les tensions du retour, de même que le fait d'exprimer de la gratitude pour les sacrifices que les autres ont consentis. Cela peut aider de les écouter raconter ce qui s'est passé dans la vallée avant de parler de notre expédition en montagne.

Néanmoins, d'autres vengeances sont exprimées de façon plus dommageable et peuvent prendre la forme d'abus émotionnels quand des dynamiques entre des pouvoirs inégaux sont à l'œuvre : un parent qui empêche son enfant de poursuivre un rêve qui l'éloignerait de la famille, un entraîneur qui empêche un athlète doué de s'épanouir à cause de sa couleur de peau, un partenaire qui empêche ou qui sabote les progrès de son conjoint de peur d'être laissé pour compte, un professeur qui humilie inexplicablement un étudiant prometteur devant ses pairs.

Pour mon premier emploi en dehors du séminaire, j'étais prêtre-assistante à la Trinity Church de Toledo, dans l'Ohio, auprès d'un pasteur du nom de Walter Sobol, qui jouissait de la réputation d'« avoir du mal à travailler avec les femmes », comme mon évêque m'en avait avisée. Je ne savais pas trop ce que cela voulait dire, mais j'étais déterminée à faire exception. Walter – et c'est tout à son honneur – m'a embauchée alors que j'étais sur le point d'accoucher et m'a offert un poste avec beaucoup de responsabilités et de liberté. Cependant, il n'a jamais été à l'aise avec ma réussite ni avec l'affection croissante que me portait la congrégation. J'en étais venue à anticiper une humiliation dès que j'accomplissais quelque chose d'important ou que j'étais félicitée en public. Sa vengeance prenait souvent la forme d'une remarque désobligeante concernant mon apparence (ou d'un compliment exagérément sexualisé), d'une sévère critique d'un de mes sermons ou de quelque chose que j'avais fait, ou, une fois qu'il a eu découvert mes vulnérabilités, d'un commentaire soigneusement asséné de sorte à me faire perdre mes moyens.

Comme Walter pouvait aussi se montrer encourageant et m'apporter beaucoup de soutien dans mon ministère, ces vengeances étaient deux fois plus déstabilisantes. Au bout d'un certain temps, il revenait à sa démonstration publique d'affection et de louanges. Chaque fois que je trouvais le courage de lui parler de quelque chose de blessant qu'il avait dit ou fait, il feignait l'ignorance ou suggérait que je dramatisais. C'était à vous rendre fou. J'ai passé trois années à douter de ma perception des événements et à tenter d'être à la hauteur pour qu'il soit content de moi, mais pas trop non plus, pour ne pas faire de l'ombre à son ego surdimensionné.

Ce que je voudrais souligner ici, c'est que la désillusion ou la vengeance – dans mon cas, les pressions dont j'étais victime chaque fois que mes succès irritaient mon patron – sont des expériences relationnelles tout autant que personnelles. Relever un défi qui exige du courage affecte l'équilibre des relations et les structures communes dont ces dernières dépendent. Même dans nos rapports les plus aimants, nous payons le prix de la perturbation des schémas comportementaux que nous attendons les uns des autres. Les moments décisifs peuvent également déclencher le pire chez l'être humain, lorsqu'un individu, un groupe, voire la société dans son ensemble, cherche à saper ou à empêcher les progrès d'autrui dans la quête d'une vie meilleure.

*

Le retour de bâton, ou *backlash*, est un terme que les sociologues utilisent pour qualifier la réaction dure et souvent violente contre les avancées, réelles ou perçues, pour une approche plus inclusive dans le domaine des droits civiques et politiques, ou toute autre mesure d'égalité sociale. Le mot est entré dans le langage courant au début des années 1960 pour décrire la résistance féroce des Blancs face aux victoires des Afro-Américains pendant le mouvement des droits civiques. Mais, comme l'indique l'historien Lawrence Glickman, le retour de bâton est « l'un des schémas politiques américains les plus anciens et les plus enracinés, il se traduit par une réaction violente à l'encontre de toute forme de mouvement social ou de transformation culturelle [10] ».

Le journaliste et auteur Ta-Nehisi Coates a compilé une série d'articles dans son livre *Huit ans au pouvoir. Une tragédie américaine*, proposant une étude particulièrement convaincante du retour de bâton blanc, dans laquelle il établit un parallèle entre les deux mandats de Barack Obama et la période de la Reconstruction qui a suivi la guerre de Sécession – deux ères durant lesquelles un *leadership* noir exemplaire a entraîné une opposition féroce parmi les Blancs. Le titre fait référence au discours que Thomas Miller, membre du Congrès pour la Caroline du Sud, a prononcé en 1885, dans lequel il exposait tout le bien qui avait été fait au cours des huit années pendant lesquelles des politiciens noirs avaient contrôlé la législature, lors de la Reconstruction. Il a imploré ses collègues blancs de ne pas priver les citoyens noirs du droit de vote, en vain. La discrimination raciale a été inscrite dans la nouvelle Constitution de l'État, comme partout dans le Sud. Quand les mesures légales échouaient, les Blancs avaient recours à des moyens plus violents pour se maintenir au pouvoir [11]. En plus de défendre l'interprétation évidente selon laquelle l'élection de Donald Trump est un retour de bâton des années Obama, Coates retrace l'héritage de la suprématie blanche de la guerre de Sécession à nos jours, et la propension de notre nation dans les moments phares à « aller chercher la meilleure part d'elle-même, pour aussitôt se retrancher dans la pire [12] ».

Coates se décrit comme quelqu'un qui voudrait croire en Dieu mais qui n'y parvient pas, ayant appris dès le plus jeune âge qu'aucun dieu ne le sauverait de la brutalité de ce monde [13]. À la place, il a trouvé du sens dans sa famille, son travail et son ascendance, et en racontant une histoire noire qui « ne flatte pas la démocratie américaine, mais qui l'admoneste [14] ». Si la force poétique et la mise en récit de l'Histoire me fascinent chez Coates, je suis aussi touchée par le fait qu'il trouve dans l'athéisme l'appel que j'entends en tant que chrétienne : chercher la vérité, peu importe où cela vous mène, et vivre dans l'espérance en prenant les choses pour ce qu'elles sont. « Je ne veux jamais perdre de vue le peu de temps dont je dispose ici, écrit-il. Je ne veux jamais oublier que la résistance doit receler sa propre récompense, car la résistance, au moins du vivant de ceux qui résistent, échoue presque toujours [...] Et si la tragédie devait être réfutée, s'il y a vraiment de l'espoir quelque part, je pense qu'on ne peut le rendre manifeste qu'en se rappelant le prix à payer si la tragédie s'avérait [15]. »

Nous avons beau vivre des retours de bâton sur tant de sujets sociétaux, nous ne pouvons pas nous permettre de sombrer dans le désespoir. « Nous sommes tous responsables », affirme mon collègue le très révérend Eugene T. Sutton, évêque du diocèse épiscopalien du Maryland, quand l'Église épiscopalienne s'attaque au problème des réparations pour notre complicité dans l'esclavage et le suprémacisme blanc. Lorsque nous le faisons, nous devons accepter que le retour de bâton entre dans l'équation et poursuivre notre travail. Nous ne choisissons pas l'époque de notre venue au monde, seulement la façon d'employer le temps qui nous est imparti.

*

Il y a des parallèles spirituels entre les réalités respectives de la désillusion, de la vengeance et du retour de bâton. Car, dans chaque tradition religieuse, on accorde une grande valeur – et à raison – aux expériences au sommet de la montagne, ces moments qui nous offrent une perspective et une vision pour notre vie, lorsque nous sentons ce l'on ne peut décrire que comme la présence palpable de Dieu, ou un sens du sacré, quel que soit le nom que nous lui donnions.

Pour certains, la vie consciente dans la foi commence par un tel moment, souvent qualifié d'expérience de conversion. Cela peut être un électrochoc aux proportions épiques, lorsque l'on se sent aimé sans conditions, ou que l'on est sauvé d'un désastre, pardonné pour nos erreurs passées et habilité à prendre un nouveau départ. Pour d'autres, la prise de conscience spirituelle connaît des débuts bien moins fracassants et ne prend pas sa source dans un moment précis, mais plutôt dans le sentiment croissant d'être conduit ou incité à vivre dans une certaine tradition cultuelle ou de s'ouvrir au mystère du divin.

Quoi qu'il en soit, tous ceux qui sont appelés à vivre dans la foi en viennent à se reposer sur ces expériences spirituelles et ces moments d'illumination qui donnent du sens et une direction à nos vies. Sans eux, la foi se réduit à un ensemble d'obligations à respecter et de règles à suivre, ou, pire, à un carcan théologique qui ne fait que renforcer nos opinions et inclinaisons personnelles. Ainsi, une pratique spirituelle au centre de chaque tradition est de programmer des retraites périodiques – ou des pèlerinages, ou de bonnes vacances –, de façon à mettre de côté nos préoccupations quotidiennes et à nous ouvrir plus pleinement à la présence de Dieu. Nous sommes encouragés à nous voir à travers les yeux de Dieu et à croire que nous sommes sur cette Terre pour accomplir une vocation ou une destinée unique. Parfois, cette perception de la proximité et de l'amour de Dieu est si forte que nous perdons pour un temps tout sentiment de doute, et nous nous sentons connectés au mystère sacré, nous éprouvons de la joie en songeant au don de la vie, et la raison d'être de notre existence nous paraît claire.

Cependant, la plus grande partie de la vie spirituelle – et de la vie en général – ne se passe pas au sommet d'une montagne mais dans la vallée, où le sentiment de la présence de Dieu est bien moins mélodramatique, si tant est que nous l'éprouvions. Le défi devient alors de croire que la vision ou la grâce qui nous ont été offertes étaient réelles, même lorsque son intensité émotionnelle décroît de pair avec notre confiance. Les premiers jours après une rencontre ou une expérience transformatrices sont particulièrement déstabilisants, quand, après avoir cru que tout allait s'améliorer dans notre existence, nous nous retrouvons à la case départ et que la pression pour rentrer dans le rang est constante.

Ces dernières années, chaque fois que je ressentais le besoin de parler à quelqu'un plus avancé que moi sur le chemin de la spiritualité, j'ai pris conseil auprès de Bill Kelly, un jésuite et un sage. Il écoute mes tribulations avec empathie et bienveillance, puis il m'offre des morceaux de sagesse tirés de la tradition catholique romaine qu'on appelle la spiritualité ignacienne, d'après Ignace de Loyola, l'Espagnol qui a fondé l'ordre des Jésuites au XVIe siècle. L'un des plus utiles a été la façon dont saint Ignace comprend l'interaction entre ce qu'il appelle des expériences de consolation et de désolation spirituelles.

Comme le terme le suggère, la consolation spirituelle nous vient dans des moments de joie ou de beauté intenses, quand nous éprouvons un sentiment de bien-être, d'amour ou de pardon, ou que nous trouvons un sens à la vie. En soi, ces instants sont tous merveilleux et peuvent être le moyen par lequel nous ressentons l'amour que Dieu nous porte. La désolation spirituelle, c'est le contraire : ces moments de découragement, d'apathie, de chagrin et de souffrance qui sont non seulement difficiles à supporter, mais qui nous amènent aussi à remettre en question la validité de ce que nous prenions pour des « expériences spirituelles » et la présence, voire l'existence même, de Dieu.

Certes, ce sont les moments de consolation qui font qu'une vie spirituelle mérite d'être vécue, et saint Ignace affirmait sans ambiguïté qu'ils étaient accessibles à tous, pas uniquement aux prêtres ou aux autres élites religieuses. Comme l'écrit le jésuite Timothy Gallagher dans *The Discernment of Spirits: An Ignatian Guide for Everyday Living* (Le discernement des esprits : un guide ignacien pour la vie quotidienne) : « La consolation n'est pas un phénomène physique obscur que seuls de rares individus peuvent connaître, mais la façon dont les êtres humains rencontrent couramment Dieu [16]. »

Les moments de désolation sont également universels et, dans la perspective de saint Ignace, ils nécessitent une compréhension et une exploration plus profondes que celles dont les croyants sont capables ou dont ils débattent. La désolation, ce n'est pas simplement traverser une épreuve, c'est comme si toutes les lumières spirituelles de notre vie s'étaient éteintes. Au cours d'une telle période, tout ce qui nous donnait jadis confiance en l'amour et en la présence de Dieu se dérobe sous nos pieds, ou, pour le dire de façon moins dramatique, nous ne ressentons plus rien. Comme d'autres formes de désillusion, la désolation nous amène à douter de la validité des moments de consolation qui nous ont inspirés.

Nous connaissons tous les ressources à notre disposition quand nous sommes dans la désolation :

l'empathie et la solidarité d'un ami proche, le réconfort de la nature, les petites bénédictions de la vie quotidienne et la miséricorde du sommeil. La tradition ignacienne nous encourage à ne pas prendre de décisions drastiques concernant notre existence pendant les périodes de désolation. Aussi difficile que cela soit, c'est un temps où il nous faut persévérer autant que possible dans les petits actes porteurs d'un message de vie et nous occuper de nos âmes avec grâce et douceur – ou simplement tenir le coup du mieux que nous le pouvons. Saint Ignace nous encouragerait à nous raccrocher au souvenir des moments de consolation et à faire de notre mieux pour vivre comme s'ils étaient vrais, même quand nous n'avons plus confiance en eux.

Selon une idée centrale de la spiritualité ignacienne, les sentiments associés à la consolation et à la désolation sont instructifs, mais pas constants, et les uns ne reflètent pas la réalité plus fidèlement que les autres. En avoir conscience nous aide à prendre nos émotions pour ce qu'elles sont, à leur permettre de nous traverser et à les évacuer. Nous sommes moins impressionnés par les sentiments associés à la consolation et moins déstabilisés par ceux qui nous submergent dans la désolation. « Le balancement constant de ces deux mouvements est un schéma normal dans chaque vie spirituelle », écrit Gallagher.

Ni la consolation spirituelle ni la désolation spirituelle ne durent toujours ; chacune finira par céder la place à l'autre. Lorsque nous avons fait l'expérience de

> *la consolation spirituelle, nous ne devons pas être surpris quand la désolation spirituelle surgit de nouveau ; et quand nous sommes plongés dans la désolation spirituelle, nous devons nous projeter vers l'inévitable retour de la consolation spirituelle, ôtant ainsi à la désolation actuelle une grande partie de son pouvoir*[17].

Comme l'a écrit le Psalmiste : « Le soir arrivent les pleurs, Et le matin l'allégresse[18]. »

Dans *Rising Strong*, Brené Brown évoque les inévitables désillusion et désorientation qui suivent l'énergie spirituelle et créative qu'elle ressent au début d'un processus créatif, qu'elle dénomme le « deuxième jour ». Elle explique que, chaque fois qu'elle anime avec son équipe leur programme de trois jours de formation intensive pour les assistants sociaux et d'autres professionnels, « peu importe combien de fois nous l'avons fait et le nombre de certifications que nous avons accordées, le deuxième jour de cette formation est toujours nul[19] ». Les gens sont fatigués, la marche à suivre n'est pas claire, et ils ont perdu confiance en l'inspiration qu'ils ressentaient au début.

Dans tout processus créatif, la période la plus difficile est celle que l'auteur et entrepreneur Scott Belsky a appelée le « milieu en pagaille ». À présent, nous sommes fatigués, et le chemin devant nous est tout sauf clair. Le chaos règne partout, et nous sommes vraiment tentés d'abandonner. Quand Belsky s'est lancé dans l'écriture d'un livre consacré à cette période du milieu, il pensait qu'il aurait beaucoup d'anecdotes tirées de sa propre expérience d'entrepreneur à raconter. « Mais je ne me rappelais plus rien, avoue-t-il. Ce n'était pas une perte de mémoire, mais tout était plongé dans le brouillard [20]. » Il a dû retracer son parcours en consultant d'anciens courriels et des captures d'écran prises sur son téléphone à l'occasion d'erreurs ou de faux pas. Si nous ne prenons pas le temps d'honorer ni de comprendre ces faux départs ou ces moments où nous avons trébuché, nous prévient-il, nous risquons de célébrer les réussites des autres sans apprécier tous les éléments qui ont été extirpés ou passés sous silence dans leur histoire. « Que se passe-t-il au milieu ? demande-t-il. Rien qui fasse la une, mais tout ce qui est important » :

> *La guerre que vous menez pour ne pas douter de vous, une montagne russe de succès et d'échecs de plus en plus amples, de crises du quotidien et de pur anonymat. Le milieu est rarement raconté et, pendant cette période, tout se fond dans un brouillard de fatigue. Il ne nous en reste que de pâles versions de la vérité, éditées en fonction des ego et des coups de gueule. Le succès est faussement attribué aux périodes dont nous souhaitons nous souvenir, plutôt qu'à celles que nous choisissons d'oublier. Le pire, c'est que, lorsque tout notre entourage perpétue le mythe d'une progression linéaire du début à la fin, nous en venons à supposer que notre parcours devrait ressembler à cela. Nous avons l'impression erronée qu'une réussite est le fruit d'un parcours logique. Mais ce n'est jamais le cas* [21].

Un dernier exemple de désillusion : comme je l'ai mentionné dans le chapitre trois, j'ai dirigé pendant dix ans des conférences destinées au clergé épiscopalien, au sein de l'association CREDO. Le but de chaque rassemblement était que les participants repartent avec une vision renouvelée et des objectifs clairs pour leur ministère. L'équipe dirigeante était chargée de créer les conditions optimales pour que les participants vivent des expériences « au sommet de la montagne » d'une valeur pérenne, et de donner ainsi à nos collègues épuisés par le monde une chance de se reposer, de dresser le bilan et de rêver de nouveau avec audace.

Les cinq premiers jours étaient riches de contenu dispensé par des professionnels de santé, des conseillers financiers ou en apostolat, et des directeurs spirituels. Les participants étaient prêts à passer au crible avec bienveillance leur bien-être général, à affirmer leurs points forts, à identifier leurs faiblesses et à imaginer leur avenir de prédilection. Les trois derniers jours ressemblaient plutôt à une retraite, pendant laquelle chacun était invité à engager une profonde introspection et à se rappeler les aspirations courageuses qui l'avaient initialement poussé à vouloir devenir ministre du culte. À la fin de la conférence, les participants rédigeaient un document, le plan CREDO, pour résumer toutes les idées qu'ils avaient eues et les actions qu'ils envisageaient pour y donner suite.

Un des textes de la bibliographie indicative que nous fournissions aux participants était l'article de Jim Collins et Jerry Porras intitulé « Bâtir la vision de votre entreprise ». Les auteurs décrivent la relation entre les valeurs centrales, l'objectif et les compétences, le caractère durable de l'identité personnelle, ainsi que le pouvoir catalytique d'un « but hautement audacieux et grandiose », qu'ils nomment le BHAG [22]. En deux mots, un BHAG est un catalyseur clair et convaincant pour un changement qui amorce un processus créatif, et un voyage marqué par le courage et la volonté de prendre des risques. Atteindre un BHAG nécessite une collaboration avec autrui et au moins dix ans de travail dur et constant. Il n'y a aucune garantie de succès. Cependant, le simple fait de mettre un nom sur cette vision de l'avenir produit un effet puissant ; nous pouvions le voir dans les yeux des participants lorsqu'ils mettaient des mots sur ce qu'ils avaient reçu. Mais ensuite, nous rentrions chez nous, de retour dans nos vraies vies, avec toutes leurs tensions et leurs exigences antagonistes.

Il m'arrivait parfois de tomber sur d'anciens participants lors d'autres réunions paroissiales. Comme s'ils étaient des cas d'étude de la désillusion, presque tous me confiaient qu'ils s'en voulaient de ne pas avoir été capables d'atteindre les objectifs qu'ils s'étaient fixés. En outre, je savais exactement ce qu'ils ressentaient, parce qu'il m'était arrivé la même chose la première fois que j'avais assisté à une conférence du CREDO, quelques mois avant que mes espoirs de diriger le diocèse n'aient été anéantis.

Je faisais de mon mieux pour leur donner un mot d'encouragement quand je les croisais, déplorant avec eux la difficulté de croire en nos rêves quand la réalité de la vie reprend ses droits. « Ne laissez pas tomber, disais-je tant pour eux que pour moi-même. Ce que vous avez ressenti et exprimé quand nous étions là-bas était réel. Osez y croire, même quand vous ne le ressentez plus. »

Je me suis rendu compte que je devais conclure nos conférences par une discussion franche sur le retour à la vie réelle et la nécessité de mettre l'inévitabilité de la désillusion dans l'équation pendant que nous étions encore au sommet de la montagne à balayer du regard notre avenir de prédilection. J'ai pris l'habitude de mentionner la fin de l'article de Collins et Porras sur la vision, dans lequel ils avancent, paraphrasant la définition qu'Einstein donne du génie, que dans toute entreprise le succès repose sur « un pour cent de vision et quatre-vingt-dix-neuf pour cent d'alignement[23] ».

Le travail d'alignement n'est jamais facile, presque toujours décousu, et peut susciter de la résistance au sein de notre entourage, voire des retours de bâton de la société au sens large. Il entraîne à coup sûr de longues périodes pendant lesquelles pas grand-chose ne semble se produire. Il y aura des moments de désolation, quand nous remettrons en question tout ce que nous avions ressenti sur la montagne proverbiale. Mais, comme Brené Brown, Scott Belsky et Ignace de Loyola nous l'enseignent, passer par le milieu est une clause non négociable. En outre, cela ne devient jamais plus simple, peu importe le nombre de fois que vous l'avez fait. « L'expérience et le succès ne vous facilitent pas la tâche, écrit Brown. Ils vous donnent seulement un peu de grâce, une grâce qui vous murmure : "Cela fait partie du processus. Garde le cap [...], le milieu, c'est la pagaille, mais c'est aussi le lieu où la magie se produit."[24] »

L'inévitable désillusion

En préparant le déménagement des affaires de mon bureau à Washington, j'ai retrouvé au fond d'un tiroir le plan CREDO que j'avais écrit treize ans plus tôt. À l'époque, je n'aurais jamais deviné comment ma vie allait tourner ni comment j'en viendrais à comprendre d'une nouvelle façon ce que j'avais jadis cru être mon avenir – un avenir dont j'allais par la suite douter. « Ose croire que tu es appelée à diriger », avais-je écrit. Au cours de la désillusion qui a suivi, j'ai senti que j'étais non seulement déçue, mais aussi pleine de honte. Comment avais-je osé imaginer cela ? Finalement, le chemin de la préparation et de l'acquisition de compétences s'est présenté, et j'ai dû réapprendre à vivre et à diriger sans brûler les étapes. La vallée – qu'elle se présente sous la forme de la désolation, du deuxième jour ou du milieu en pagaille, de la vengeance ou du retour de bâton sociétal – est le lieu où nous cultivons, entre autres, la vertu de la persévérance.

CHAPITRE SEPT

La vertu cachée de la persévérance

« Et quand vous vous y mettez,
c'est le seul objectif assez vaste pour une vie humaine.
Pas simplement l'amour – mais persister dans l'amour. »

Suc Monk Kidd [1]

Madeleine Korbel Albright, secrétaire d'État de 1997 à 2001, fut la première femme à occuper ce poste aux États-Unis. Un résumé, même sommaire, de ses réussites professionnelles remplirait des pages, mais Albright commence *« Madame le secrétaire d'État... » : Mémoires* en reconnaissant que sa carrière était peu plausible. Cette immigrée tchécoslovaque, mère de trois enfants, avait presque quarante ans lorsqu'elle a obtenu son premier poste gouvernemental. « Bien avancée dans l'âge adulte, je n'étais jamais censée devenir ce que je suis devenue, écrit-elle. Mais j'avais beau partir avec du retard, je me suis dépêchée de le rattraper [2]. »

Et c'est ce qu'elle a fait, en se construisant sur le socle d'une éducation bien adaptée à la diplomatie internationale. Elle était l'aînée d'un diplomate qui avait été obligé de fuir la Tchécoslovaquie avec sa famille à deux reprises, tout d'abord quand les nazis l'ont envahie en 1939, puis de nouveau pour émigrer aux États-Unis lorsque les communistes alignés avec l'Union soviétique ont pris le contrôle du pays. À l'adolescence, Albright parlait couramment tchèque, français et anglais. Quand elle était étudiante au Wellesley College, elle aspirait à devenir journaliste. Par la suite, au cours des années consacrées à soutenir la carrière de son mari et à élever ses enfants, elle a étudié le russe et commencé une thèse.

Parallèlement à ses études, elle pratiquait le genre de bénévolat qu'on attendait des femmes à Washington : lever des fonds, siéger dans des conseils d'administration, être assesseur dans les bureaux de vote et recevoir des hôtes internationaux. Elle prenait plaisir aux tâches quotidiennes de la parentalité, que ce soit coudre des costumes, conduire les enfants à l'école ou aider sa fille à vendre des cookies pour les jeannettes. Rétrospectivement, on pourrait penser qu'elle avait toujours visé les plus hautes sphères diplomatiques et politiques, mais son vécu était tout autre : « J'avais l'impression que ma vie était un puzzle, raconte-t-elle. Sauf que je travaillais avec des pièces de plusieurs puzzles en même temps et que je n'avais pas d'illustration pour m'indiquer à quoi ressemblerait le tableau final [3]. »

Madeleine Albright est décédée le mercredi 23 mars 2022, et j'ai passé plusieurs semaines à lire ses mémoires pour me préparer à officier lors de ses funérailles à la cathédrale nationale de Washington.

J'ai eu l'impression de suivre une démonstration magistrale de vie et de *leadership*. Lors de ses obsèques, le président Joseph R. Biden et l'ancien président Bill Clinton ont évoqué sa carrière en termes très élogieux. L'ancienne secrétaire d'État Hillary Clinton a raconté des anecdotes soulignant son intelligence, son esprit et son style. Ses trois filles ont témoigné de l'amour intense qu'elle leur portait. Les mémoires d'Albright mentionnaient tous ces éléments présents dans sa vie, mais ce qui m'a le plus frappée, c'est sa persévérance. Elle ne prenait pas ses combats à la légère ; consciente de ses forces comme de ses points faibles, elle admettait volontiers ses erreurs. « La vie est nécessairement décousue et inégale, écrit-elle. Cependant, il est important d'avoir une étoile qui vous guide. Pour moi, cette étoile a toujours été ma foi dans la promesse démocratique que chacun devrait être en mesure d'aller aussi loin que ses capacités le lui permettent [4]. »

Pour reprendre les mots de la sénatrice Barbara Mikulski, Madeleine Albright a travaillé dur pour entrer « du jour au lendemain dans vingt-cinq ans de réussite [5] ». À l'instar de tous ceux dont nous admirons la vie, elle effectuait la plus grande partie de son travail dans l'ombre : elle se levait à 4 h 30 pour écrire sa thèse, œuvrait en coulisse pendant des semaines pour organiser un événement, apprenait de nouvelles langues et les complexités de la politique internationale, et se reconstruisait quand elle avait commis une erreur coûteuse, perdu une bataille politique ou, pire encore, lorsque son mari a demandé le divorce.

Dans un essai intitulé *Prague Winter: A Personnal Story of Remembrance and War, 1937-1948* (L'hiver à Prague : une histoire personnelle de mémoire et de guerre, 1937-1948), Albright explore l'héritage juif que ses parents lui ont caché et les épisodes cataclysmiques de son enfance, comme la mort de trois de ses grands-parents dans des camps d'extermination nazis. Bien qu'elle n'hésite pas à décrire ces moments de cruauté et de trahison ni les choix terribles faits dans des moments de désespoir, elle déclare que « ce n'est pas ce que j'emmènerai quand je passerai au chapitre suivant de ma vie. Dans le monde dans lequel j'ai choisi de vivre, l'hiver, même le plus froid, doit céder la place aux agents du printemps, et les vues les plus sombres de la nature humaine finissent par laisser passer des rayons lumineux[6] ». Elle conclut par une ode à la persévérance :

> *J'ai passé toute ma vie à chercher des remèdes à toute sorte de problèmes – personnels, sociaux, politiques, mondiaux [...]. Je crois que nous pouvons reconnaître la vérité quand nous la voyons, mais pas au premier abord, et non sans jamais relâcher nos efforts pour en savoir plus. Cela se produit parce que l'objectif que nous voyons et le bien que nous espérons ne se présentent pas comme une récompense finale, mais comme les compagnons cachés de notre quête. Ce n'est pas ce que nous trouvons, mais la raison pour laquelle nous ne pouvons cesser de chercher et de fournir des efforts qui nous révèle pourquoi nous sommes là*[7].

La persévérance est la vertu cachée de toute vie courageuse. Nous saisissons rarement ce qu'il en coûte aux autres de faire ce qui nous semble aisé. Et nous ne savons pas non plus ce qu'il leur a fallu mettre en œuvre pour continuer malgré la fatigue ou le découragement, ou pour recommencer après l'échec et la déception. Quel que soit le rapport que nous entretenions avec les moments décisifs qui nous ont placés sur la trajectoire de notre vie, la persévérance est ce qui nous permet de continuer d'avancer, même quand nous trébuchons dans le noir.

Certaines personnes sont naturellement douées pour la persévérance. Ce n'est pas mon cas ; j'en suis sûre, parce que c'est une vertu que j'ai dû apprendre. Enfant, si je voyais mes camarades faire des choses qui leur venaient facilement mais que je n'y arrivais pas, j'arrêtais d'essayer. J'avais de modestes aptitudes pour la musique et pour le sport, mais je n'excellais en rien, parce que je ne savais pas comment m'entraîner ni échouer, encore et encore, jusqu'à franchir un nouveau seuil de compétences. D'une manière ou d'une autre, je suis parvenue à traverser le lycée et à entrer dans une université correcte en esquivant toutes les matières qui m'intimidaient. À l'université, j'ai paniqué, tant il y avait de choses que je ne savais pas faire. Pour la première fois de ma vie, j'ai travaillé dur pour rester au niveau de mes camarades de promotion – ma première tentative de persévérance. Mais, comme mes bases étaient très peu solides, je passais de longues heures à étudier sans que cela se traduise dans mes résultats. Il me fallait tout un semestre pour rédiger un devoir de dix pages.

On pourrait dire que je ne suis parvenue à aller au terme de ma licence que grâce à ma persévérance, si l'on définit celle-ci simplement en termes d'efforts, mais je sais que cette définition est trop réductrice. Ce n'est que lorsque j'ai commencé mon master au séminaire que j'ai appris les rudiments de l'écriture. Au cours de la première année, Linda Kaufman, une camarade qui est devenue par la suite une véritable amie, m'a prise à part pour m'enseigner des compétences que j'ai vu mes propres enfants maîtriser en quatrième. Linda a été la première à m'expliquer comment aborder un corpus d'informations, organiser mes pensées, écrire un premier jet et le réviser à plusieurs reprises. Avec son aide, j'ai écrit quatre devoirs de dix pages en un semestre. J'avais l'impression de vivre un miracle.

Pourtant, les dés étaient déjà jetés, en raison de ma scolarité peu rigoureuse. Aujourd'hui encore, ma culture générale est lacunaire, et j'ai des faiblesses dans ma façon d'aborder une tâche, académique ou non. J'ai appris à persévérer avec détermination, mais je me repose encore sur la partie intuitive de mon cerveau, sur laquelle j'ai compté toute ma vie. C'est un processus décousu, qui prend bien plus de temps que le résultat final ne le suggère, mais, contrairement à ce qui se passait quand j'étais enfant ou adolescente, je sais désormais persévérer quand les choses deviennent difficiles.

Les leçons qui m'ont appris persévérer en matière de *leadership* ont découlé de l'appel à devenir rectrice de St John, à Minneapolis. À trente-trois ans, je n'arrivais pas à y croire – pas simplement parce qu'il fallait absolument que je parte de l'église de Toledo, mais parce que St John était la paroisse de mes rêves : une communauté pleine d'énergie, de joie et de passion pour la justice. Pour notre famille, emménager à Minneapolis était un acte de foi, particulièrement pour Paul, qui a dû démissionner d'un poste d'enseignant qu'il adorait. « Des paroisses comme St John ne se présentent pas tous les quatre matins. Tu dois dire oui », a-t-il déclaré en renonçant à sa carrière au profit de la mienne.

Puis la paroisse de mes rêves est devenue un combat de tous les instants. Certes, ses membres avaient du cran, beaucoup de volonté, ils étaient fiers de s'ouvrir aux autres, comme du parcours accompli depuis sa quasi-fermeture jusqu'à devenir une congrégation privilégiée par les jeunes adultes et les familles qui élèvent des enfants. Mais il ne m'a pas fallu longtemps pour saisir que l'infrastructure dont dépendait la vie de la communauté était bien plus fragile que ce que quiconque pensait. Les projets dont la paroisse était le plus fière étaient portés par une poignée d'individus. Il y avait un conflit au sein de la direction dont personne ne voulait parler, et, alors qu'un changement de génération était sur le point de se produire, une génération clé manquait à l'appel en raison du virage drastique que l'église avait pris vingt ans plus tôt. Le bâtiment était vétuste, particulièrement les parties réservées à l'éducation des enfants, et l'orgue à tuyaux que la congrégation avait payé à prix d'or quelques années auparavant était en fin de vie. D'autres gros problèmes de maintenance s'annonçaient, et le budget annuel était serré.

Ainsi, mon ministère ne serait ni audacieux ni prophétique, comme je l'avais imaginé, mais plutôt caractérisé par la tâche invisible consistant à gérer une petite institution en difficulté. Et la congrégation n'a pas réagi avec moi comme je m'attendais à ce qu'elle le fasse. Ils étaient fiers d'avoir décidé d'appeler une femme mère de deux jeunes enfants à devenir leur prêtre, mais peu de ceux qui détenaient l'autorité étaient disposés à me laisser diriger. La plupart de mes premières suggestions ont été ignorées.

J'ai connu quelques moments décisifs à St John pendant ces années-là, mais ils furent rares. La plupart du temps, je consacrais mes efforts à bâtir la confiance en adoptant un ton inclusif dans le culte, en réparant une fuite dans la toiture, en recrutant des bénévoles, en faisant chaque semaine de mon mieux pour inspirer les fidèles en chaire, en commettant des erreurs dont je tirais les leçons, et en recommençant. Au début, j'avais toutes les peines du monde à rester calme et concentrée quand les choses ne se passaient pas comme je l'avais espéré. En outre, Paul rencontrait des difficultés pour trouver un emploi stable. Je voyais tout le mal qu'il se donnait, et je craignais que le prix que je lui avais demandé de payer pour mes rêves soit trop élevé. La force avec laquelle je me sentais appelée à réaliser ce travail et le sentiment indéfectible de Paul que les choses allaient s'arranger ont été mes seuls moteurs pendant toutes ces journées où je me sentais submergée.

Je n'étais à St John que depuis quatre mois quand nous avons terminé de récolter les engagements financiers nécessaires pour établir le budget de la paroisse pour l'année suivante. La réponse de la congrégation à notre demande de soutien avait été décevante, et nous étions bien loin de réunir les ressources nécessaires pour couvrir nos dépenses, y compris mon salaire. S'il s'agissait d'un référendum sur mon *leadership*, son verdict était que j'avais échoué.

Essayant de ne pas paniquer, j'ai contacté Howard Anderson, un collaborateur de l'évêque qui s'occupait des projets de levées de fonds. « Prenez tous vos documents et passez à mon bureau », m'a-t-il répondu. Nous sommes restés plusieurs heures autour d'une table tandis qu'il m'aidait à élaborer une stratégie sur mesure pour chaque foyer de la congrégation dont nous n'avions pas encore reçu l'engagement. Howard m'a appris que trouver de l'argent est essentiel à l'épanouissement de la communauté, aussi gênant soit-il d'en demander. « L'argent évoque toute sorte d'anxiété, m'a-t-il affirmé. Quand les gens ne répondent pas à vos sollicitations financières, ne le prenez pas personnellement. Parler d'argent et lever des fonds, cela fait partie de votre travail. Si vous vous y astreignez régulièrement, dans la transparence, en rendant des comptes et avec une vision pour votre ministère, vous vous en sortirez très bien. »

Dans ces moments comme dans d'autres du même type, j'ai appris que la persévérance dans le *leadership* exigeait que je me retrousse les manches et que je m'attelle précisément à la tâche qui me rebutait. Chaque année, je redoutais la campagne de levée de fonds, mais je faisais de mon mieux pour que nous disposions de ressources qui nous permettent d'effectuer correctement notre ministère. Les campagnes extraordinaires, comme celle où nous avons dû réunir une somme importante pour rénover le bâtiment vieux d'un siècle, étaient encore plus difficiles.

De même que dans le monde universitaire, la persévérance dans le *leadership* n'est pas simplement une question d'efforts ; il faut aussi maîtriser des matières, des cadres théoriques et des corpus d'informations. J'avais déjà une certaine notion de cela en partant de Toledo. Pendant toutes ces années, tandis que j'apprenais à gérer les commentaires inappropriés et parfois mal intentionnés de mon ancien patron, j'avais remarqué à quel point son humeur caustique et son comportement erratique se propageaient dans l'ensemble de la congrégation, même parmi ceux que ses actes les plus choquants ne concernaient pas. J'ai fini par saisir que les dommages subis par la communauté étaient bien plus graves que son comportement avec moi, car celle-ci était prise en otage par son *leadership* peu inspiré et, à l'instar d'un parent alcoolique dans une famille, mon ancien patron exerçait un contrôle excessif sur le sentiment de bien-être émotionnel de sa congrégation.

À la suggestion d'un ami, j'ai lu le livre du rabbin Edwin Friedman sur le *leadership* d'une congrégation intitulé *Generation to Generation: Family Process in Church and Synagogue* (D'une génération à l'autre : le processus familial à l'église et dans la synagogue). Ce fut une révélation. Dans le deuxième chapitre, je suis tombée sur un passage décrivant les effets négatifs du secret qui m'a coupé le souffle :

> *Du point de vue de la communication, les secrets de famille sont comme les plaques dans les artères [...]. Ils créent des goulets d'étranglement inutiles et de faux compagnonnages. Les secrets déforment nos perceptions ; les membres de la famille sont perturbés ou induits en erreur par l'information qu'ils ont reçue, car ils ne voient qu'une partie du tableau. L'effet le plus important des secrets est qu'ils exacerbent d'autres problèmes sans lien avec leur contenu, parce qu'ils fonctionnent en préservant un fort degré d'anxiété*[8].

Friedman brossait le portrait de la Trinity Church. Je ne savais pas quels étaient nos secrets, mais les preuves de leur existence étaient partout. Je savais aussi que j'avais besoin d'aide. J'ai pris mon courage à deux mains, et j'ai appelé Friedman pour lui demander si je pouvais m'inscrire à l'un de ses séminaires destinés au clergé. Il n'y était pas très favorable, car les groupes avaient déjà été constitués, et m'a suggéré de postuler l'année suivante. J'ai insisté : « Y a-t-il un moyen pour que je commence avant ? » Il s'est tu pendant quelques instants, puis m'a demandé d'un ton légèrement irrité si j'avais lu son livre. « Je suis en train de le lire. » « Et vous le comprenez ? » m'a-t-il demandé. « Oui », ai-je menti. Un mois plus tard, je me suis retrouvée en chemin vers Bethesda, pour un voyage que j'allais faire deux fois par an pendant la décennie suivante.

De même qu'à toute une génération d'hommes et de femmes d'Église, le rabbin Friedman m'a enseigné un cadre théorique qui permet de façonner un dirigeant sain, productif et intégré. Selon lui, ce n'était pas simplement une façon de vivre désirable, mais un élément essentiel à la santé de notre communauté, parce qu'une collectivité ne peut se hisser qu'au niveau de santé et de maturité de ceux qui la dirigent. Préserver une telle vie requiert un travail constant de remise en question personnelle et d'autorégulation vis-à-vis des relations dans trois domaines : votre famille d'origine, votre famille actuelle et les dynamiques à l'œuvre dans la congrégation que vous servez. Mais ce n'est pas tout, car ces trois sphères sont interconnectées, et des problèmes non résolus dans l'une peuvent provoquer des symptômes dans une autre. Cette prise de conscience a été suffisante pour que je reste en relation avec mon père et deux belles-mères, alors qu'il m'aurait été plus facile de m'éloigner et de travailler avec Paul aux tâches quotidiennes que requiert une bonne parentalité, lesquelles n'entraient pas en conflit avec mon travail, mais en étaient partie intégrante.

Au sujet de mon épreuve en tant qu'assistante de Walter Sobol, Friedman s'est montré direct : « Partez de là au plus vite, m'a-t-il enjoint. À ce poste, vous pouvez juste faire obstacle à ce qui doit se produire entre la congrégation et son dirigeant. » Je ne voulais pas le croire, mais il est rapidement devenu évident qu'il avait raison. Dès que j'ai annoncé mon départ de Trinity Church, les dirigeants laïcs ont pris les choses en main.

À Minneapolis, j'ai fait de mon mieux pour vivre et diriger selon les principes que Friedman m'avait enseignés. Lui et les membres de son corps professoral m'avaient encouragée à me construire un répertoire de spécialités afin d'être en mesure, par exemple, de gérer un conflit directement ou indirectement selon la situation. Ils m'ont incitée à diriger dans la transparence, à reconnaître ce que j'ignorais sans jamais feindre la faiblesse pour que les autres se sentent plus forts. Ils m'ont donné des outils pratiques pour faire retomber l'anxiété, gérer les résistances et apprendre de ceux qui ne sont pas d'accord avec moi. J'ai échoué aussi souvent que j'ai réussi dans les actions que j'ai entreprises, mais, dans un cas comme dans l'autre, j'ai appris à persévérer.

Friedman pensait aussi qu'une caractéristique essentielle du *leadership* est d'avoir un esprit aventureux. « L'endroit le plus sûr pour un navire, c'est le port, disait-il souvent. Mais ce n'est pas pour cela que l'on construit des bateaux. » La persévérance est tout aussi cruciale. Il aimait bien nous répéter qu'aucun d'entre nous n'avait contribué de façon significative à l'évolution de notre espèce en travaillant quarante heures par semaine. Une autre caractéristique est la résilience. Comme le dit le proverbe, nous rappelait Friedman en souriant : « Aucune bonne action ne demeure impunie[9]. »

En apprenant la mort prématurée de Friedman en 1996, j'ai pleuré dans les bras de Paul. Comment allais-je pouvoir continuer en l'absence de ce pilier dans ma vie ? Peu après, cependant, j'ai éprouvé une sensation que je ne peux qualifier que de bénédiction, comme si l'esprit de Friedman m'assurait que, si je restais dans la posture d'une étudiante en *leadership*, je m'en sortirais très bien.

Dans *A Failure of Nerve: Leadership in the Age of the Quick Fix* (Un manque de cran : le *leadership* à l'ère de la solution miracle), publié à titre posthume, Friedman écrit :

> *Un meneur est quelqu'un qui connaît clairement ses objectifs dans la vie, donc quelqu'un qui aura moins tendance à s'égarer dans le processus émotionnel dans lequel il est plongé. Un meneur est une personne qui peut rester à l'écart tout en étant connectée, et qui parvient à maintenir une présence évolutive, non anxiogène et parfois exigeante. Un meneur peut gérer sa propre réactivité en fonction de la réactivité spontanée des autres, et donc être capable de prendre position, au risque de déplaire. Ce n'est pas comme si certains étaient en mesure de le faire et d'autres pas. Personne n'accomplit cela facilement, et la plupart des meneurs, comme je l'ai appris, peuvent bonifier leurs compétences*[10].

Friedman affirmait régulièrement que le talent pour le *leadership* est utile à tous, des parents aux présidents, parce qu'il nous permet de bien gérer les domaines d'autorité qu'on nous confie et de créer un environnement où d'autres peuvent s'épanouir. C'est le socle des relations saines et des sociétés démocratiques. Améliorer notre capacité à diriger, où que nous nous trouvions, est une quête qui dure toute la vie. Si nous gardons le cœur et l'esprit ouverts, nous pouvons apprendre de tout le monde, et quand nous embrassons le *leadership* qui est le nôtre, toutes les personnes de notre entourage en bénéficient.

J'ai poursuivi mes études avec les collaborateurs de Friedman pendant quelques années supplémentaires, jusqu'à ce que je me rende compte qu'il fallait que je complète leur enseignement par d'autres compétences. J'étais en relation avec un groupe de dirigeants du diocèse du Minnesota désireux de s'attaquer au problème du déclin abrupt des effectifs et de la fréquentation dans toutes nos congrégations. Ensemble, nous avons commencé à étudier les modèles de *leadership* des Églises évangéliques, en croissance rapide dans le Minnesota comme dans le reste du pays. J'ai assisté à des séminaires conduits par d'éminents dirigeants chrétiens, qui m'ont enseigné des stratégies convaincantes à appliquer dans ma propre Église. J'ai été chaleureusement accueillie par des personnes dont j'avais supposé, étant donné nos positions respectives dans la guerre culturelle, qu'elles n'auraient que du mépris pour une évêque d'une petite Église du protestantisme historique. Leur enseignement m'a guidée vers d'autres sources, tant religieuses que laïques, et amenée à suivre un cursus sur le *leadership* des congrégations qui s'est achevé avec mon doctorat en ministère en 2008.

Ma compréhension de la façon dont il convient de diriger une communauté confrontée à des changements systémiques – le test ultime de la persévérance – doit beaucoup à la théorie de diffusion de l'innovation, reprise du livre révolutionnaire que le sociologue Everett M. Rogers a publié en 1961. Cette théorie explique comment, pourquoi et à quelle vitesse un vaste groupe de personnes en vient à accepter de nouvelles idées. Elle propose une stratégie pour s'engager et un moyen de surmonter la résistance naturelle des êtres humains face au changement.

Rogers a étudié la diffusion de l'innovation dans de multiples domaines, dont l'introduction des semences hybrides de maïs chez les fermiers de l'Iowa, les pratiques d'hygiène de base dans les villages ruraux au Pérou, l'usage des ceintures de sécurité dans les voitures et le vote de lois contre le tabagisme aux États-Unis. Il en est venu à voir dans la diffusion un processus complexe, au cours duquel une innovation est transmise à un groupe ou à une institution, puis lentement adoptée par ses membres au fil du temps, suivant des étapes qu'il précise [11]. « Pour un individu, la décision n'est pas un acte instantané, écrit-il, mais plutôt un processus qui s'étale dans le temps et qui consiste en un nombre d'actions différentes [12]. » Rogers souligne la nécessité des étapes de décision et d'adoption du changement, qui commencent lorsqu'un individu ou un groupe est exposé pour la première fois à une idée et s'achèvent quand celle-ci est acceptée à grande échelle. Bien qu'en théorie cette évolution soit linéaire, en pratique, elle n'est guère fluide, et dans un premier temps l'innovation rencontre une résistance féroce. Cette contestation initiale fait cependant l'objet d'une amnésie collective dès lors que l'innovation entre dans la norme, et surtout parmi ceux qui se sont furieusement battus pour empêcher son adoption ! L'issue n'est jamais certaine, mais, lorsqu'un changement systémique se produit, c'est parce que toutes les étapes du processus d'évolution ont déjà été franchies [13].

Rogers décrit les différentes façons dont les gens se positionnent par rapport à une innovation en fonction de leur relation avec un changement proposé dans le cadre du système social et de leur niveau de confort personnel. On trouve, entre autres, les archétypes suivants :

1. *Les innovateurs*, qui adorent l'innovation et le changement. Ils jouent un rôle essentiel dans la diffusion de la nouvelle idée dans le système.
2. *Les précurseurs*, qui sont plus intégrés au système local que les innovateurs et qui peuvent influencer les autres. Respectés de leurs pairs, ils dissipent l'incertitude générale entourant une nouvelle idée lorsqu'ils l'adoptent.
3. *La majorité précoce*, qui n'assimile une nouvelle idée qu'à la suite des précurseurs. Leur position entre ces derniers et les retardataires fait d'eux un lien important dans le processus.
4. *La majorité tardive*, qui adopte les nouvelles idées avec réticence et considère toute innovation avec scepticisme. Ses membres sont principalement influencés par la pression de leurs pairs et les effets d'inertie.
5. *Les retardataires*, les derniers à venir, si tant est qu'ils le fassent. Leur résistance est forte et tapageuse, mais, en fin de compte, ils ne sont pas en mesure de convaincre les autres de rejeter le changement. Certains retardataires choisiront de quitter la communauté ou le groupe plutôt que de s'adapter à la nouvelle réalité.

Pour exercer un *leadership* fructueux, il faut évaluer avec précision où en sont les gens dans ce continuum et s'efforcer en permanence d'entretenir la dynamique grâce aux relations et à la confiance, car chaque catégorie joue un rôle clé dans le processus de diffusion. Les innovateurs sont cruciaux, bien sûr, mais, sans le soutien des précurseurs, leur vision ne pourra pas s'enraciner. De fait, on constate souvent que les innovateurs s'en vont quand leurs idées ne sont pas adoptées assez rapidement, parce que leur véritable engagement, c'est leur vision, pas le groupe. Le rôle des précurseurs consiste à tester judicieusement ce que les innovateurs proposent, car ce n'est que lorsqu'ils trouveront l'idée digne de confiance qu'ils persuaderont les autres de l'accepter à leur tour [14].

La balance se met à pencher du côté de l'innovation quand la majorité précoce accorde son soutien. Dans son bestseller *The Tipping Point: How Little Things Can Make a Big Difference*, (Le Point de bascule : comment faire une grande différence avec de très petites choses), l'auteur Malcolm Gladwell a introduit dans la culture populaire les idées de seuil et de masse critique [15]. Près du point de bascule, quelques personnes de plus peuvent subitement faire une énorme différence, et le taux d'adoption monte alors en flèche [16]. Jim Collins, l'auteur spécialisé dans le monde de l'entreprise, décrit le même phénomène dans le chapitre intitulé « Construction et percée » de son livre *Good to Great: Why Some Companies Make the Leap... and Other's Don't* (De la performance à l'excellence : devenir une entreprise leader) [17]. Lors d'un moment qui peut paraître magique, le travail difficile et constant pour réaliser l'objectif désiré nous fait franchir un seuil, et l'effort qui hier encore n'avait que peu d'effets produit à présent de fantastiques résultats.

Ce moment revêt aussi une dimension mystique et spirituelle qui, pour des dirigeants religieux comme moi, semble manifester la puissance du Saint-Esprit. Car, lorsque nous atteignons ce que l'apôtre Paul appelait le « temps favorable[18] » ou que les philosophes grecs désignaient par le Terme *kairos* (« moment opportun »), les événements s'enchaînent avec aisance et d'une façon qui semble *a posteriori* inéluctable. Cependant, ces moments sont construits sur des milliers d'autres passés à accomplir un labeur invisible.

Apprendre la théorie de la diffusion de l'innovation a validé mon expérience naissante, mais aussi totalement changé la donne dans mon *leadership*. C'est une approche très logique qui fournit une feuille de route pour guider une communauté à travers le processus du changement, qu'il s'agisse d'une petite congrégation souhaitant lancer une campagne de financement ou du diocèse de Washington désireux de développer une stratégie et une méthodologie pour reconnaître et accepter son passé raciste. Elle peut aussi guider une société dans son ensemble, alors que nous sommes aux prises avec des réalités qui nous submergent, comme la violence par armes à feu ou le changement climatique. Il ne suffit pas d'avoir raison ni de continuer à effectuer les mêmes actions en espérant que les choses évoluent. L'espoir, comme on dit, n'est pas une stratégie. Le *leadership* requiert un travail long et constant de construction du pouvoir fondé sur les relations afin d'être le plus efficace possible au moment de franchir le seuil. Rogers écrit dans l'*incipit* de son livre : « Faire adopter une nouvelle idée, même quand elle présente des avantages évidents, est difficile [19]. »

La persévérance recèle aussi une composante de courage, que Jésus a soulignée dans l'enseignement de la prière à ses disciples. Il le pratiquait en racontant des histoires, comme celle de l'homme qui frappait sans arrêt à la porte de l'un de ses amis pour demander du pain ou celle de la veuve qui harcelait un juge pour réclamer la justice à laquelle elle avait droit. Ces personnages n'étaient pas des saints – comme s'il fallait souligner qu'à première vue il n'y a rien d'admirable dans la persévérance –, ils affichaient simplement de l'endurance et de la ténacité. D'après l'Évangile de Luc, Jésus a énoncé ces paraboles pour encourager ses disciples à prier continuellement et à « ne point se relâcher [20] ». Il savait que la vie peut être difficile et que les déceptions sont réelles. Tout comme les premiers disciples de Jésus, nous nous sentirons parfois découragés, mais la persévérance nous aidera à continuer d'avancer en attendant notre second souffle, à puiser l'énergie en nous-mêmes et à en tirer de la force, même quand les résultats de nos efforts seront peu visibles.

Néanmoins, faire de notre mieux ne nous sera guère plus utile dans la prière que dans d'autres domaines de la vie si cette approche n'est pas en tout temps assortie d'une ouverture d'esprit et de la volonté d'acquérir certaines compétences basiques.

Sans ces dernières, la persévérance dans la prière peut mal tourner, nous conduire sur le chemin de la pensée magique et nous pousser à confondre nos désirs avec ceux de Dieu. Pour reprendre les mots du regretté Peter Gomes, chapelain à Harvard, nous sommes en proie à une « version fausse et hypocrite de la foi chrétienne qui suggère que notre foi et nos prières vont nous épargner les fardeaux de l'existence[21] ». Ainsi, la persévérance dans la prière ne consiste pas simplement à en réciter davantage, mais aussi à permettre à nos cœurs de croître sous l'effet des épreuves et des combats de la vie, de telle sorte que notre aptitude à aimer et à pardonner se développe de pair avec ce que nous acceptons d'endurer au nom de l'amour. Dans un sermon qu'il a prêché à Harvard, « Troubles externes, force intérieure », Gomes a raconté l'histoire d'Ernest Gordon, chapelain de l'université de Princeton et auteur à succès d'un essai sur ses trois années de captivité dans un camp de prisonniers japonais, dont deux films ont été tirés : *Le Pont de la rivière Kwaï* (1957) et *Chungkai, le camp des survivants* (2001). Gomes a expliqué qu'au début, Gordon et ses camarades étaient très religieux : « Ils lisaient leur bible, priaient, chantaient des hymnes et témoignaient de leur foi, espérant et estimant que, grâce à elle, Dieu allait les récompenser en les libérant ou en adoucissant leur captivité[22]. » Leurs souffrances se sont éternisées, plusieurs sont morts, et Dieu ne les a pas délivrés malgré les suppliques qu'ils lui avaient adressées. Désillusionnés et en colère – ce qu'on peut comprendre –, ils ont abandonné toutes les marques extérieures de piété et ne s'attendaient plus à ce que Dieu les sauve.

Mais quelque chose d'autre a évolué pour certains détenus tandis qu'ils répondaient aux besoins de leurs camarades, qu'ils s'en occupaient, qu'ils les protégeaient et qu'ils voyaient d'autres hommes sacrifier leur vie dans l'amour. Lentement, ils ont commencé à évoquer la présence de Dieu parmi eux. « Ce n'était pas une résurgence de la religion au sens conventionnel du terme, remarque Gomes, mais plutôt la découverte que la foi, ce n'était pas ce en quoi vous croyez, mais ce que vous faites pour les autres lorsqu'il semble qu'on ne peut rien faire du tout [23]. » La foi leur est revenue en conséquence de leur compassion, et, quand ils se sont appuyés sur le fait que Dieu les accompagnait dans leur souffrance, leur aptitude à la compassion s'est accrue.

Je me demande si Dieu a besoin que nous persévérions dans la prière simplement parce que la plupart des choses pour lesquelles nous prions prennent beaucoup de temps à se réaliser. Nous prions pour notre guérison et celle de ceux que nous aimons en sachant que, la plupart du temps, c'est un lent processus. Nous prions pour la paix au sein de notre famille ou de l'humanité tout en sachant que la paix n'est pas facile à atteindre et qu'elle a souvent un prix terriblement élevé. Nous prions pour la justice, conscients qu'elle est toujours difficile à obtenir et que cela peut prendre des générations.

C'est le théologien américain Reinhold Niebuhr qui a écrit les paroles de ce que nous appelons aujourd'hui la Prière de la Sérénité : « Seigneur, accorde-moi la sérénité d'accepter les choses que je ne peux pas changer, le courage de changer celles qui peuvent l'être et la sagesse de saisir la différence. » Niebuhr était un homme extraordinairement persévérant. Les hommes d'Église de sa génération ont commencé leur ministère dans la tourmente des années 1920 en luttant pour les droits des ouvriers pendant une ère de cupidité galopante et de mépris des pauvres. Il a traversé la Grande Dépression et a dénoncé la complaisance du monde face à la montée au pouvoir d'Hitler. Il a continué d'écrire, d'enseigner et de prêcher pendant les années 1960, jusqu'à ce qu'une séric d'accidents vasculaires cérébraux l'affaiblissent. Il était sans conteste l'un des théologiens les plus influents du milieu du XXe siècle, même s'il a vécu assez longtemps pour voir son influence s'estomper.

Dans un livre célébrant son père et ses associés, Elisabeth Sifton écrit : « Ils avaient à la fois des esprits supérieurs et des cœurs sérieux et engagés. Ils travaillaient tellement dur. Ils étaient si aimants. Et en fin de compte, leurs efforts étaient éclairés par la prise de conscience humble qu'il n'est pas en notre pouvoir, à nous humains, de comprendre le décompte final [24]. » Elle conclut par la citation de Niebuhr que je préfère, un appel à la persévérance :

> *Rien de ce qui vaut la peine ne peut être accompli au cours d'une seule vie ; nous devons donc trouver le salut dans l'espoir. Rien de ce qui est vrai, beau ou bon ne fait pleinement sens dans le contexte immédiat de l'Histoire, quel que soit ce dernier ; nous devons donc*

> *trouver le salut dans la foi. Rien de ce que nous réalisons, aussi vertueux que soient nos actes, ne peut être accompli tout seul ; nous sommes donc sauvés par l'amour*[25].

Intellectuellement, nous avons peut-être conscience que nos moments les plus décisifs sont précédés d'innombrables petites décisions invisibles aux autres. Mais il est facile de perdre de vue cette vérité tandis que nous trimons pendant ces périodes de préparation, d'essais et d'erreurs, en acquérant des compétences et en formant notre caractère. La persévérance est ce qui nous permet d'avancer quand les journées sont ordinaires.

Dans le dernier livre qu'elle a écrit avant sa mort prématurée, l'autrice chrétienne Rachel Held Evans a dénoncé la tendance des théologiens chrétiens à se focaliser sur la mort sacrificielle de Jésus, comme si c'était l'unique raison d'être de la vie, en réduisant l'Évangile à une transaction portant sur les péchés du monde :

> *Jésus n'est pas simplement « venu pour mourir ». Jésus est venu vivre, et enseigner, soigner, raconter des histoires, renverser des tables, toucher des gens censés être intouchables et partager le repas de ceux avec qui l'on n'était pas censé manger. Rompre le pain, verser le vin, laver des pieds, affronter la tentation, morigéner les autorités, accomplir les Écritures, annoncer l'avènement d'un tout nouveau royaume, nous montrer à quoi ce royaume ressemble, nous montrer à quoi Dieu ressemble, aimer ses ennemis au point de mourir sous leurs coups et vaincre la mort en se relevant de la tombe*[26].

Jésus portait sa croix chaque jour, et nous devons faire de même. Nos actes de foi quotidiens et notre persévérance s'inscrivent dans un spectre plus large de courage et de résilience à travers lequel la puissance et la grâce de Dieu sont à l'œuvre. Les histoires que nous racontons et les moments dont nous nous souvenons concernent peut-être les moments décisifs, mais ce qui compte le plus, c'est comment ces moments se traduisent dans notre façon de vivre à chaque instant.

Je conclurai par une dernière histoire, celle de Rachel Naomi Remen. Quand elle avait cinq ans, elle habitait avec ses parents dans un petit appartement à New York. Son grand-père y passait souvent, avec des cadeaux.

Un jour, il s'est présenté avec un petit gobelet en carton. Naomi a regardé ce qu'il contenait en espérant y trouver une friandise, mais il n'y avait qu'un peu de terre. Son grand-père a souri en voyant la déception sur son visage, puis il l'a emmenée dans la cuisine et a placé le gobelet sur le rebord de la fenêtre. « Si tu me promets de mettre un petit peu d'eau dedans tous les jours, il se passera peut-être quelque chose de très spécial », lui a-t-il dit. Elle ne comprenait pas les raisons de tout cela, mais elle a promis à son grand-père qu'elle le ferait, et elle l'a fait.

Au début, écrit-elle, c'était facile d'accomplir cette corvée quotidienne, parce qu'elle était curieuse de voir ce qui allait se passer. Mais, au fur et à mesure que les jours défilaient sans que rien ne change, s'en souvenir devenait plus difficile. Quand son grand-père est revenu la semaine suivante, elle lui a demandé s'il était temps d'arrêter. Il a répondu non. La deuxième semaine, elle était en colère et frustrée. Lorsque son grand-père est passé, elle a voulu lui rendre le gobelet, mais il a refusé de le reprendre : « Tous les jours, Rachel, un petit peu d'eau. » La troisième semaine, elle ne s'en souvenait que le soir, après s'être glissée dans son lit. Par respect pour son grand-père, elle se relevait et accomplissait sa corvée.

Un matin, deux petites feuilles vertes qui n'étaient pas là la veille avaient surgi de la terre. Rachel était abasourdie. Jour après jour, les feuilles grandissaient. Elle était impatiente de montrer ça à son grand-père, dont elle pensait qu'il serait aussi stupéfait qu'elle. Mais en fait, il lui a expliqué que la vie est partout, et que les bénédictions sont partout, cachées dans les endroits les plus ordinaires et les plus improbables. « Et elle a juste besoin d'un peu d'eau, grand-père ? » a demandé Rachel. « Non. Elle a simplement besoin de ta fidélité [27]. »

Persévérer dans la fidélité est le plus beau cadeau que nous puissions offrir à ce monde. Les moments les plus influents de nos vies et de l'histoire humaine dépendent bien plus que nous n'en avons conscience de notre fidélité aux petites choses, quand nous nous levons chaque jour, comme Rachel, pour mettre un peu d'eau dans notre gobelet.

Épilogue

« Le brave n'est pas celui qui ne sent pas la peur,
mais celui qui la conquiert. »

Nelson Mandela [1]

Aujourd'hui encore, des gens m'abordent au supermarché, dans des conférences paroissiales ou quand je me promène dans mon quartier pour me parler du jour où le président Donald Trump a brandi une bible devant l'église St John. Chaque fois qu'on me présente lors d'une manifestation publique, ma réaction à ses actes est mentionnée, comme s'il s'agissait de l'événement le plus remarquable de mon ministère depuis mon ordination. Dans ces pages, j'ai voulu resituer les faits du 1er juin 2020 dans un contexte plus large, en explorant comment nous apprenons le courage tout au long de notre vie et dans tous les domaines, surtout quand les décisions courageuses que nous prenons sont connues de Dieu seul

À présent que je suis dans ma septième décennie, je pense beaucoup à la façon d'exprimer les défis de notre temps avec honnêteté, mais sans abattement, en évaluant lucidement les problèmes que nous devons affronter, mais en plaçant de véritables espoirs dans notre avenir en tant que nation et en tant qu'espèce. Ce n'est pas facile, car les divisions n'ont fait que s'accroître aux États-Unis depuis que le président Trump a quitté le bureau ovale en janvier 2021. Parallèlement, sur la scène internationale, de nombreux pays sont en guerre, des migrations à grande échelle ont lieu sur tous les continents, et une crise écologique met en péril l'avenir de toute l'humanité.

Je puise en permanence de l'espoir et de la force dans les récits historiques d'hommes et de femmes qui ont relevé les défis de leur temps avec cran et avec grâce, dans les histoires intemporelles de nos traditions littéraires et spirituelles qui, pour nous tous, incarnent le courage, dans les personnes de mon entourage dont j'admire la bravoure et l'amour sacrificiel, et dans toutes ces fois où je me suis sentie appelée à faire ce qui paraissait impossible sur le moment. Parfois, j'ai réussi ; souvent, j'ai échoué. Mais il semble que, dans ces occasions-là, ce qui compte le plus, c'est se lever et présenter notre offrande, même si elle est imparfaite, et que nous le sommes aussi.

Je suis tout aussi inspirée par la génération montante de dirigeants, à qui l'avenir appartient. En allant à l'église un dimanche matin, j'ai écouté la fin d'un podcast : une conversation entre Krista Tippett, la présentatrice de *On Being*, et Ayana Elizabeth

Johnson, une biologiste marine qui travaille aux façons de gérer la crise du changement climatique. Johnson est l'éditrice de l'anthologie *All We Can Save: Truth, Courage and Solutions for the Climate Crisis* (Tout ce que nous pouvons sauver : vérité, courage et solutions pour la crise climatique), cocréatrice du podcast *How to Save a Planet* et cofondatrice du All We Can Save Project.

À lire ces titres, vous pourriez supposer que Johnson est une personne naturellement optimiste, mais elle se décrit plutôt comme une pragmatique qui abat beaucoup de travail. « Je ne suis pas très fan de l'espoir comme principe conducteur, parce qu'il suppose que le dénouement sera positif, ce qui n'est pas acquis, déclare-t-elle. Mais je suis totalement éblouie par la quantité de possibilités qui s'offrent à nous [2]. »

Mon cœur a fait un bond quand Johnson a parlé de la possibilité de bien faire les choses, en précisant que nous disposons déjà de beaucoup d'outils permettant de s'attaquer au changement climatique et à d'autres problèmes environnementaux. « Il faut simplement que nous le fassions », affirme-t-elle. Alors, je me suis demandé : dans quels autres domaines de notre vie est-il également vrai que nous avons les solutions nécessaires sous la main ?

La manière dont Johnson rejette un espoir simpliste basé sur des vœux pieux est, de fait, très proche de la façon chrétienne de comprendre l'espoir : la capacité d'affronter la réalité, aussi difficile qu'elle soit, et de néanmoins chercher quel bien on peut en tirer. En tant que croyante, j'ose affirmer que Dieu est à l'œuvre dans les réalités les plus éprouvantes de nos vies, et qu'à travers la grâce et l'acceptation, nous nous joignons à Dieu dans le travail sacré de transformation du monde. J'ai beau savoir que Dieu ne peut pas nous épargner les conséquences de nos actes, je m'accroche à la promesse qu'il sera toujours à nos côtés, jusqu'à la fin des temps. En outre, je crois que Dieu nous appelle à travailler ensemble dans des coalitions de fidèles pour la promesse de temps meilleurs, comme l'a affirmé l'évêque Barber. Seuls, nous ne pouvons rien accomplir qui vaille la peine. Néanmoins, il est important que nous accomplissions notre part de travail.

« Le moment présent requiert de nombreux leaders, a déclaré Johnson, parce que nous avons besoin de transformations dans chaque communauté, dans chaque secteur de l'économie, dans chaque écosystème, grâce aux centaines de solutions dont nous disposons [...] La question est de savoir comment nous construisons un avenir dans lequel nous avons envie de vivre, où il y a une place pour nous et pour les personnes et les choses que nous aimons [3]. »

Dans tous les domaines de la vie, dans tous les pays du monde, il y a des personnes qui choisissent de s'engager activement pour créer l'avenir que Johnson croit encore possible. Leur fréquentation est inspirante, parce qu'elles sont elles-mêmes inspirées et motivées par l'amour. Mais elles ne sont pas dans une classe à part : nous pouvons nous joindre à elles et, de fait, nous le faisons bien plus souvent que nous n'en avons conscience.

Épilogue

*

J'ai écrit ce livre pour rendre hommage à la profondeur et à l'ampleur qui caractérisent le courage dans des moments décisifs, lorsque nous sommes appelés à débuter, à aller de par le monde et à nous lever devant les gens ou à rester sur place et à persévérer. Tout cela requiert de la bravoure. Comme l'écrit David Whyte :

> *Le courage est la mesure de notre implication dans la vie, envers une autre personne ou une communauté, dans un emploi, pour un avenir. Être courageux, ce n'est pas nécessairement aller quelque part ou faire quelque chose, mais rendre conscientes ces choses que nous ressentons déjà au fond de nous, puis vivre avec les interminables faiblesses qui en découlent. Être courageux, c'est rester proche de ce qui fait de nous ce que nous sommes*[4].

Je prie pour que, par la grâce, nous ayons tous l'audace de nous appuyer sur la sagesse, la force, le pouvoir et la grâce qui nous sont accordés chaque fois que nous vivons un moment décisif. Puissions-nous oser croire que nous serons où nous sommes censés être quand ce moment viendra, que nous ferons le travail que nous avons à faire en étant pleinement présents dans nos vies. Car c'est dans ce travail que nous pouvons apprendre le courage.

Homélie : Un office de prière pour la nation

21 janvier 2025
Cathédrale nationale de Washington

La très révérende Mariann Edgar Budde

Jésus a dit : « C'est pourquoi, quiconque entend ces paroles que je dis et les met en pratique, sera semblable à un homme prudent qui a bâti sa maison sur le roc. La pluie est tombée, les torrents sont venus, les vents ont soufflé et se sont jetés contre cette maison : elle n'est point tombée, parce qu'elle était fondée sur le roc. Mais quiconque entend ces paroles que je dis, et ne les met pas en pratique, sera semblable à un homme insensé qui a bâti sa maison sur le sable. La pluie est tombée, les torrents sont venus, les vents ont soufflé et ont battu cette maison : elle est tombée, et sa ruine a été grande. » Après que Jésus eut achevé ces discours, la foule fut frappée de sa doctrine ; car il enseignait comme ayant autorité, et non pas comme leurs scribes.

Matthieu, 7, 24-29.

Comme de nombreuses personnes à travers tout le pays, nous nous sommes réunis ce matin afin de prier pour l'unité de notre nation – non pas pour un accord, politique ou autre, mais pour le type d'unité qui rassemble une communauté dans sa diversité et, par-delà les clivages, contribue au bien commun.

L'unité, dans cette acception, est une condition nécessaire pour que les gens vivent ensemble dans une société libre. Comme Jésus l'affirme, c'est le roc sur lequel on peut bâtir quelque chose – dans notre cas, une nation. L'unité, ce n'est pas la conformité. Ce n'est pas la victoire des uns sur les autres. Ce n'est ni de la politesse affichée par lassitude ni une passivité née de l'épuisement. L'unité n'est pas partisane.

L'unité, c'est plutôt une manière inclusive d'être ensemble dans le respect des différences, qui nous enseigne que les expériences et les points de vue multiples sont légitimes et dignes de respect. Elle nous permet de nous soucier véritablement les uns des autres au sein de nos communautés comme dans les sphères du pouvoir, même quand nous ne sommes pas d'accord. Dans notre pays, celles et ceux qui consacrent leur vie à aider leur prochain, ou les bénévoles qui prêtent main forte lors de catastrophes naturelles, souvent au prix de grands risques, ne demandent jamais aux victimes leur opinion sur tel ou tel problème ni pour qui elles ont voté lors des dernières élections. Nous donnons le meilleur de nous-mêmes quand nous suivons leur exemple.

L'unité est parfois sacrificielle, tout comme l'amour est sacrificiel : nous nous offrons pour le bien d'autrui. Jésus de Nazareth, dans son sermon sur la montagne, nous exhorte à aimer non seulement nos voisins, mais aussi nos ennemis, et à prier pour ceux qui nous persécutent ; à être miséricordieux, comme notre Dieu, et à pardonner aux autres comme Dieu nous pardonne. Jésus a tout fait pour accueillir ceux que son temps traitait en parias.

J'admets que, dans cette acception étendue, l'unité demeure un objectif ambitieux. C'est beaucoup demander à nos prières et à Dieu, mais cette requête est digne de ce que nous avons – ou pouvons avoir – de meilleur en nous. En revanche, nos prières ne nous seront guère utiles si nous agissons d'une façon qui exacerbe nos divisions et les exploite davantage. Les Écritures sont claires : Dieu ne se laisse jamais impressionner par les prières quand les actes les contredisent. Et Dieu ne nous épargne pas les conséquences de nos actes, car ils sont en définitive plus importants que les paroles de nos prières.

Aucune des personnes réunies aujourd'hui dans cette cathédrale ne pose un regard naïf sur les réalités de la politique. Tant que le pouvoir, l'argent et des intérêts antagonistes seront en jeu – alors que les points de vue sur le devenir des États-Unis sont conflictuels, que les avis tranchés couvrent un large éventail de possibilités et que les opinions concernant la marche à suivre sont radicalement opposées –, il y aura des vainqueurs et des perdants après que les scrutins ou les décisions engageant l'orientation des affaires publiques ou l'allocation de nos ressources auront parlé. Il va sans dire que, dans une démocratie, les aspirations et les rêves individuels ne seront pas nécessairement réalisés au cours d'une législature ou d'un mandat présidentiel, voire d'une génération. Les prières de chacun – pour ceux d'entre nous qui prient – ne recevront pas toutes la réponse que nous aurions souhaitée. Mais, pour certains, abandonner leurs espoirs et leurs rêves représentera bien davantage qu'une défaite politique – ils y perdront l'égalité, la dignité et leurs moyens de subsistance.

Une véritable unité entre nous est-elle néanmoins possible ? Et pourquoi devrions-nous nous en soucier ?

Eh bien, j'espère que nous nous en soucions, parce que la culture du mépris qui est devenue la norme dans notre pays menace de nous détruire [1]. Tous les jours, l'« industrie du scandale [2] », comme l'appellent désormais les sociologues, nous bombarde de messages en partie motivés par des forces extérieures qui ont tout intérêt à ce que les États-Unis se polarisent. Le mépris alimente aussi bien nos campagnes politiques que les réseaux sociaux, et beaucoup en tirent profit. Mais c'est une façon dangereuse de diriger un pays.

Je suis une femme de foi et, avec l'aide de Dieu, je crois que l'unité est possible dans cette nation. Pas une unité parfaite – parce que nous sommes des personnes imparfaites dans une union imparfaite –, mais suffisante pour que nous continuions d'adhérer aux idéaux des États-Unis d'Amérique et de travailler à leur mise en œuvre. Ces idéaux sont exprimés dans la Déclaration d'indépendance, laquelle affirme l'égalité et la dignité innée des êtres humains.

Nous avons raison de prier pour que Dieu nous assiste dans cette quête d'unité, parce que Son aide est nécessaire, mais seulement si nous sommes prêts à nous occuper des fondations dont notre unité dépend. À l'instar de Jésus qui nous invite à bâtir une maison de foi sur le roc de son enseignement et non pas sur du sable, ces fondations indispensables doivent être assez solides pour résister aux nombreuses tempêtes qui menacent notre unité.

Quelles sont ces fondations ? Nos traditions et nos textes sacrés me permettent d'en suggérer au moins trois.

La première est de rendre grâce à la dignité inhérente à tout être humain, qui est, selon l'ensemble des confessions représentées ici, un droit de naissance pour toutes les personnes en tant qu'enfants d'un Dieu unique. Dans le cadre du discours public, rendre grâce à la dignité de l'autre, c'est refuser de se moquer, de dédaigner ou dc diaboliser ceux qui ne sont pas comme nous, et de préférer un débat respectueux qui transcende nos différences. C'est chercher un terrain d'entente chaque fois que cela est possible. Et quand cela ne l'est pas, la dignité exige que nous demeurions fidèles à nos convictions sans mépriser les personnes qui en ont d'autres.

L'honnêteté, aussi bien en privé que dans le discours public, est la deuxième fondation de l'unité. Si nous n'avons pas la volonté d'être honnêtes, prier pour l'unité est inutile, parce que nos actes œuvrent à l'encontre de nos suppliques. Certains pourraient, l'espace d'un moment, éprouver un faux sentiment d'unité, mais pas l'unité plus large et plus solide qu'il nous faut pour affronter les défis qui nous attendent.

Certes, pour être franche, nous ne savons pas toujours où se trouve la vérité, et un nombre sidérant de forces travaillent aujourd'hui contre elle. Mais lorsque nous la connaissons, il nous incombe de la dire, même quand – et surtout quand – cela nous coûte.

La troisième fondation de l'unité est l'humilité, dont nous avons tous besoin, parce que nous sommes tous des êtres humains faillibles. Nous commettons des erreurs. Nous déclarons et nous faisons des choses que nous regrettons. Nous avons nos angles morts et nos préjugés, et c'est probablement lorsque nous sommes convaincus sans l'ombre d'un doute que nous avons *absolument raison* et que notre interlocuteur a *absolument tort* que nous sommes les plus dangereux pour nous-mêmes et pour autrui. Parce que, dans ce cas, nous ne sommes plus très loin d'affirmer que nous sommes le bien, et que les autres sont le mal.

La vérité, c'est que nous sommes tous des personnes capables du meilleur comme du pire. Alexandre Soljénitsyne a judicieusement observé que « la ligne de partage entre le bien et le mal ne sépare ni les États, ni les classes, ni les partis, mais qu'elle traverse le cœur de chaque homme et de toute l'humanité[3] ».

Plus nous prendrons conscience de cela, plus nous aurons de place en nous pour l'humilité et l'ouverture à autrui par-delà nos différences, parce qu'en réalité nous nous ressemblons davantage que nous ne le croyons, et nous avons besoin les uns des autres.

Il est relativement facile de prier pour l'unité dans des circonstances solennelles. C'est beaucoup plus difficile quand nous devons gérer de véritables divergences dans l'arène publique. Mais, sans unité, nous bâtissons la maison de notre pays sur le sable.

Avec un engagement en faveur de l'unité qui inclut la diversité et transcende les désaccords, un engagement construit sur les solides fondations de dignité, d'honnêteté et d'humilité que cette unité exige, nous pouvons jouer notre rôle et contribuer, dans notre temps, à l'accomplissement des idéaux et du rêve des États-Unis.

Permettez-moi de présenter une dernière requête, Monsieur le Président. Des millions de personnes ont placé leur confiance en vous. Comme vous l'avez déclaré hier à la nation, vous avez ressenti la main providentielle d'un Dieu plein d'amour. Au nom de notre Dieu, je vous adjure de prendre en pitié les personnes qui ont peur aujourd'hui dans notre pays. Il y a des enfants homosexuels et transgenres dans des familles de tout bord, qu'elles soient républicaines, démocrates ou indépendantes, et celles-ci craignent pour leur vie.

Quant aux personnes qui ramassent nos récoltes et s'occupent de l'entretien de nos bureaux, qui travaillent dans nos élevages de volailles et nos usines de conditionnement alimentaire, qui font la plonge dans les restaurants quand nous avons fini de manger et qui assurent les services de nuit dans les hôpitaux – ces personnes immigrées ne sont peut-être pas citoyennes de ce pays, elles n'ont peut-être pas les bons papiers, mais la grande majorité d'entre elles respecte la loi ; elles paient leurs impôts et vivent en bon voisinage. Elles fréquentent assidument nos églises, nos mosquées, nos synagogues, nos gurdwaras et nos temples.

Ayez pitié, Monsieur le Président, des membres de nos communautés dont les enfants craignent qu'on leur enlève leurs parents ; aidez ceux qui fuient les zones de guerres et les persécutions dans leur propre pays afin de trouver ici accueil et compassion. Notre Dieu nous enseigne que nous devons être miséricordieux avec l'étranger, car nous étions jadis étrangers sur cette terre.

Puisse Dieu nous accorder la force et le courage de rendre grâce à la dignité de chaque être humain, de dire la vérité dans l'amour et, avec notre Dieu, de cheminer humblement ensemble pour le bien de tous dans cette nation et dans le monde.

Remerciements

Ce livre n'aurait jamais vu le jour sans Jennifer Gates et Catharine Strong d'Aevitas Creative Management, qui m'ont contactée durant l'été 2020 et m'ont encouragée à me lancer. Chaleureusement et patiemment, elles m'ont guidée à travers le minutieux processus nécessaire pour transformer des idées en un plan, puis en une proposition de texte.

J'aimerais remercier Nina Shield, mon éditrice à Avery, pour sa sagesse, ses suggestions réfléchies et sa gentillesse. Merci aussi à Hannah Steigmeyer, qui a pris le relais quand Nina est partie en congé maternité et qui m'a aidée à poursuivre ma tâche. Ce fut un honneur de travailler avec elles et avec toute l'équipe d'Avery. En chemin, deux anges sont apparus sous la forme de Kem Meyer et Beth Graybile, de merveilleuses partenaires en matière de créativité et des femmes d'une foi profonde. Margaret Shannon est intervenue sur la fin pour contribuer à l'attribution des citations et à l'obtention des droits de reproduction. Elle aussi fut une bénédiction.

Un merci tout particulier à mon amie et collègue Kelly Brown Douglas, qui m'a suggéré d'évoquer Pauli Murray et Howard Thurman dans mon livre. Un soir, au cours d'un dîner où nous devions parler de Pauli, j'ai posé à Kelly des questions sur sa vie. En quelques minutes, j'ai su qu'il fallait aussi raconter son histoire.

Je ressens la même chose avec ceux dont j'ai fait de mon mieux pour décrire le courage. Certains étaient des inconnus, découverts pendant la rédaction de ce livre. D'autres m'accompagnent depuis des années. Toutes leurs histoires sont sacrées, et je prie en espérant leur avoir rendu justice.

Merci du fond du cœur à ma famille, mes amis et mes collègues, qui m'ont écoutée réfléchir à voix haute sur chaque chapitre en me donnant l'espace et le temps d'écrire. Vous êtes mon inspiration et ma joie.

Tous les dimanches de ma vie adulte ou presque, je me suis levée pour parler à une communauté de croyants réunis pour prier, réfléchir à des histoires sacrées et s'ouvrir à la présence de l'esprit de Jésus parmi nous. Le prêche est ma pratique spirituelle. C'est également une conversation sacrée qui se prolonge bien au-delà de la chaire. D'innombrables personnes ont été mes professeures ou m'ont inspirée. J'ai condensé dans ce livre ce que j'ai appris et ce que j'en suis venue à croire au sein de la communauté chrétienne. Les erreurs dans les faits ou dans les perceptions sont les miennes. Le reste est une grâce infinie.

Bibliographie

Albright, Madeleine, *« Madame le secrétaire d'État… » : Mémoires*, traduit de l'anglais (États-Unis) par Marie-France Girod, Josiane Deschamps, Alain Deschamps et Renaud Morin, Paris, Albin Michel, 2003.

—, *Prague Winter: A Personal Story of Remembrance and War, 1937-1948*, New York, HarperCollins, 2012.

Belsky, Scott, *The Messy Middle: Finding Your Way Through the Hardest and Most Crucial Part of Any Bold Venture*, New York, Portfolio/Penguin, 2018.

Bonhoeffer, Dietrich, *Gesammelte Schriften*, ed. Ebhard Bethge, Munich, Christian Kaiser Verlag, 1958.

Bowler, Kate, *Everything Happens for a Reason and Other Lies I've Loved*, New York, Random House, 2018.

Boyle, Gregory, *Barking to the Choir: The Power of Radical Kinship*, New York, Simon & Schuster, 2017.

Branch, Taylor, *At Canaan's Edge: America in the King Years, 1965-68*, New York, Simon & Schuster, 2006.

Brown, Brené, *Rising Strong: How the Ability to Reset Transforms the Way We Live, Love, Parent, and Lead*, New York, Random House, 2017.

Brueggemann, Walter, *Genesis: Interpretation: A Bible Commentary for Teaching and Preaching*, Atlanta, John Knox Press, 1982.

Buechner, Frederick, *Listening to Your Life: Daily Meditations with Frederick Buechner*, New York, HarperCollins, 1992.

Campbell, Joseph, *Le Héros aux mille et un visages*, traduit de l'anglais (États-Unis) par Henri Crès, Paris, Éditions Robert Laffont, 1977.

—, avec la collaboration de Bill Moyers, *Puissance du mythe*, traduit de l'anglais (États-Unis) par Jazenne Tanzac, Éditions Oxus, 2009.

Chittister, Joan, *Une Sagesse au fil des jours : la spiritualité bénédictine pour tous*, traduit de l'anglais (États-Unis) par Albert Van Hoa, Paris, Éditions du Cerf, coll. Épiphanie, 1994.

Coates, Ta-Nehisi. *Huit ans au pouvoir. Une tragédie américaine*, traduit de l'anglais (États-Unis) par Diana Hochraich, Paris, Présence africaine, 2018.

Collins, Jim, *De la performance à l'excellence : devenir une entreprise leader*, traduit de l'anglais (États-Unis) par Agnès Prigent, Paris, Pearson France, 2024.

Cone, James H., *The Cross and the Lynching Tree*, Maryknoll, Orbis Books, 2011.

Cook, Blanche Wiesen, *Eleanor Roosevelt: The early years, 1884-1933*, vol. 1, New York, Penguin Books, 1992.

Curry, Michael, *Love Is the Way: Holding on to Hope in Troubling Times*, New York, Avery, 2020.

—, *The Power of Love: Sermons, Reflections, and Wisdom to Uplift and Inspire*, New York, Avery, 2018.

Douglas, Kelly Brown, *Resurrection Hope: A Future Where Black Lives Matter*, Maryknoll, Orbis Books, 2021.

—, *What's Faith Got to Do with It? Black Bodies/Christian Souls*, Maryknoll, Orbis Books, 2005.

Eagles, Charles W., *Outside Agitator: Jon Daniels and the Civil Rights Movement in Alabama*, Tuscaloosa, University of Alabama Press, 2000.

Edmondson, Mika, *The Power of Unearned Suffering: The Roots and Implications of Martin Luther King Jr.'s Theodicy*, Lanham, Lexington Books, 2016.

Eisenstadt, Peter, *Against the Hounds of Hell: A Life of Howard Thurman*, Charlottesville, University of Virginia Press, 2021.

The Episcopal Church, *The Hymnal 1982*, New York, Church Publishing, 1982.

Evans, Rachel Held, *Inspired: Slaying Giants, Walking on Water, and Loving the Bible Again*, Nashville, Thomas Nelson Books, 2018.

Feiler, Bruce, *Abraham : Voyage aux sources de la foi*, traduit de l'anglais (États-Unis) par Cécile Brahy, Presses de la Renaissance, 2006.

—, *Life Is in the Transitions: Mastering Change at Any Age*, New York, Penguin Press, 2020.

Friedman, Edwin H., *A Failure of Nerve: Leadership in the Age of the Quick Fix*, New York, Seabury Books, 2007.

—, *Generation to Generation: Family Process in Church and Synagogue*, New York, Guilford Press, 1985.

Gallagher, Timothy M., *The Discernment of Spirits: An Ignatian Guide for Everyday Living*, New York, Crossroad Publishing Company, 2005.

Gladwell, Malcolm, *Le Point de bascule : comment faire une grande différence avec de très petites choses*, traduit de l'anglais (États-Unis) par Danielle Charron, Flammarion, 2016.

Gomes, Peter J., *Strength for the Journey: Biblical Wisdom for Daily Living*, San Francisco, HarperOne, 2003.

Goodwin, Doris Kearns, *No Ordinary Time. Franklin and Eleanor Roosevelt: The Home Front in World War II*, New York, Simon & Schuster, 1995.

Heifetz, Ronald A., Linsky, Marty, *Leadership on the Line: Staying Alive through the Dangers of Leading*, Boston, Harvard Business School Press, 2002.

Honey, Michael K., *Going Down Jericho Road: The Memphis Strike, Martin Luther King's Last Campaign*, New York, W. W. Norton & Company, 2007.

Kidd, Sue Monk, *Le Secret des abeilles*, traduit de l'anglais (États-Unis) par Michèle Garène, Paris, Éditions J.-C. Lattès, 2003.

King, Gilbert, *Devil in the Grove: Thurgood Marshall, the Groveland Boys, and the Dawn of a New America*, New York, Harper Perennial, 2012.

King, Martin Luther, « Pilgrimage to nonviolence », *The Christian Century*, 13 avril 1960 (en ligne : https://www.christiancentury.org/article/pilgrimage-nonviolence).

—, *Combats pour la liberté*, traduit par Laurent Jospin et Odile Pidoux, Éditions Payot, coll. Petite Bibliothèque Payot, 1968.

—, *A Testament of Hope: The Essential Writings and Speeches of Martin Luther King, Jr*, ed. By James Melvin Washington, New York, HarperOne, 1987.

Mandela, Nelson, *Un long chemin vers la liberté*, traduit de l'anglais (Afrique du Sud) par Jean Guiloineau, Paris, Fayard, 1995.

Marsh, Charles, *Strange Glory: A Life of Dietrich Bonhoeffer*, New York, Alfred A. Knopf, 2014.

Marton, Kati, *Femmes d'influence : comment le pouvoir secret des premières dames américaines a fait basculer l'histoire*, traduit de l'anglais (États-Unis) par Ella Brener, Éditions Tchou, Paris, 2010.

McLaren, Brian, *Finding Our Way Again: The Return of the Ancient Practices*, Nashville, Thomas Nelson Publishers, 2008.

Michaelis, David, *Eleanor*, New York, Simon & Schuster, 2020.

Murray, Pauli, *Song in a Weary Throat: Memoir of an American Pilgrimage*, New York, Liveright Publishing, 2012.

Nouwen, Henri, *Bread for the Journey: A Daybook of Wisdom and Faith*, New York, HarperOne, 2006.

—, *The Selfless Way of Christ: Downward Mobility and the Spiritual Life*, Maryknoll, Orbis Books, 2007.

Remen, Rachel Naomi, *Sagesse au coin du feu : 80 histoires pour guérir et se réconcilier avec soi-même*, traduit de l'anglais (États-Unis) par Corinne Marotte, Paris, Éditions Robert Laffont, 2010.

—, *My Grandfather's Blessings: Stories of Strength, Refuge, and Belonging*, New York, Riverhead Books, 2000.

Rogers, Everett M., *Diffusion of Innovations*, New York, Free Press, 1995.

Roosevelt, Eleanor, *You Learn by Living: Eleven Keys for a More Fulfilling Life*, New York, Harper & Brothers, 1960.

Rosenberg, Rosalind, *Jane Crow: The Life of Pauli Murray*, Oxford, Oxford University Press, 2017.

Rosenbloom, Joseph, *Redemption: Martin Luther King Jr.'s Last 31 Hours*, Boston, Beacon Press, 2018.

Rowley, Hazel, *Franklin and Eleanor: An Extraordinary Marriage*, New York, Picador, 2010.

Saint-Exupéry, Antoine de, *Le Petit Prince*, Paris, Gallimard, 1945.

Saxby, Troy R., *Pauli Murray: A Personal and Political Life*, Chapel Hill, University of North Carolina Press, 2020.

Sifton, Elisabeth, *The Serenity Prayer: Faith and Politics in Times of Peace and War*, New York, W. W. Norton & Company, 2003.

Spellers, Stephanie, *The Church Cracked Open: Disruption, Decline, and New Hope for Beloved Community*, New York, Church Publishing, 2021.

Thurman, Howard, *Deep Is the Hunger: Meditations for Apostles of Sensitiveness*, New York, Harper & Brothers, 1951.

—, *With Head and Heart: The Autobiography of Howard Thurman*, San Diego, Harcourt Brace & Company, 1979.

Tolkien, J. R. R., *Le Seigneur des Anneaux, Tome I La Fraternité de l'Anneau*, traduit de l'anglais par Daniel Lauzon, Paris, Christian Bourgois éditeur, 2014.

Tyler, Anne, *Saint Lendemain*, traduit de l'anglais (États-Unis) par Corine Derblum, Paris, Calmann-Levy, 1994.

Wallace, Rich, Wallace, Sandra Neil, *Blood Brother: Jonathan Daniels and His Sacrifice for Civil Rights*, Calkins Creek, 2016.

Whyte, David, *Consolations: The Solace, Nourishment and Underlying Meaning of Everyday Words*, Langley, Many Rivers Press, 2015.

—, *The House of Belonging*, Langley, Many Rivers Press, 2015.

—, Essentials, Langley, Many Rivers Press, 2020.

Williams, Juan, *Thurgood Marshall: American Revolutionary*, New York, Three Rivers Press, 1998.

SITES

Collins, Jim et Porras, Jerry, « Building Your Company's Vision », *Harvard Business Review*, septembre-octobre 1996 (en ligne : https://hbr.org/1996/09/building-your-companys-vision, consulté le 17 août 2022).

Douglas, Kelly Brown, « How Do We Know Black Lives Matter to God? » *The Christian Century*, 7 octobre 2020 (en ligne : https://www.christiancentury.org/article/how-my-mind-has-changed/how-do-we-know-black-lives-matter-god).

« E. L. Doctorow in Quotes: 15 of His Best », *The Guardian*, 22 juillet 2015 (en ligne : https://www.theguardian.com/books/2015/jul/22/el-doctorow-in-quotes-15-of-his-best).

Glass, Ira, « What Every Successful Person Knows, But Never Says », *James Clear*, 14 décembre 2015 (https://jamesclear.com/ira-glass-failure, consulté le 10 juin 2022).

Glickman, Lawrence B., « How White Backlash Controls American Progress », *The Atlantic*, 21 mai 2020 (en ligne : https://www.theatlantic.com/ideas/archive/2020/05/white-backlash-nothing-new/611914/).

Johnson, Ayana Elizabeth et Tippett, Krista, « What If We Get This Right? », dans le podcast *On Being with Krista Tippett*, 9 juin 2022, 49 minutes (en ligne : https://onbeing.org/programs/ayana-elizabeth-johnson-what-if-we-get-this-right/).

Paulsen, David, « Q&A: Washington Bishop Mariann Budde says Church Should 'Lead with Jesus' in Its Nonpartisan Advocacy », *Episcopal News Service*, 4 février 2021 (en ligne : https://www.episcopalnewsservice.org/2021/02/04/qa-washington-bishop-mariann-budde-says-churchs-nonpartisan-advocacy-should-lead-with-jesus/).

Welby, Justin, « Sunday Sermon by Archbishop of Canterbury Justin Welby », *Washington National Cathedral*, 27 septembre 2020 (en ligne : https://cathedral.org/sermons/the-most-rev-justin-welby-archbishop-of-canterbury).

Notes

1. Harry Emerson Fosdick (1878-1969) a écrit « God of grace and God of Glory » (Dieu de grâce, Dieu de gloire) à l'occasion de la consécration de l'église Riverside, à New York, en 1930.

Préface

1. « Holy Baptism », dans *The Book of Common Prayer*, New York, Church Hymnal Corporation, 1979, p. 305.

2. « Franklin Graham equates Trump's inauguration with God's blessing », Baptist Global News, 20 janvier 2025 (en ligne : https://baptistnews.com/article/franklin-graham-equates-trumps-inauguration-with-gods-blessing/).

Introduction

1. James Russell Lowell, « The Present Crisis », *The Boston Courier*, 11 décembre 1845. Lowell a écrit ce poème à la demande de John Greenleaf Whittier, pour dénoncer l'annexion du Texas en tant qu'État esclavagiste.

2. Remarques du révérend William J. Barber II reproduites avec son autorisation.

3. Ecclésiaste 3, 1. *L'ensemble des citations bibliques sont issues de la traduction de Louis Segond dans sa révision de 1910.*

Chapitre un – Décider de partir

1. Notre compréhension du voyage du héros dans la mythologie de l'Antiquité, les religions mondiales et la culture populaire doit beaucoup à la vie et à l'œuvre de Joseph Campbell (1904-1987). Voir Joseph Campbell, *The Hero with a Thousand Faces (The Collected Works of Joseph Campbell)* [1949], Novato New World Library, 2008. Paru en français sous le titre *Le Héros aux mille et un visages*, Robert Laffont, 1977.

2. Henri Nouwen, *Bread for the Journey: A Daybook of Wisdom and Faith*, New York, HarperOne, 2006.

3. Bruce Feiler, *Life Is in the Transitions: Mastering Change at Any Age*, New York, Penguin Press, 2020.

4. Walter Brueggemann, *Genesis: Interpretation: A Bible Commentary for Teaching and Preaching*, Atlanta, John Knox Press, 1982, p. 105.

5. Genèse 12, 1-4.

6. Genèse 18, 12.

7. Bruce Feiler, *Abraham: A Journey to the Heart of Three Faiths*, New York, HarperCollins, 2002, p. 44. Paru en français sous le titre *Abraham : Voyage aux sources de la foi*, Paris, Presses de la Renaissance, 2006.

8. Joseph Campbell, *op. cit.*

9. Joseph Campbell, *op. cit.*, p. 18.

10. Henri Nouwen, *The Selfless Way of Christ: Downward Mobility and the Spiritual Life*, Maryknoll, Orbis Books, 2007, p. 29.

11. Peter Eisenstadt, *Against the Hounds of Hell: A Life of Howard Thurman*, Charlottesville, University of Virginia Press, 2021, p. 206.

12. Howard Thurman, *With Head and Heart: The Autobiography of Howard Thurman*, San Diego, Harcourt Brace & Company, 1979, p. 20.

13. *Ibid.*, p. 10.

14. Peter Eisenstadt, *Against the Hounds of Hell*, *op. cit.*, p. 46.

15. Howard Thurman a souvent écrit sur les interactions entre le sort, le destin et la présence mystérieuse de Dieu qui l'encourageaient à vivre avec audace. On en trouve un exemple aux pages 42 et 43 de son recueil de méditations hebdomadaires tenu durant les années passées à l'Église pour la fraternité entre tous les peuples, *Deep Is the Hunger* (New York, Harper & Row, 1951).

16. Peter Eisenstadt, *Against the Hounds of Hell*, *op. cit.*, p. 7.

17. *Ibid.*, p. 21.

18. Howard Thurman, *With Head and Heart*, *op. cit.*, p. 140.

19. Peter Eisenstadt, *Against the Hounds of Hell*, *op. cit.*, p. 207-208.

20. *Ibid.*

CHAPITRE DEUX – DÉCIDER DE RESTER

1. Le 31 octobre 1517, Martin Luther a placardé ses « quatre-vingt-quinze thèses » sur la porte de l'église de

la Toussaint à Wittemberg, en Saxe. Traîné devant la diète de Worms en avril 1521 sur des allégations d'hérésie, il a défendu ses actes : « Je ne peux ni ne veux me rétracter en rien, car il n'est ni sûr ni honnête d'agir contre sa propre conscience. Me voici donc en ce jour. Je ne puis faire autrement. Que Dieu me vienne en aide. »

2. Anne Tyler, *Saint Maybe*, New York, Alfred A. Knopf, 1991, p. 213. Paru en français sous le titre *Saint Lendemain*, Calmann-Levy, 1994.

3. Antoine de Saint-Exupéry, *Le Petit Prince*, Paris, Gallimard, 1945.

4. Frederick Buechner, *Listening to Your Life: Daily Meditations with Frederick Buechner*, New York, Harper-Collins, 1992, p. 1.

5. Psaume 1, 3.

6. Joan Chittister, *The Rule of St. Benedict: Insight for the Ages*, Chestnut Ridge, Crossroad Publishing Compagny, 1992. Paru en français sous le titre : *Une Sagesse au fil des jours : la spiritualité bénédictine pour tous*, Éditions du Cerf, 1994.

7. *Ibid.*

8. Jean 6, 60-68.

9. Pour une réflexion plus poussée sur l'importance de s'occuper de notre foi, voir le merveilleux livre de Brian McLaren, *Finding Our Way Again: The Return of the Ancient Practices*, Nashville, Thomas Nelson Publishers, 2008.

10. Kelly Brown Douglas, *What's Faith Got to Do with It? Black Bodies/Christian Souls*, Maryknoll, Orbis Books, 2005, p. 53.

11. *Id.*, « How do we know Black lives matter to God? », *The Christian Century*, 7 octobre 2020 (en

ligne : https://www.christiancentury.org/article/how-my-mind-has-changed/how-do-we-know-black-lives-matter-god)

12. *Ibid.*

13. *Id.*, *Resurrection Hope: A Future Where Black Lives Matter*, Maryknoll, Orbis Books, 2005, p. XII.

14. *Ibid.*, p. 221.

15. Kati Marton, *Hidden Power: Presidential Mariages That Shaped Our Recent History*, New York, Pantheon Books, 2001, p. 74. Paru sous en français sous le titre *Femmes d'influence : comment le pouvoir secret des premières dames américaines a fait basculer l'histoire* (Éditions Tchou, 2009).

16. Voir notamment la description d'Hazel Rowley dans *Franklin and Eleanor: An Extraordinary Marriage*, New York, Picador, 2010, p. 39-63.

17. David Michaelis, *Eleanor*, New York, Simon & Schuster, 2020, p. 96.

18. *Ibid.*, p. 141.

19. Doris Kearns Goodwin, *No Ordinary Time: Franklin and Eleanor Roosevelt: The Home Front in World War* II, New York, Simon & Schuster, 1995, p. 19.

20. Blanche Wiesen Cook, *Eleanor: The Early Years, 1884-1933*, vol. 1, New York, Penguin Books, 1992, p. 250.

21. Kati Marton, *Hidden Power*, *op. cit.*, p. 894.

22. Doris Kearns Goodwin, *No Ordinary Time*, *op. cit.*, p. 11.

23. Howard Thurman, *With Head and Heart*, *op. cit.*, p. 141.

CHAPITRE TROIS – DÉCIDER DE COMMENCER

1. Proverbe chinois attribué à Laozi, *Dao de Jing*, chapitre 64.
2. Luc 9, 35.
3. Luc 9, 51.
4. « E. L. Doctorow in Quotes: 15 of His Best », *The Guardian*, 22 juillet 2015 (en ligne : https://www.theguardian.com/books/2015/jul/22/el-doctorow-in-quotes-15-of-his-best).
5. David Whyte, « Sweet Darkness » dans *The House of Belonging* (1997) et *Essentials* (2020), Langley, Many Rivers Press. Reproduit avec l'autorisation la maison d'édition. David Whyte (https://davidwhyte.com).
6. Juan Williams, *Thurgood Marshall: American Revolutionary*, New York, Three Rivers Press, 1998, p. 89.
7. Oliver Allen, « Chief Counsel for Equality », *Life*, 13 juin 1955, cité dans Juan Williams, *Thurgood Marshall*, *op. cit.*, p. 1230.
8. Juan Williams, *Thurgood Marshall*, *op. cit.*, p. 1307.
9. *Ibid.*
10. *Ibid.*, p. 1311.
11. Gilbert King, *Devil in the Grove: Thurgood Marshall, the Groveland Boys, and the Dawn of a New America*, New York, Harper Perennial, 2012, p. 2.
12. *Ibid.*, p. 360.
13. Pauli Murray, *Song in a Weary Throat: An American Pilgrimage*, New York, Liveright Publishing, 2012, p. 124.
14. *Ibid.*, p. 237.
15. Troy R. Saxby, *Pauli Murray: A Personal and Political Life*, Chapel Hill, University of North Carolina Press, 2020, p. 110.

16. Rosalind Rosenberg, *Jane Crow: The Life of Pauli Murray*, New York, Oxford University Press, 2017, p. 116.

17. *Ibid.*, p. 187.

CHAPITRE QUATRE – ACCEPTER CE QUE L'ON NE CHOISIT PAS

1. Cette prière est attribuée au théologien américain Reinhold Niebuhr, qui l'aurait écrite entre 1932 et 1933. Voir Elisabeth Sifton, *The Serenity Prayer: Faith and Politics in Times of Peace and War*, New York, W. W. Norton & Company, 2003, p. 289.

2. « God of Grace and God of Glory », *The Hymnal*, hymne 584, New York, Church Publishing, 1982.

3. J. R. R. Tolkien, *The Lord of the Rings: The Fellowship of the Ring*, 2e édition, Boston, Houghton Mifflin, 1954, p. 50. Paru en français sous le titre *Le Seigneur des Anneaux, Tome I La Fraternité de l'Anneau*, Christian Bourgois, 2014.

4. Ronald A. Heifetz et Marty Linsky, *Leadership on the Line: Staying Alive through the Dangers of Leading*, Boston, Harvard Business School Press, 2002, p. 13.

5. Dietrich Bonhoeffer, *Gesammelte Schriften*, ed. Ebhard Bethge, I, 320, Munich, Christian Kaiser Verlag, 1958.

6. Cité dans *Strange Glory: A Life of Dietrich Bonhoeffer* de Charles Marsh, New York, Alfred A. Knopf, 2014, p. 342.

7. Épître aux Romains 5, 3-5.

8. Épître aux Philippiens 3,10.

9. Épître aux Colossiens 1, 24.

10. Deuxième épître aux Corinthiens 12, 8-10.

11. Rachel Naomi Remen, *Kitchen Table Wisdom: Stories That Heal*, New York, Riverhead Books, 2006, p. XXXVII. Paru en français sous le titre *Sagesse au coin du feu : 80 histoires pour guérir et se réconcilier avec soi-même*, Robert Laffont, 2010.

12. *Ibid.*

13. *Ibid.*

14. *Ibid.*

15. *Ibid.*

16. *Id.*, *My Grandfather's Blessings: Stories of Strength, Refuge, and Belonging*, New York, Riverhead Books, 2000, p. 29.

17. Matthieu 26, 39.

18. Isaïe 42, 6-7.

19. Isaïe 53, 4-5.

20. Isaïe 53, 10-11.

21. Épître aux Romains 3, 25.

22. Rachel Held Evans, *Inspired: Slaying Giants, Walking on Water, and Loving the Bible Again*, Nashville, Thomas Nelson Books, 2018, p. 155.

23. Épître aux Colossiens 1, 19.

24. Jean 1, 5.

25. Kate Bowler, *Everything Happens for a Reason and Other Lies I've Loved*, New York, Random House, 2018, p. XVI.

26. Michael K. Honey, *Going Down Jericho Road: The Memphis Strike, Martin Luther King's Last Campaign*, New York, W. W. Norton & Company, 2007, p. 26-27.

27. Mika Edmondson, *The Power of Unearned Suffering: The Roots and Implications of Martin Luther King Jr.'s Theodicy*, Lanham, Lexington Books, 2016, p. XI.

28. Martin Luther King, *Stride Toward Freedom: The Montgomery Story*, New York, HarperCollins, 1987, p. 224. Paru en français sous le titre *Combats pour la liberté*, Éditions Payot, 1968.

29. *Id.*, « Pilgrimage to Nonviolence », *The Christian Century*, 13 avril 1960, dans *A Testament of Hope: The Essential Writings and Speeches of Martin Luther King, Jr.*, ed. James M. Washington, New York, HarperOne, 1987, p. 40.

30. *Ibid.*, p. 43.

31. *Ibid.*

32. Michael K. Honey, *Going Down Jericho Road*, *op. cit.*, p. 26-27.

33. Joseph Rosenbloom, *Redemption: Martin Luther King Jr.'s Last 31 Hours*, Boston, Beacon Press, 2018, p. 32.

34. *Ibid.*, p. 36.

35. Michael K. Honey, *Going Down Jericho Road*, *op. cit.*, p. 26-27.

36. *Ibid.*

37. *Ibid.*

38. *Ibid.*

39. Taylor Branch, *At Canaan's Edge: America in the King Years, 1965-68*, New York, Simon & Schuster, 2006, p. 756.

40. Martin Luther King, « I See the Promised Land », dans James M. Washington, *A Testament of Hope*, *op. cit.*, p. 285.

41. *Ibid.*, p. 286.

42. *Id.*, « Remaining Awake through a Great Revolution » dans James M. Washington, *A Testament of Hope*, *op. cit.*, p. 272-273.

43. *Id.*, « I See the Promised Land », dans James M. Washington, *A Testament of Hope*, *op. cit.*, p. 285.

44. James H. Cone, *The Cross and the Lynching Tree*, Maryknoll, Orbis Books, 2011, p. 85-87.

45. Michael Curry, *Love Is the Way: Holding on to Hope in Troubling Times*, New York, Avery, 2020, p. 27.

Chapitre cinq – Relever le défi

1. Gregory Boyle, *Barking to the Choir: The Power of Radical Kinship*, New York, Simon & Schuster, 2017, p. 29.

2. J'ai commencé à employer l'expression « s'avancer vers le marbre » dans mes sermons pour illustrer ce que nous sommes tous appelés à faire au cours d'une période où les besoins sont urgents. Comme je dois parfois prêcher en espagnol, je me suis demandé comment elle se traduisait dans cette langue. De fait, on emploie une expression équivalente issue de la tauromachie : *coger el toro por los cuernos*, c'est-à-dire prendre le taureau par les cornes. Je suis tombée sur une autre expression espagnole qui ne signifiait pas exactement la même chose, mais qui m'a fait sourire : *ponerle el cascabel al gato*, littéralement, accrocher une clochette au chat, mais dont le sens est d'avoir le courage de faire ce que d'autres n'osent pas.

3. Jean 18, 33-38.

4. Luc 4, 21.

5. Jean 18, 28-38.

6. Michael Curry, *The Power of Love: Sermons, Reflections, and Wisdom to Uplift and Inspire*, New York, Avery, 2018, p. 8.

7. *Ibid.*, p. 11.

8. Isaïe 6, 5.

9. Luc 5, 8.

10. Deuxième épître aux Corinthiens 4, 7.

11. Marc 6, 36.

12. Jean 6, 12.

13. Ira Glass, « What Every Successful Person Knows, But Never Says », *James Clear*, 14 décembre 2015 (en ligne : https://jamesclear.com/ira-glass-failure).

14. *Ibid.*

15. Brené Brown, *Rising Strong: How the Ability to Reset Transforms the Way We Live, Love, Parent, and Lead*, New York, Random House, 2017, loc. 202 (Kindle).

16. *Ibid.*, loc. 274 (Kindle).

17. *Ibid.*, loc. 958 (Kindle).

18. *Ibid.*, loc. 3594 (Kindle).

19. Michael Curry, *The Power of Love*, *op. cit.*, p. 181.

20. Brené Brown, *Rising Strong*, *op. cit.*, loc. 3605 (Kindle).

21. Genèse 3, 1.

22. Genèse 32, 26-28.

23. Justin Welby, « Sunday Sermon by Archbishop of Canterbury Justin Welby », *Washington National Cathedral*, 27 septembre 2020 (en ligne : https://cathedral.org/sermons/the-most-rev-justin-welby-archbishop-of-canterbury)

24. *Ibid.*

25. Je raconte l'histoire d'Henry Caffey avec l'autorisation d'Andrew Waldo. Je l'ai entendue pour la première fois dans un sermon qu'il a prêché le 23 avril 2004.

26. Charles W. Eagles, *Outside Agitator: Jon Daniels and the Civil Rights Movement in Alabama*, Tuscaloosa, University of Alabama Press, 2000, p. 28.

27. Cité dans Charles W. Eagles, *Outside Agitator*, *op. cit.*, p. 27.

28. Rich Wallace et Sandra Neil Wallace, *Blood Brother: Jonathan Daniels and His Sacrifice for Civil Rights*, Calkins Creek, 2016, p. 137.

29. Stephanie Spellers, *The Church Cracked Open: Disruption, Decline, and New Hope for Beloved Community*, New York, Church Publishing, 2021, p. 81.

30. Rich Wallace et Sandra Neil Wallace, *Blood Brother*, *op. cit.*, p. 225.

31. Charles W. Eagles, *Outside Agitator*, *op. cit.*, p. 184.

32. *Ibid.*, p. 168.

33. *Ibid.*, p. 169.

CHAPITRE SIX – L'INÉVITABLE DÉSILLUSION

1. Attribué à Oscar Wilde.

2. Marc 1, 11-12.

3. Matthieu 16, 13-14.

4. Matthieu 16, 15-18.

5. Matthieu 16, 21-23.

6. Voir https://isaiahmn.org/ pour plus d'informations sur le travail d'ISAIAH.

7. Jean 21, 15-19.

8. David Paulsen, « Q&A: Washington Bishop Mariann Budde says Church Should 'Lead with Jesus' in Its Nonpartisan Advocacy », *Episcopal News Service*, 4 février 2021 (en ligne : https://www.episcopalnewsser

vice.org/2021/02/04/qa-washington-bishop-mariann-budde-says-churchs-nonpartisan-advocacy-should-lead-with-jesus/).

9. Brené Brown, *Rising Strong, op. cit.*, loc. 200 (Kindle).

10. Lawrence B. Glickman, « How White Backlash Controls American Progress », *The Atlantic*, 21 mai 2020 (en ligne : https://www.theatlantic.com/ideas/archive/2020/05/white-backlash-nothing-new/611914/).

11. Ta-Nehisi Coates, *We Were Eight Years in Power: An American Tragedy*, New York, One World, 2017, p. XIII. Paru en français sous le titre *Huit ans au pouvoir. Une tragédie américaine*, Présence africaine, 2018.

12. *Ibid.*

13. *Ibid.*

14. *Ibid.*

15. *Ibid.*

16. Timothy M. Gallagher, *The Discernment of Spirits: An Ignatian Guide for Everyday Living*, New York, Crossroad Publishing Company, 2005, p. 57.

17. *Ibid.*

18. Psaumes 30, 5.

19. Brené Brown, *Rising Strong, op. cit.*, loc. 630 (Kindle).

20. Scott Belsky, *The Messy Middle: Finding Your Way Through the Hardest and Most Crucial Part of Any Bold Venture*, New York, Portfolio/Penguin, 2018, p. 3.

21. *Ibid.*

22. Jim Collins et Jerry Porras, « Building Your Company's Vision », *Harvard Business Review*, septembre-octobre 1996 (en ligne : https://hbr.org/1996/09/building-your-companys-vision, consulté le 17 août 2022).

23. *Ibid.*
24. Brené Brown, *Rising Strong, op. cit.*, loc. 200 (Kindle).

CHAPITRE SEPT – LA VERTU CACHÉE DE LA PERSÉVÉRANCE

1. Sue Monk Kidd, *The Secret Life of Bees* [2001], New York, Viking, 2020, p. 289. Paru en français sous le titre *Le Secret des abeilles*, Éditions J.C. Lattès, 2003.
2. Madeleine Albright, *Madam Secretary: A Memoir*, New Yok, HapperCollins, 2003, p. 6. Paru en français sous le titre *« Madame le secrétaire d'État… » : Mémoires*, Albin Michel, 2003.
3. *Ibid.*
4. *Ibid.*
5. *Ibid.*
6. *Id.*, *Prague Winter: A Personal Story of Remembrance and War, 1937-1948*, New York, HarperCollins, 2013, p. 414.
7. *Ibid.*
8. Edwin Friedman, *Generation to Generation: Family Process in Church and Synagogue*, New York, Guilford Press, 1985, p. 52.
9. *Ibid.*, p. 188.
10. *Id.*, *A Failure of Nerve: Leadership in the Age of the Quick Fix*, New York, Seabury Books, 2007, p. 14.
11. Everett M. Rogers, *Diffusion of Innovations*, New York, Free Press, 1995, p. 5.
12. *Ibid.*, p. 169.
13. *Ibid.*, p. 11.
14. *Ibid.*, p. 300.

15. Malcolm Gladwell, *The Tipping Point: How Little Things Can Make a Big Difference*, Boston, Little Brown and Company, 200, p. 12. Paru en français sous le titre *Le Point de bascule : comment faire une grande différence avec de très petites choses*, Flammarion, 2016.

16. *Ibid.*

17. Jim Collins, *Good to Great: Why Some Companies Make the Leap… and Others Don't*, New York, HarperCollins, 2001, p. 165. Paru en français sous le titre *De la performance à l'excellence : devenir une entreprise leader*, Pearsons France, 2024.

18. Deuxième épître aux Corinthiens 6, 2.

19. Everett M. Rogers, *Diffusion of Innovations*, *op. cit.*, p. 1.

20. Luc 18, 1.

21. Peter J. Gomes, « Outer Turmoil, Inner Strength », dans *Strength for the Journey: Biblical Wisdom for Daily Living*, San Francisco, HarperOne, 2003, p. 140.

22. *Ibid.*, p. 148.

23. *Ibid.*, p. 149.

24. Elisabeth Sifton, *The Serenity Prayer*, *op. cit.*, p. 348.

25. *Ibid.*, p. 349.

26. Rachel Held Evans, *Inspired*, *op. cit.*, p. 148.

27. Rachel Naomi Remen, *My Grandfather's Blessings*, *op. cit.*, p. 1-2.

ÉPILOGUE

1. Nelson Mandela, *Long Walk to Freedom: The Autobioraphy of Nelson Mandela*, Boston, Little Brown

and Company, 1994, p. 622. Paru en français sous le titre *Un long chemin vers la liberté : autobiographie*, Fayard, 1995.

2. Ayana Elizabeth Johnson et Krista Tippett, « What If We Get This Right? », dans le podcast *On Being with Krista Tippet*, 9 juin 2022, 49 minutes (en ligne : https://onbeing.org/programs/ayana-elizabeth-johnson-what-if-we-get-this-right/).

3. *Ibid.*

4. David Whyte, *Consolations: The Solace, Nourishment and Underlying Meaning of Everyday Words*, Langley, Many Rivers Press, 2015, p. 224.

HOMÉLIE : UN OFFICE DE PRIÈRE POUR LA NATION

1. Je suis redevable à Tim Shriver, PDG et fondateur de Project Unite, qui m'a présenté le concept de « culture du mépris » et en quoi prioriser la dignité humaine est une alternative qui nous permet d'échanger avec respect par-delà nos différences.

2. https://law.stanford.edu/2019/12/20/the-outrage-industrial-complex/

3. Alexandre Soljénitsyne, *The Gulag Archipelago, 1918-1956*, YMCA-Press, Paris, 1973. Paru en français sous le titre *L'Archipel du goulag, 1918-1956 : essai d'investigation littéraire*, Fayard, 2010.

Table

Cet ouvrage a été mis en pages par

<pixellence>

Imprimé en France par CPI
en avril 2025

Dépôt légal : mai 2025
N° d'édition : 661863-0
N° d'impression : 183668